小書痴的下剋上

為了成為圖書管理員不擇手段！

第三部 領主的養女 I

香月美夜——著
椎名優 繪 許金玉 譯

本好きの下剋上

司書になるためには手段を選んでいられません

第三部 領主の養女 I

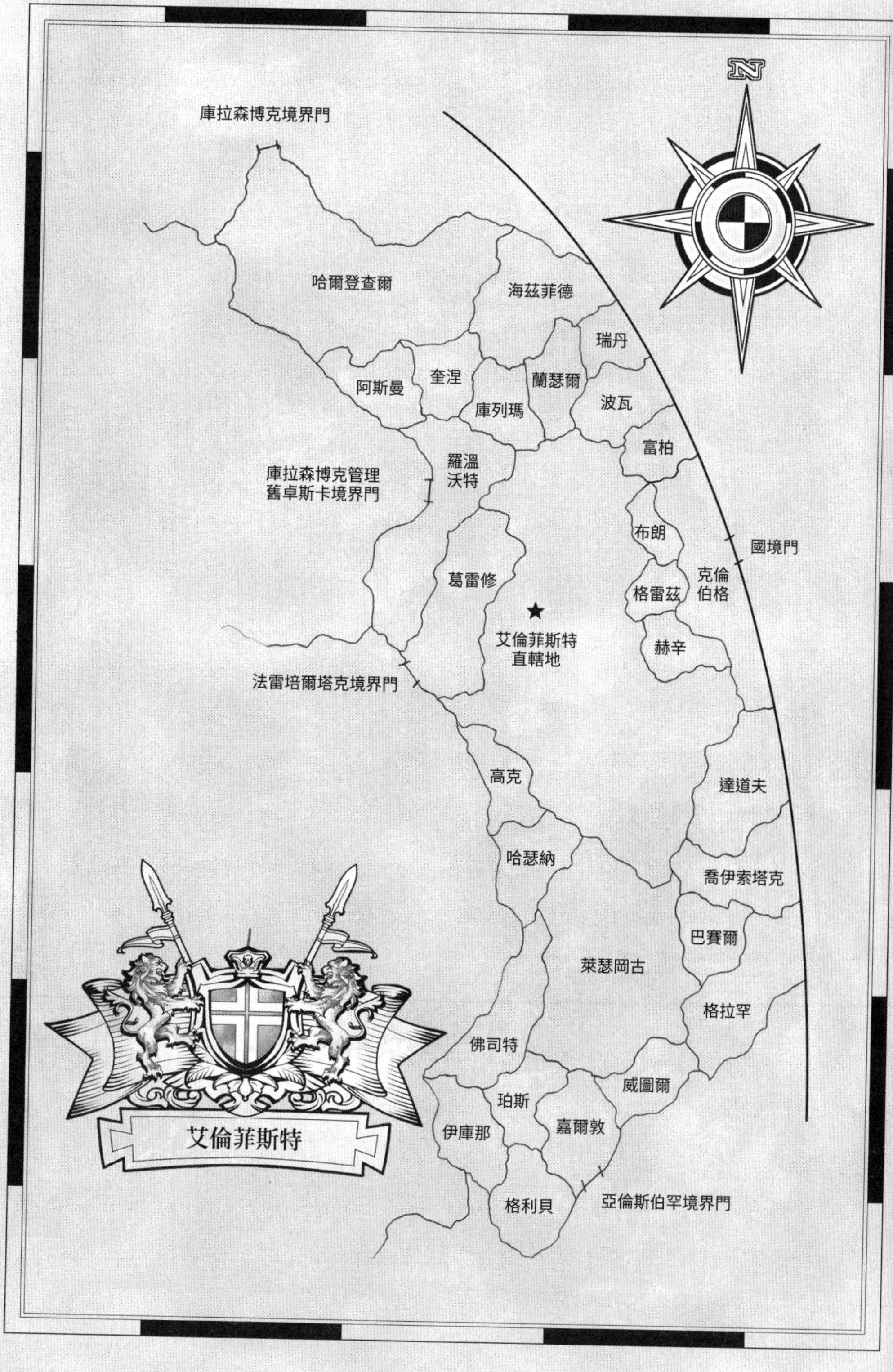

庫拉森博克境界門
哈爾登查爾
海茲菲德
瑞丹
阿斯曼
奎涅
蘭瑟爾
庫列瑪
波瓦
富柏
羅溫
沃特
庫拉森博克管理
舊卓斯卡境界門
布朗
國境門
克倫
伯格
格雷茲
葛雷修
艾倫菲斯特
直轄地
赫辛
法雷培爾塔克境界門
高克
達道夫
哈瑟納
喬伊索塔克
巴賽爾
萊瑟岡古
格拉罕
佛司特
威圖爾
珀斯
伊庫那
嘉爾敦
格利貝
亞倫斯伯罕境界門
艾倫菲斯特

登場人物

第二部 劇情摘要

成為青衣見習巫女以後，梅茵在神殿成立了工坊，給予饑腸轆轆的孤兒們工作與食物，又為了印刷技術，反覆與古騰堡們摸索實驗，每天都過得無比忙碌。然而，卻遭到了神殿長夥同他領貴族的襲擊。為了有能力能夠保護家人和侍從們，梅茵決定成為上級貴族的女兒羅潔梅茵，更成為領主的養女。

梅茵一家

梅茵
本書主角。從士兵的女兒變成領主的養女，也改了名字，但內在還是沒有改變。為了看書，不擇手段。

斐迪南
齊爾維斯特的異母弟弟，是羅潔梅茵在神殿的監護人。

齊爾維斯特
收養羅潔梅茵的艾倫菲斯特領主，羅潔梅茵的養父。

芙蘿洛翠亞
齊爾維斯特的妻子，三個孩子的母親。羅潔梅茵的養母。

韋菲利特
齊爾維斯特的長男，現在成了羅潔梅茵的哥哥。

騎士團長一家

卡斯泰德
艾倫菲斯特的騎士團長，羅潔梅茵的貴族父親。

艾薇拉
卡斯泰德的第一夫人，羅潔梅茵的貴族母親。

艾克哈特
卡斯泰德的長男，目前在騎士團工作。

蘭普雷特
卡斯泰德的次男，韋菲利特的護衛騎士。

柯尼留斯
卡斯泰德的三男，羅潔梅茵的見習護衛騎士。

貴族近侍

達穆爾
護衛騎士。繼續擔任護衛工作的下級貴族。

黎希達
首席侍從。熟知三名監護人孩提時期的上級貴族。

布麗姬娣
護衛騎士。中級貴族，基貝·伊庫那的妹妹。

安潔莉卡
見習護衛騎士。中級貴族，沉默寡言的夢幻美少女。

奧黛麗
侍從。上級貴族，艾薇拉的朋友。

平民區的家人

昆特　梅茵的父親。

伊娃　梅茵的母親。

多莉　梅茵的姊姊。

加米爾　梅茵的弟弟。

神殿侍從

法藍　負責管理神殿長室。

吉魯　負責管理工坊。

葳瑪　負責管理孤兒院。

莫妮卡　神殿長室與廚房的助手。

妮可拉　神殿長室與廚房的助手。

平民區的商人

班諾　奇爾博塔商會的老闆。

馬克　班諾的得力助手。

路茲　都帕里學徒。

谷斯塔夫　商業公會的公會長。

芙麗妲　谷斯塔夫的孫女。

專屬

艾拉　專屬廚師。

羅吉娜　專屬樂師。

其他

薩克　視約翰為競爭對手的鍛造工匠。

雨果　義大利餐廳的廚師。

CONTENTS

第三部　領主的養女 I

第三部

領主的養女 I

序章

目送要返回領主會議的齊爾維斯特離開後，卡斯泰德和斐迪南從空無一人的神殿長室中搬出可證明罪狀的證物，再封鎖神殿長室，不讓任何人進入。

隨後，兩人再討論歸納了有關羅潔梅茵的事情與設定。如果要直接採用齊爾維斯特即興編出的設定，多少還是太牽強了。雖然大致上的設定是「為了保護與母親相似、生來便擁有強大魔力的愛女，所以讓領主收為養女」，但領主一族的地位可沒那麼簡單，光靠魔力就能成為養女，卡斯泰德希望能再有個具有強大說服力的理由。

斐迪南輕敲著太陽穴，「嗯……」地陷入思考。

「那搬出她成立的工坊如何？羅潔梅茵因為同情孤兒院不忍卒睹的慘狀，便給予了孤兒工作與食物，就說領主是看中了她無私的奉獻精神與開發的新事業。」

「心疼孤兒院的慘狀，給予孤兒工作和食物，這樣子簡直像是聖女嘛。」

卡斯泰德嘀咕說道，斐迪南滿意地頷首。

「聖女嗎？嗯。就朝著這個方向編造幾段佳話，再讓羅潔梅茵就任成為神殿長，應該也會合理許多吧……卡斯泰德，別露出那麼懷疑的表情，我說的也不是謊話。事實上羅潔梅茵確實是為了拯救孤兒才成立工坊，雖然最大的目的是讓自己能安心看書，但拯救了孤兒這項事實還是不會改變。」

卡斯泰德經由斐迪南的報告，也聽說了羅潔梅茵在孤兒院成立工坊，但看到她本人，實在很難想像她真的完成了那樣的創舉。

「而且你也親眼見識過，她很擅長強大的祝福，只要照著擬好的臺詞說話，確實有幾分聖女的樣子。和之前討伐陀龍布時治癒土地一樣，再讓她重現一次就好了。」

聽到斐迪南這麼說，卡斯泰德憶起了討伐陀龍布那時的治癒魔法。羅潔梅茵用壓倒性的魔力治癒了土地，讓所有同行的騎士目瞪口呆。又因為先一步示範的斯基科薩表現不佳，讓她的魔力顯得更是強大。要稱作聖女確實是還太年幼了，但只要安靜站著別說話，看起來是有幾分聖女的氣質。柔順的夜色髮絲經過精心保養，有著連上級貴族千金也相當少見的豔亮光澤，月亮般的金黃色眼眸情感豐沛，也美麗得吸引人的目光。五官清麗精緻，讓人十分期待她長大後的模樣。而且大概是因為身體虛弱，雖然是平民出身，卻有著幾乎沒曬過太陽光的雪白肌膚，從未做過粗重工作的小手光滑又柔軟。再加上在斐迪南的栽培下，言行舉止也高雅得看不出來是個平民。雖然還不足以成為上級貴族，但只要經過指導，應該是不用擔心吧。

……唉，但畢竟有些太自圓其說，為了讓貴族們心服口服，勢必要展現一次強大的祝福，那把她推崇為聖女也未嘗不可吧。

卡斯泰德說服了自己後，斐迪南卻面帶難色地看著他。

「實際功績是沒有問題，但關於你是因為擔心她被妻子們欺負，才把她藏進神殿裡，這部分可能就有些牽強了。艾薇拉並不笨，如果這樣向他人解釋，她是不會協助我們的。」

「但是，當時艾薇拉疏遠羅潔瑪麗確實是事實。」

第三夫人羅潔瑪麗受到了第一夫人艾薇拉與第二夫人朵黛麗緹的疏遠與排擠，在心力交瘁下，原本身體就虛弱的她才病倒了。

「但這是你單方面從羅潔瑪麗那裡聽來的說法吧？你仔細問過兩方的說法了嗎？」

卡斯泰德確實是不自禁比較偏袒受到欺負的羅潔瑪麗，然而斐迪南直視著他，追問這當中是否真的沒有誤會。

「……我聽說過起因是朵黛麗緹與羅潔瑪麗兩人老家間的不和，但是家中影響力最大的人是艾薇拉，她站到了朵黛麗緹那一邊以後，羅潔瑪麗才沒有了容身之地，明明應該袒護羅潔瑪麗才對啊。」

艾薇拉保持中立的那段期間還相安無事，但正是因為艾薇拉偏袒了其中一邊，情況才產生了劇烈轉變。這點讓卡斯泰德十分懊惱。

「你問過艾薇拉為什麼站到朵黛麗緹那邊嗎？」

「……她說是因為我都袒護羅潔瑪麗，可是，看到有人對她冷嘲熱諷，一般當然會站出來袒護她吧？我實在搞不懂艾薇拉為什麼站到朵黛麗緹那一邊。」

聽了卡斯泰德的說明，斐迪南一臉無言地按著太陽穴。

「如果是因為你都袒護羅潔瑪麗，艾薇拉才站到第二夫人那邊，那表示她只是想保持公平吧？我看還是該向艾薇拉問清楚詳情，再請求她的協助。因為這將決定羅潔梅茵今後在貴族的女性社會裡，會以怎樣的立場生存下去。」

如今曾是最大派系的領主母親已經失勢，所以今後在貴族的女性社會當中，最大的派系就是領主的妻子與艾薇拉所在的派系。如果羅潔梅茵想過上和平安穩的生活，最好是加入這個派系。女性社交圈是連齊爾維斯特也無法輕易介入的世界。明知如此，想到要拜託艾薇拉，卡斯泰德的心情還是沉重起來。

「……斐迪南，你能陪我一同向艾薇拉說明嗎？有沒有你在場，她的心情會大不相同。」

斐迪南是領主的異母弟弟，卻因為太過優秀，從小便遭到領主母親薇羅妮卡的冷眼相待。是卡斯泰德讓他加入騎士團，率先把他當作是領主的兒子表現出敬意、與他接觸，才保護了他免於惡意的侵擾。但是，自從前任領主臥病在床，必須要決定下任領主時開始，薇羅妮卡的排擠行為就變本加厲，所以斐迪南才宣布自己對領主的位置沒有興趣，進入了神殿。但是，直到現在他仍會協助領主的公務，騎士團人手不足時，也會幫忙填補空缺。艾薇拉成天對斐迪南讚不絕口，「要是沒有斐迪南大人，艾倫菲斯特才沒辦法維持運作呢」。所以要由卡斯泰德還是由斐迪南來說明，相信艾薇拉接受的程度也會截然不同。

「那邀請我出席明日的晚餐吧。白天我得一直忙到下午。」

「知道了。我還要回騎士團展開調查，所以這時間對我來說也算剛好。」

卡斯泰德離開神殿，回到騎士團，看見其他團員正在向一臉怯懦的達穆爾詢問詳情。剛才達穆爾是在昏迷不醒的狀態下被送出神殿，現在已經能夠坐著說話。看來是騎士團派了能夠施展治癒魔法的人去治好他了吧。

「等聽完達穆爾的證言，今天先解散吧。明日再審問今天抓到的罪犯。」

身為騎士團長的卡斯泰德這麼下令後，眾人異口同聲清晰回應：「是！」當中，只有達穆爾還是一派怯生生的樣子，戰戰兢兢地向他問道：

「卡斯泰德大人，請問見習巫女她……」

「她沒事。儘管魔力相差懸殊，但你非常盡責。」

對方是足以繼承伯爵之位的上級貴族，達穆爾只是下級貴族，兩者的魔力量有著天差地別。所以坦白說，卡斯泰德很佩服達穆爾竟然能堅持那麼久。說了羅潔梅茵平安無事，並慰勞他的辛苦後，達穆爾如釋重負地放鬆了緊繃的肩膀。

「……感謝卡斯泰德大人。」

聽完了證言，讓騎士團解散，卡斯泰德走向騎士團宿舍的房間準備小睡一會兒。原本現在他應該正為了領主會議前往中央，要是突然跑回家，也會造成家人的困擾吧。絕對不是因為他不想在沒有斐迪南的陪同下，與艾薇拉見面說話──卡斯泰德這樣說服自己，輕輕揮手取出思達普，輕敲黃色魔石。

「奧多南茲。」

魔石立即變形，變成了一隻白鳥。卡斯泰德對牠說道：「明天會邀請斐迪南大人共進晚餐，麻煩妳做準備了。」然後一邊心想著要傳送給艾薇拉，一邊揮下思達普。奧多南茲很快就回來了，用雀躍的話聲重複說了三次「哎呀，斐迪南大人要過來嗎？那得馬上準備才行」，便重新變回了魔石。果然邀請斐迪南是正確的決定。

隔天早上，卡斯泰德開始進行審問，首先是神殿長拜瑟馮斯。即便本人拒絕作證，但因為有斐迪南提供的違法事項清單，所以處刑已是不容推翻的結果。對於罪狀之多，以及斐迪南那種連枝末細節也要查得一清二楚的個性，卡斯泰德看了只覺得渾身無力。但是最令他錯愕的，是一直以來持續包庇拜瑟馮斯的薇羅妮卡。

「竟然能夠包庇到這種地步。」

還以為列出罪狀後，拜瑟馮斯會更加激動地反駁或是大吵大鬧，他卻只是虛軟無力地低垂著頭。卡斯泰德心想，大概是齊爾維斯特甚至不得不制裁自己的母親這件事，對他造成了巨大的打擊吧。

不同於失魂落魄的拜瑟馮斯，聽說賓德瓦德伯爵始終是三緘其口。看來只能等到齊爾維斯特從領主會議回來，再使用查看記憶的魔導具了。不知道會是誰最容易與他的魔力同步，但卡斯泰德一點也不想窺看這男人的記憶。卡斯泰德暗暗祈禱著，希望自己千萬別擁有與賓德瓦德伯爵魔力相似的顏色。

「哎呀，斐迪南大人，歡迎您在百忙之中蒞臨寒舍。」

卡斯泰德偕同斐迪南一起返家，只見艾薇拉出來迎接時，深綠色的髮絲盤得比平常還要複雜精巧，臉上的笑容也比平常燦爛了三倍。雖然從以前到現在一直是這樣的差別待遇，但卡斯泰德還是忍不住嘆氣。

用完餐表示「有重要的事情要談」，屏退所有侍從後，卡斯泰德看向艾薇拉，她也靜靜等著他開口。

「啊……呃，艾薇拉，我已經決定今年夏天要舉辦女兒的洗禮儀式了。」

「哎呀，是哪位大人的女兒呢？」

艾薇拉眯起黑色眼眸，像是要仔細觀察卡斯泰德的一舉一動。

「是我……和羅潔瑪麗的女兒，羅潔梅茵的洗禮儀式。」

「哎呀，我記得羅潔瑪麗沒有女兒喔。如果有孩子，那些人不可能一直到現在都默不作聲吧？羅潔瑪麗與上級貴族成婚之後，大概是因此高傲起來，有人竟然愚蠢地開始向許多大人提出無理要求，這件事難道你已經忘了嗎？這會使得朵黛麗緹和羅潔瑪麗兩邊的老家再起紛爭喔。」

艾薇拉提起了當年之所以害得羅潔瑪麗遭到排擠的老家親戚，不悅地瞪向卡斯泰德。

「那是……」卡斯泰德想要反駁，艾薇拉卻打斷他，接著又說下去。

「如果真的出現了羅潔瑪麗的女兒，那好不容易平息下來的紛爭，又會再次掀起波瀾吧？真是討厭呢……雖然我很想這麼說，但既然斐迪南大人也來了，表示其中有什麼理由吧？在了解情況與原委之後，我是可以考慮給予協助。」

「艾薇拉，妳果然聰明。我們需要妳的幫忙，還請妳務必協助我們。」

「哎呀，斐迪南大人您過獎了。」

於是斐迪南開始向艾薇拉說明來龍去脈。羅潔梅茵是個能力出眾的孩子，所以將讓她以卡斯泰德女兒的身分舉行洗禮儀式，當場更會成為領主的養女。連領主與領主的異母弟弟都希望這個孩子成為養女，足以證明兩人都已認可她將對艾倫菲斯特的未來帶來莫大貢獻。

「倘若羅潔瑪麗的親人知道了這孩子的存在，一定又會引發紛爭吧。既然如此，舉行洗禮儀式的時候，別對外宣稱她是羅潔瑪麗的女兒吧。讓她做為這個家族的子女，做為你的女兒，我會代為負起母親的責任，將她教育為不負眾望的孩子。」

「那真是太好了。只要交給艾薇拉，我就放心了。」

聽到斐迪南的稱讚，艾薇拉笑得十分開心。

果然是不出所料，與其由身為丈夫的自己出馬，由斐迪南來拜託艾薇拉更有成效，艾薇拉臉上的冷峻已經消失無蹤。

「我在神殿已經稍微指導過她，所以言行舉止應該還算得體，但我希望可以再教導得足以踏進領主的宅邸。」

「哎呀，斐迪南大人親自指導過她了嗎？」

艾薇拉瞪大眼睛。斐迪南連在騎士團也非常嚴格，是出了名的鐵面嚴師，所以很懷疑他能否指導年幼的小女孩吧。卡斯泰德完全可以明白她的心情，他自己第一次聽到時，也很懷疑自己的耳朵。從羅潔梅茵端莊的舉止與出色的飛蘇平琴藝來看，斐迪南確實是嚴格指導過她，但她卻十分信賴斐迪南，也很親近他。卡斯泰德生平頭一次見到有小孩子會親近斐迪南。先前討伐陀龍布時，看見羅潔梅茵躲到斐迪南身後，他當下受到的衝擊直到現在也還沒有消散。

斐迪南說：「因為我很早前，便判定她不久後必須成為貴族的養女，」接著開始說明羅潔梅茵的情況。

「在協助處理文書工作上，她的能力相當優秀，魔力也很豐富。想法單純，容易操控，很輕易便能使喚她。雖然常常會有不合常理的舉動，但因為頭腦聰明，值得在教育上投注心力。她的吸收能力也不錯，但女性特質的培養我就無能為力了。」

「好的，請交給我吧。我一定會好好教導她。」

隨後三人一起討論今後的規劃，洗禮儀式之前的準備工作，卡斯泰德便交由艾薇拉負責。接下來得為羅潔梅茵準備房間，在洗禮儀式之前，也要請指導過兒子們的禮儀教師前去指導羅潔梅茵。等一切準備就緒，再讓羅潔梅茵從神殿移動到貴族區。

「要準備女孩子的房間和衣服了呢。」

只有兒子的艾薇拉雙眼發亮，顯得十分開心。看樣子可以放心交給她了，卡斯泰德總算卸下了心口大石。

之後接到斐迪南的聯絡，說要為羅潔梅茵進行健康診斷，希望他也在場，因此卡斯泰德從調查工作中溜出來，前往神殿的神官長室。

「呃……父親大人，向您請安。」

羅潔梅茵一副不太熟練的樣子，用稚嫩的嗓音結結巴巴地請安，卡斯泰德忍不住揚起微笑。卡斯泰德只有在當騎士的兒子，總覺得有些難為情。如果羅潔瑪麗真的生了一個女兒，會是這種感覺嗎？

「羅潔梅茵，妳要再自然一點，不然旁人會起疑心。」

卡斯泰德提醒後，羅潔梅茵「嗚」地輕吸口氣，神情嚴肅地小聲唸了好幾次「父親大人」，練習讓自己叫得自然一點。低頭看著那個為了保護自己的家人，勇敢投身進貴族社會的嬌小身影，卡斯泰德暗暗嘆氣。一旁斐迪南屏退了所有人，在房間中央攤開畫有魔法陣的紙張。羅潔梅茵不解地歪著頭，打量起魔法陣。

「這個是什麼？是用來做什麼的呢？」

「這要用來檢測妳魔力的流動。妳以前說過只要身體沒有蓄滿一定的魔力，就會無法動彈吧？」

「……真有這種事嗎？」

進入貴族院以後，便會取得用以蓄滿魔力的思達普，也會學習如何把魔力壓縮並儲存在體內，但是在那之前，一般都是讓魔力流向父母贈予的魔導具裡。因為讓魔力流動會消耗體力，普遍也認為留在體內的魔力最好不要太多，否則會不利於身體成長。

「妳的成長速度會這麼緩慢，可以肯定是因為妳體內經常盈滿了魔力。但是，不管魔力多還是少，我從未聽過有人會因此體弱多病。」

「咦？這不是常見的現象嗎？」

聽完斐迪南的說明，羅潔梅茵訝聲大叫，低頭看著自己的身體。

「沒錯，並不常見。所以也為了確認這件事，要檢查在妳體內流動的魔力。」

「哇，還能夠做到這種事情嗎？好厲害喔！」

羅潔梅茵佩服地注視著魔法陣，連連點頭。不同於反應單純天真的她，卡斯泰德目光銳利地瞪向斐迪南。這種可以檢視體內流動魔力的魔法陣，可不是任何人都能持有的東西。

「一般是醫師才會使用這種魔法陣吧？你怎麼會有這種東西？」

「我只是把製作魔導具時所用的普通魔法陣稍作應用，自己做了這個魔法陣。我不知道和醫師持有的魔法陣不一樣，這也是我第一次用在自己以外的人身上。」

想要的東西就自己做出來，卡斯泰德對斐迪南的能力之優秀啞然失聲。但斐迪南沒理會他，攤開魔法陣後，在四個角落擺好魔石，轉向羅潔梅茵。

「羅潔梅茵，把衣服和鞋子脫了，站上去吧。」

「什麼?!」

「等、等一下，斐迪南?!」

卡斯泰德大驚失色。就算是年紀還小，這也不是該命令女性做的事情。然而斐迪南卻不慌不忙，一臉理所當然地指著魔法陣。

「等妳舉行完了洗禮儀式，成為領主的養女，就沒辦法檢查了，所以要趁現在。快站上去吧。」

羅潔梅茵交互看向卡斯泰德和斐迪南，難為情得小臉通紅，一步步後退喊道：「我不要！這怎麼好意思嘛！」

這樣對這個孩子太可憐了吧──但不同於這麼心想的卡斯泰德，斐迪南滿不在乎地瞥了眼羅潔梅茵，哼笑一聲。

「妳還有羞恥心可言嗎？明明之前洗澡不以為意，現在在說什麼？」

「什麼?!洗澡?!」

卡斯泰德簡直不敢相信從斐迪南口中說出來的話。

……之前洗澡不以為意？難不成斐迪南和羅潔梅茵一起洗過澡了嗎?!

「斐迪南，你到底對這麼年幼的孩子做了什麼……」

「不、不要誤會了，卡斯泰德！我是指之前用魔導具窺看她記憶時的情況，並不是真的和她一起洗過澡！」

斐迪南瞪大了眼，焦急地向卡斯泰德反駁。看他不再是平常的面無表情，流露出了真實情感，應該不是在說謊吧？卡斯泰德在腦海一隅裡冷靜地這麼判斷。但是，一般任誰聽了都會誤會吧。如果是不知道有那種魔導具的人聽了，肯定以為斐迪南有喜愛女童的癖好。齊爾維斯特要是在場，鐵定會樂不可支地大肆調侃。

「羅潔梅茵，妳明明那時候完全不介意，現在又有什麼好害臊的！」

「可是，那時候是因為好久沒用到『泡澡劑』、『洗髮精』和『潤髮精』，我太興奮了，又看不到神官長人在哪裡，感覺就像在講『電話』一樣，而且還是在夢裡，並不是現實啊……總之！要當著別人的面脫衣服，我辦不到！」

卡斯泰德聞言總算也明白了，他們確實是在窺看記憶時出現了洗澡的場景，而羅潔梅茵當時並不怎麼介意也是事實。

「我只是要檢查妳的身體而已，並非洗澡，不需要感到抗拒吧？」

「怎麼不會嘛！既然是要健康檢查，請叫醫師過來！」

「把我當成醫師就好了，反正接下來要做的事也一樣。」

因為能力優秀，斐迪南真的可以做到醫師在做的事情，況且他的個性又是自己感到好奇的事情，不自己調查清楚絕不罷休。

「成為梅茵以後，就算被不認為是自己父親的男人脫衣服，妳不是才三天就放棄掙扎了嗎？現在妳成為羅潔梅茵已經超過三天了，這次也一樣放棄掙扎吧。」

「不、不不不、不行啦！」

羅潔梅茵拚命搖手，和斐迪南拉開距離，一邊逃竄一邊大喊：「卡、卡斯泰德大人，救命啊！」但依照卡斯泰德現在的位置，羅潔梅茵與他之間還卡著斐迪南。所以羅潔梅茵繞了一大圈想跑過來，卻眨眼間就在中途被斐迪南抓住。

「呀——！住手啊！嗚哇——！」

「笨蛋，已經提醒過妳很多遍，要稱呼卡斯泰德為父親大人。還有，今後在神殿以外的地方別叫我神官長，要叫我的名字。」

斐迪南語氣淡漠地說著，一邊在羅潔梅茵還哭著抵抗時，解開她的腰帶，拉起青衣巫女服。他的動作沒有半點猶豫，從旁看去，就只像是正在耍脾氣的小女童與滿臉不耐的監護人，但就算是年紀還小，這也不是該對女性做出的行為。露出了底下在祈福儀式時見過的嫩草色服裝後，羅潔梅茵拚了命地朝卡斯泰德伸長手。

「父親大人！神官長他喜歡小女童！」

「妳這笨蛋，別亂說會引來誤會的話！」

斐迪南伸出大掌扣住羅潔梅茵的腦袋瓜，在手指上使力。卡斯泰德看著他，再看向一邊大呼小叫一邊求救的羅潔梅茵，不禁有些逃避起現實，心想他們其實感情很好嘛。討伐完陀龍布後，他還和知道了羅潔梅茵擁有強大魔力的齊爾維斯特一起開玩笑說過：「那剛好可以成為斐迪南的新娘吧？」說不定這主意還真的不錯。

想著這些事情時，卡斯泰德發現羅潔梅茵的動作變遲鈍了。

「斐迪南，你有些太過火了，羅潔梅茵開始喘不過氣了。」

斐迪南這才驚覺地鬆開手，羅潔梅茵立刻趁這機會撲進卡斯泰德懷裡，再躲到他背後，從披風後頭瞪著斐迪南「唔——！」地發出低吼。看到羅潔梅茵像隻小動物般抵死威嚇敵人，卡斯泰德忍不住笑了出來。齊爾維斯特說得沒錯，羅潔梅茵確實很像蘇彌魯，要是再叫聲「噗咿！」就完美了。

面對羅潔梅茵的威嚇，斐迪南煩躁地盤起手臂，連同卡斯泰德一起瞪著兩人。看得出來事情發展不如他預期順利，令他十分火大。

「卡斯泰德，你身為羅潔梅茵的父親，對於她這麼虛弱有何感想？」

聽出斐迪南的言下之意就是「快點協助我」，卡斯泰德輪流看向兩人。斐迪南強勢的作風固然不太妥當，但如果能讓身體虛弱到隨時有可能離開人世的羅潔梅茵變得健康一點，最好還是讓他檢查看看。於是卡斯泰德抱起羅潔梅茵，與她等高對視。

「羅潔梅茵，斐迪南在魔力這方面的能力非常優秀。讓他檢查過後，如果有藥水可以有效治癒，請他為妳調配也是件好事吧？」

「這麼說、是沒有錯啦……」

卡斯泰德試著循循善誘，羅潔梅茵也停止威嚇，安靜下來。雖然是在異世界，但因為有過成年的記憶，所以她與其他孩子不同，不會突然間號啕大哭，也不會靜不下來地吵鬧。只要像這樣慢慢說服就好了。然而，卻有個人破壞了這一切。

「卡斯泰德，就這樣抓住羅潔梅茵！」

斐迪南用和在騎士團下令時一樣的語氣命令道，因此卡斯泰德不自覺反射性地束縛住羅潔梅茵。斐迪南接著大步走來，手指動作極快地逐一解開羅潔梅茵衣服背上的小鈕釦。

「呀啊——！神官長是『大色狼』！其實你是『蘿莉控』對吧?!」

「我聽不懂妳在說什麼，但沒多少時間了，動作快。」

解完了鈕釦，斐迪南立即指向自己床鋪的布幔。

「到布幔後頭脫好襪子出來吧！因為是從背部觀察，只要脫掉上半身的衣服即可……妳那是什麼反抗的眼神？要我在這裡連妳的下半身也脫光嗎？」

「我去！我去就可以了吧?!」

「沒錯，別讓我多費心力，速戰速決吧。」

羅潔梅茵雙眼噙淚，狠狠瞪著斐迪南，然後衝到床鋪的布幔後頭。面對泫然欲泣的羅潔梅茵，斐迪南像是真的一點感覺也沒有，然而卡斯泰德不只心痛還頭痛。斐迪南為什麼對一個年幼的小女孩這麼嚴厲？

「對一個會感到害羞的小女孩，你未免太冷血了。斐迪南，我從以前就說過，你對待女性應該再溫柔一點。」

「那只是浪費時間。」

斐迪南從小到大一直受到領主母親的冷落排擠，親生母親也不可能來保護他，所以造就了他不信任女性的個性。除了判定溫柔以對會比較有效率的情況外，基本上都是疾言厲色。面對這樣的斐迪南，卡斯泰德禁不住嘆氣。

「你還是老樣子，就只有怎麼說也說不聽這點和齊爾維斯特一個樣。」

「別說那種讓人不愉快的話。」

斐迪南沒好氣地瞪向卡斯泰德。這時羅潔梅茵用脫下的衣服害羞地遮住前面身子，光著腳丫從斐迪南後面慢吞吞走來。

地板上斐迪南自己改良製作的魔法陣，作用應該是在製作魔導具時，用來檢查魔力有無順暢流動，以及流動上有無異常吧。

「站上去吧。」

羅潔梅茵小心翼翼地先用腳尖踩上魔法陣，再背對斐迪南。斐迪南輕一揮手取出思達普，跪地直起身子，用思達普輕敲了敲魔法陣，注入魔力。下一秒，盈滿魔力的魔法陣化作紅光往上浮起，從雙腳直到頭部貫穿了羅潔梅茵全身，在她體內流動的魔力因此開始發出紅色光芒。雖然下半身因為穿著貼身衣物看不見，但在她的背部和手臂上都能看見清晰的紅線。

「哇啊?!這是怎麼回事？」

「剛才說過要觀察妳魔力的流動了吧。羅潔梅茵，頭髮太礙事了。」

長髮撥開以後，斐迪南面色凝重地瞪著她小巧的背部。如果只是要觀看魔力的流動，連卡斯泰德和羅潔梅茵也辦得到。但是，觀看紅線以後，要診斷出是哪裡的流動出現異常，在場便只有斐迪南能做到。

斐迪南端詳了羅潔梅茵的背部好一會兒後，重重嘆一口氣站起來，然後他神色肅穆地按著太陽穴，低頭看著羅潔梅茵說了：

「妳曾經死過一次吧。魔力凝固在了靠近中心的位置上。」

診斷結果與貴族區

「神官長害我嫁不出去了！」我打算這麼堅決宣稱，將來要拒絕政治聯姻，一直賴在老家生活到老為止。至於我因為太過害羞，始終不願去面對的健康診斷，斐迪南最後得出的結果，是我曾經死過一次。

……嗯，我知道。因為經常徘徊在死亡邊緣，所以可能至少死過一次吧。

我馬上接受了這項事實，卡斯泰德卻一臉不能理解地看著我。

「曾經死過一次是什麼意思？」

「我以前常常因為魔力爆發差點死掉，所以說不定不只一次，死過很多次也不奇怪呢。我反而不懂魔力凝固了是什麼意思。我明明可以照著自己的意志操控體內的魔力，聽到凝固一點真實感也沒有。」

對於我們兩人的反應，斐迪南按著太陽穴，思考要怎麼說明。

「卡斯泰德，魔獸死了以後，魔力都會流向儲存魔力的器官凝固僵硬，這點你也知道吧？」

「嗯？嗯，也就是形成魔石的地方吧。」

卡斯泰德點頭點得理所當然，我只能眨眼睛。

……咦？我從來沒聽說過有儲存魔力用的器官耶？咦？身體的構造不一樣嗎？因為

外表一樣，我還以為構造也一模一樣……

劃開皮膚會流血，哭了會流眼淚，嘴巴吃了東西以後也會從下面排出來，所以雖然很多人的髮色和瞳孔顏色稀奇古怪，但我一直毫不懷疑地深信身體構造應該一模一樣。完全不知道竟然有儲存魔力的器官。

「既然現在還活著活蹦亂跳，我想羅潔梅茵並不是完全死了，而是從假死狀態中活過來。但是在那個當下，魔力因為回到了靠近中心的位置，才會到處都出現凝固。」

斐迪南不只畫了圖解釋，還詳細說明了這是什麼樣的狀態，所以從位置來看，我猜儲存魔力的器官應該就是心臟。而魔力凝固的狀態，感覺上就像是動脈硬化吧。

「羅潔梅茵因為體內到處都有凝固僵化的魔力，導致流動時無法暢通，才會容易常暈倒吧。每當她情緒激動起來，魔力的流動便會加快，但可能是因為沒辦法順利流通，為了保護身體，意識才會自行中斷，抑止情感的起伏。」

「那她需要接受壓抑情感的訓練吧？正好這也是貴族不得不學的事情。」

看來我一興奮就會失去意識，是種身體的防衛機制。可是，我光是看到圖書室就會興奮到暈倒，實在不覺得自己做得到壓抑情感這種高難度的事情。

「神官長，如果能事先減少體內的魔力，應該情緒激動一點也沒關係吧？」

「妳說過魔力減少了也會無法動彈吧？我在想可能是因為妳體內的魔力若是過少，魔力在流動時就會無法越過凝固的地方，身體因而無法動彈，所以才必須時時保持在魔力相當充足的狀態下。」

嗯……我還以為魔力可能就是血液，但果然還是不太一樣，和我認知中的人體有些不同。

「羅潔梅茵，妳知道自己是在什麼時候死去過嗎？」

「咦？呃……」

我記得剛開始的時候，我光是打掃房間就會暈倒，連走到水井也會氣喘吁吁。在我變成梅茵之前，身體好像就已經很虛弱了，也許當時早已經有魔力凝固的情況。所以老實說，我完全不曉得自己在什麼時候死去過。

「呃……我是從五歲開始擁有自己是梅茵的意識，所以我想那時候應該是死了吧。可是，如果是因為魔力凝固才導致身體虛弱，聽說梅茵從出生開始就一直很虛弱，所以我也不知道第一次差點死掉是在什麼時候。」

「這可是妳自己的身體，別露出那麼事不關己的表情。」

想要詳細調查清楚的斐迪南沉下了臉，但我並不認為曾在什麼時候死掉是件很重要的事情。

「因為坦白說，我根本不在乎自己是什麼時候死掉過，又有多少次徘徊在死亡邊緣啊。畢竟我現在還活著，身體也可以動。對我來說，更重要的是這種情況能不能治好。神官長調配得出治好我的藥水嗎？」

我抬頭看向斐迪南，他更是皺起眉頭，吐了口氣。

「可以是可以，但非常困難。」

我還以為拿出魔導具和回復藥水，兩三下便能解決，看來沒那麼簡單。

……想不到魔導具派不上什麼用場嘛。

大概是心聲表現在了臉上，斐迪南用力捏起我的臉頰。

「不是我，是對妳來說非常困難。」

「我嗎？」

……咦？意思是只要我想，我也調配得出來嗎？

「只要喝下能解除假死狀態的藥水就好了。有種藥可以防止並消除凝固的魔力，只是所需材料相當難以取得。」

「難道是連領主養女也買不起的價格嗎？」

……畢竟是種讓人脫離垂死狀態的藥，一定非常稀有吧。但沒想到成為領主的養女以後，我還是要為錢傷透腦筋！

不——！我抱住腦袋哀嚎，斐迪南卻搖搖頭說：

「與錢無關，而是材料必須自己取得。因為採集材料時，需要用到妳自己的魔力。」

「居然要垂死的人自己去採集材料，這個藥對病人太殘忍了吧。」

那緊急情況下需要它的時候怎麼來得及嘛。我嘟嘴表示不滿，斐迪南用鄙視的眼神低頭看我。

「妳是笨蛋嗎？上級貴族在就讀貴族院期間，便會趁著身體健康時預先製作這種藥水，然後隨身攜帶，像現在齊爾維斯特、我和卡斯泰德身上都有。」

什麼！原來對上級貴族來說是種隨身必備的藥。

「可是我沒有身體健康的時候啊，這種情況下我該怎麼辦呢？」

希望聰明絕頂的神官長務必指點一下迷津，於是我開口提問，結果這次斐迪南徹底露出了無言以對的表情。

「所以我才說對妳來說非常困難吧。剛才我說的話妳沒聽見嗎？」

「要讓身體虛弱的羅潔梅茵去採集那些材料嗎……」

卡斯泰德也摸著下巴，臉色凝重。

「採集時我會讓騎士守在四周保護她，只要最後的步驟由她自己動手，應該勉強行得通吧。但是，為此她至少要能自己騎乘騎獸……」

「嗯。等洗禮儀式和神殿方面的各種儀式結束之後，就要進行特訓吧。」

……嗚噫，不只要學習上級貴族應有的禮儀與常識，還要加上特訓嗎？我在採到藥之前會先一命嗚呼吧?!

「希望能在羅潔梅茵去就讀貴族院之前採集完……」

「咦？會花那麼久時間嗎？」

「順利的話一年，長則數年。有些下級貴族甚至在就讀期間也沒辦法完成。」

我是十歲要前往貴族院就讀，所以還有三年的時間，卻仍然不確定能否在那之前採集完材料。一瞬間我不禁心想，如果要花這麼久時間，那材料搜集到後不會腐爛或是損壞嗎？但是，既然採集的前提就是至少要花上一年以上的時間，表示應該有什麼保存辦法吧。

「斐迪南，冬天的材料怎麼辦？貴族院四周有眾所皆知的固定採集地點，但我們總不能帶著一批騎士闖進中央，那等於是宣告開戰。你打算去哪裡採集？」

「只能在艾倫菲斯特的領地內尋找適合材料了，我已經想到了幾個地點。而且從品質來看，貴族院那邊能採到的材料也不太足夠。」

「是嗎？」

「她的魔力很早就開始凝固了，連本人都記不得是從什麼時候開始，所以材料的品質必須非常好才有效。」

兩人自顧自地認真討論起來。明明是與我有關的事情，我卻完全被晾在一邊。雖然這種情況常常發生，但我還是希望別無視我，也向我說明一下。

「我、我有問題！請問品質的好壞是依什麼判定呢？要怎麼做才能拿到高品質的材料？」

我舉起手來發問，兩人用「原來妳在啊」的眼神低頭看我。因為他們個子很高，我根本無法進入兩人的視野中，看來是真的忘了我的存在。

「品質的高低，取決於能在魔力多麼豐富的地方採集到材料，此外也會受到材料所累積魔力量的影響。」

「如果想取得高品質的材料，必須要審慎選擇採集的日期、地點以及所需材料。當然，也視採集者的魔力量而定。」

「呃，雖然說當然，但我還是完全不明白。」

我請求再說明得清楚一點，但斐迪南搖搖頭，一臉覺得麻煩至極的樣子。

「現在沒有時間。我們會幫妳做好準備，妳暫時別想這麼多，先專心面對接下來的洗禮儀式吧，三天後妳就要動身前往貴族區。」

斐迪南輕揮揮手把我趕走，要我回布幔後穿好衣服。

兩人討論著該去哪裡採集什麼，考慮到品質與效率、又要採集哪種材料比較好，但我穿好衣服後，他們立刻把我趕出房間，說我可以回去練習飛蘇平琴。一如既往又被摒除在外了。好過分！

被趕出神官長室後，奉命在外等候的法藍便走上前來問我：「神官長向您說了什麼呢？」法藍旁邊還有達穆爾。

「我聽說三天後見習巫……啊，不對，是羅潔梅茵大人就要前往貴族區，應該是談了這件事情吧？」

「是的，聽說房間已經準備好了。我暫時都要留在貴族區接受指導，所以直到洗禮儀式為止，和達穆爾大人……不對，是和達穆爾都見不到面了呢。」

達穆爾似乎是有人施展了治癒魔法，所以很快就歸隊回到騎士團工作。在我待在貴族區的這段時間，他也將在騎士團重新接受訓練，然後成為已是領主養女的我的專屬護衛。聽說是考量到有個熟悉的人在我身邊，我會比較安心吧。不過，因為身分的高低突然調換，我們都對敬稱的改變感到傷腦筋，無法馬上適應。

「另外還幫我做了身體檢查，診斷能否調配出治好我身體的藥水。」

「神官長曾經說過，若沒有雙親的同意不能自作主張。如今卡斯泰德大人成了您的父親，所以才為您做了檢查吧。」

要是知道檢查時會扒掉女兒的衣服，再讓我站到魔法陣上去，我家的父親確實不可能同意，甚至還有可能說：「不准亂來！」愛女兒的傻爸爸有可能會說的話語閃過腦海後，我忍不住輕笑起來，但下一秒，無以復加的寂寞便占據了整個胸口。

……嗚嗚，好想見大家喔。就算只能看著也好。

但是直到洗禮儀式結束為止，我都被禁止與包括奇爾博塔商會在內的平民區人們見面。據說這是因為需要點時間，讓周遭的人們接受梅茵的死亡，還要四處奠定羅潔梅茵的設定好深入人心。但是太寂寞了。於是新的侍從們，成了我現在的慰藉。

「羅潔梅茵大人，歡迎歸來。」

回到孤兒院長室，莫妮卡出來迎接我。她將翠綠色的頭髮全部梳往腦後，緊紮成一束，沒有加上任何點綴。應該是因為她非常喜歡葳瑪，所以在模仿她吧。連第一次向我問候時，莫妮卡也是說：「我會連同不能離開孤兒院的葳瑪的份，誠心誠意服侍羅潔梅茵大人。」深棕色的雙眼充滿知性，給人的感覺像是一板一眼的班長。和法藍一樣做事認真勤快，感覺兩人很合得來，現在也卯足了勁在努力學習，接手羅吉娜的文書工作。她之前在孤兒院似乎幫忙過葳瑪處理文書工作，法藍還稱讚她的吸收速度比預期中要快，讓他輕鬆不少。

「莫妮卡、妮可拉，我回來了。」

「羅潔梅茵大人，歡迎歸來。那我馬上去準備茶水。」

露出了明亮笑容走向廚房的妮可拉，把一頭接近橘色的濃密紅髮綁成了兩條麻花辮，最喜歡美味的食物，現在正是活潑好動的十三歲。我都在心裡偷偷稱呼她為「總是活力充沛的笑咪咪妮可拉」。之前戴莉雅的工作完全由妮可拉接手，對於要當艾拉的助手，她也十分樂在其中。

兩人大概是因為冬季期間擔任過廚房的助手，出入過院長室，所以很快就融入了新環境，勤快地忙進忙出。這兩人是我現在的心靈慰藉。

走上二樓，便看見羅吉娜。現在她手上積了不少法藍希望她在前往貴族區之前完成的工作。目前她正在處理的工作，是挑選之後要擺進神殿長室的家具用品，關於新房間該統一採用什麼顏色、需要哪些用品，都必須要列成清單。就算只是一張辦公桌，也要列出大小和高度，還要指定抽屜的大小和數量。卡斯泰德再根據這份清單，決定材質與樣式並下訂。

「羅潔梅茵大人，您不在的時候收到了您父親大人送來的禮物，是前往貴族區時要穿的衣服呢。」

卡斯泰德送來了我前往貴族區時要穿的衣服。而且不只我的份，還準備了要一同前往的專屬樂師羅吉娜和專屬廚師艾拉的服裝。

「神官長說了，我三天後就要動身前往貴族區。」

「那這些工作得快點處理完才行呢。」

羅吉娜看著飛蘇平琴，藍色眼眸發出灼燦亮光。能夠從灰衣巫女被提拔為專屬樂師，看得出來她真的非常開心。

為了努力更有貴族千金的樣子，我接受了羅吉娜的密集特訓，一晃眼便來到了出發的日子。吃完早餐，開始準備前往貴族區。先是換上卡斯泰德贈送的服裝，穿上布鞋，髮簪也換上了儀式用的豪華款式。艾拉和羅吉娜也各自在自己的房間裡換衣服，所以由莫妮卡和妮可拉，還有為了指導兩人從孤兒院來到院長室的葳瑪，總共三人協助我更衣。

「莫妮卡、妮可拉，因為我要帶艾拉去貴族區，再過幾天，雨果他們也會去尹勒絲那裡進修，雖然準備三餐會很辛苦，但就麻煩妳們了。」

我說完，葳瑪也點點頭，看著莫妮卡兩人拜託道：

「如果梅茵……不對，羅潔梅茵大人的院長室這裡沒有煮飯，往下分送給孤兒院的神的恩惠也會減少，所以要麻煩妳們多加努力了。」

「葳瑪，請妳放心吧。」

「我們冬天練習了很多次，會做出好吃的東西。」

兩人才剛從孤兒院搬過來，所以很清楚光是少了一個青衣神官或巫女，神的恩惠就會有多麼劇烈的減少。

「我已經吩咐過法藍，要用和之前一樣的預算購買食材，所以儘管放心做吧。」

「衷心感謝羅潔梅茵大人。」

莫妮卡與葳瑪異口同聲說，露出了非常相像的笑容。看得出來莫妮卡真的非常喜歡葳瑪，真是太可愛了。

「我會努力練習，希望在羅潔梅茵大人回來的時候，已經會做很多餐點了。」

「妮可拉，那我拭目以待了。」

換好衣服，所有人一起走到一樓，只見法藍和吉魯，還有平時不會露面的廚師雨果他們也一起跪在地上等候。

「法藍，麻煩你帶領大家，還有交接神殿長的工作了。另外關於神殿長室，其實我覺得沿用現有的家具也沒關係……」

「不，目前神殿長室裡的家具，完全不是女性該使用的款式。神官長也已經下達指示，要全部換新。」

會覺得這樣子太浪費錢了，是因為我還沒有擺脫平民的思維嗎？貴族非常重視排場，所以女性所用的家具都必須華美流麗。

孤兒院長室會用來與平民區的人們會面，已經同意可以直接沿用以前的家具，但神殿長室因為會有青衣神官和貴族來訪，擺設必須非常講究。而且即將成為領主養女的上級貴族女兒若要使用罪犯曾經用過的東西，更是不成體統。明明家具又沒有任何罪過，真是不知變通呢。

我對於上流貴族千金會使用什麼樣的家具一無所知，最一開始提出的想像圖書室那樣擺滿大量書架和書籍的請求又被拒絕，所以關於神殿長室的準備，我完全是漠不關心。要挑選什麼樣的家具和費用，全都丟給侍從、斐迪南和卡斯泰德去決定。

「吉魯，我不在的時候，你會去附近的城鎮視察吧？你要多加小心，盡可能和奇爾博塔商會的人一起行動喔。雖然已經請神官長向文官聲明了你是我的代理人，但還是不知道身分差距會有怎樣的影響。」

「我明白了，我會多加小心。」

我成為上級貴族的女兒以後，法藍徹底糾正了吉魯的語氣和舉止。等我再成為領主的養女、成為神殿長，可能再也不能隨意觸碰侍從，所以我心想著「要趁現在」，多摸了摸吉魯的頭。

然後，我站到難得出現在一樓客廳的兩名廚師面前。

「感謝兩位每天都煮出那麼美味的餐點，下次見面應該就是在義大利餐廳了吧。請你們好好活用在這裡學到的經驗吧。」

在前來神殿正門玄關迎接我的卡斯泰德護衛下，我坐上馬車。穿著貴族服裝的斐迪南也一起同行。羅吉娜和艾拉搭乘了提供給侍從的另一輛馬車，為了打開貴族門先一步離開。

「那我走了。法藍，麻煩你留守了。」

「期盼您及早歸來，羅潔梅茵大人。」

和前來送行的侍從們道別後，車門關上，馬車輕快地開始移動。與之前和班諾一起乘坐的馬車截然不同，這輛馬車坐起來非常舒適，幾乎不會搖晃。貴族門已經完全打開了。經過在門外待命的侍從馬車後，我們乘坐的馬車駛入貴族區。

馬車接著穿過了討伐陀龍布時騎士們集合的廣場，奔馳在往前綿延不絕的潔白石板路上。四周看起來彷彿是一座又一座相連的小公園，應該都是貴族的宅邸吧。聽說離貴族門越遠，地段越高級。看來貴族區也一樣，離大門越遠越是高級住宅區。

一路上可以看見乾淨潔亮的馬車來來往往，但完全沒有看見走動的行人。聽說是成年人移動時會騎乘騎獸，帶小孩子出門時則會乘坐馬車，所以很少有人會在路上行走。因為在平民區大家基本上都是徒步，所以感覺真是奇怪。

「咦？」

接著進入的區域是房屋雖然龐大，卻像日本的住宅區般鄰接著狹小的庭院。因為與大門已經有一段距離，這一帶應該比大門附近還要高級，占地面積卻變小了。

「請問有的宅邸庭院很大，有的很小，其中有什麼區別嗎？」

「這一帶都是獲得領主賜予土地，稱作基貝的貴族們過冬的宅邸。因為只在積雪深厚的冬季才會回來居住，所以不需要廣大的庭院。」

原來是那些從祈福儀式直到收穫祭為止，都要在所有土地上生活，冬季社交季節才會回到貴族區的貴族們的房子。畢竟冬季期間只會被埋在積雪底下，確實不需要廣大的庭院呢。而居住在艾倫菲斯特侍奉領主的貴族們，宅邸就擁有遼闊的庭園。

「貴族區是一直到那面高牆為止嗎？」

我指向貴族區盡頭的高牆問，卡斯泰德輕輕搖頭。

「不，後頭還有領主的城堡，妳在舉行完洗禮儀式後才會過去。」

而今後將成為我家的宅邸，就坐落在靠近高牆的地帶。馬車駛進了和公園一樣廣闊的庭園，接著是一棟雪白的建築物，感覺上使用了與神殿及高牆一樣的建材。

「我和我的第一夫人艾薇拉，以及三男柯尼留斯都住在這裡。另外還有兩個兒子，但他們都已成年，目前住在騎士宿舍。第二夫人和她的兒子住在別館，但妳應該幾乎不會見到他們。」

大門前方站著一排人，馬車抵達的同時，門也打開了。一名女性踩著優雅從容的步伐從中走出。

「她是艾薇拉，今後就是妳的母親了，要盡可能與她好好相處。」

即將成為我母親大人的女性將一頭深綠色髮絲盤成了複雜的造型，穿著加了許多皺摺與多彩刺繡的服裝，乍看下年紀應該是三十五、六歲。單是安靜站著便儀態萬千，一舉一動都高貴優雅，和至今在這世界見過的女性們相差太多，我完全想不到聊天的時候該找什麼話題。

「呃，話雖然這麼說，但我應該怎麼做才好呢？我根本不知道怎麼做才能和上級貴族的夫人好好相處。」

我不禁說了喪氣話，斐迪南也嘀咕說：「女性的社交圈我們也愛莫能助。」

「因為艾薇拉只有兒子，我想妳暫時先當個聽話的乖女兒，應該就沒有問題吧。她不是那麼愚笨的女人，明知妳將成為領主的養女還對妳無禮。只不過，如果能讓她喜歡妳，妳今後在貴族的女性社會中會過得比較輕鬆吧。」

就算卡斯泰德和斐迪南是我的監護人，也不能參加全是女性的茶會與聚會，所以我必須在女性社交圈中獲得同伴，難度突然間變得非常高。

「艾薇拉在準備房間和服裝的時候，一直很期待幫妳梳裝打扮，所以妳就奉陪到她心滿意足為止吧。」

「我明白了。那我先徹底當個洋娃娃吧！」

既然會興高采烈地幫我準備服裝，也許能用絲髮精、髮飾和茶會上的點心，討得對方的歡心。只能從尋找共通的話題開始努力了。

「卡斯泰德大人，歡迎回來。斐迪南大人，也歡迎您大駕光臨。」

「嗯。艾薇拉，她就是今後要請妳多加關照的羅潔梅茵。」

斐迪南和卡斯泰德輕推我的背，讓我往前站。我照著練習過無數次的動作，盡可能慢慢地彎下腰，跪在艾薇拉身前。

「初次見面，很高興見到您，我是羅潔梅茵。幸得水之女神芙琉朵蕾妮的清澄指引結此良緣，願能為您獻上祝福。」

「准許妳。」

為了表示很高興能見到面，貴族都會像這樣獻上祝福。斐迪南在第一次見到班諾時，給予的祝福也是相同的意思。

「水之女神芙琉朵蕾妮啊，願為新的良緣獻上祝福。」

我照著練習過的，往戒指上的魔石注入少許魔力，灑下輕盈浮起的綠光。收到了祝福的艾薇拉漾開微笑。

「羅潔梅茵，歡迎妳的到來。從今往後，我就是妳的母親了。」

……看來問候這一關算是及格了。

洗禮儀式的準備

我就這麼開始了在貴族區的生活，但和以前在平民區以及在神殿的生活可說是天壤之別。我接二連三地驚訝於只是隔了一道高牆而已，居然就有這麼大的差異。

最大的不同在於廁所，這裡不是使用便盆，再直接往窗外倒，竟然是房間裡面就有廁所！但是並不是沖水式，而是挖了深坑的落下式廁所。底部會有某種黏糊糊的東西在蠢蠢蠕動，第一次看到時我還發出了慘叫聲。聽說那個黏糊糊的東西會分解掉排泄物，但我根本無法馬上習慣。

……因為真的很噁心！感覺那個黏糊糊的東西好像會爬上來，太恐怖了！

現在我還不敢自己一個人半夜去上廁所。幸好我是個小女孩，就算要人陪我一起去，也不會有人覺得我奇怪。我也打從心底慶幸自己是個身邊一定會跟著侍從的貴族千金。

再來，還有我心心念念的浴室。我因為還碰不到自己的背，至今都是和多莉幫彼此擦背，所以對於由女性協助我沐浴並不感到抗拒。雖然洗澡時會毫不吝嗇地使用看起來就很昂貴、還帶有濃郁香氣的肥皂，讓我有些惶恐，但附帶的按摩服務實在讓人宛如置身天堂。但是因為是用肥皂洗頭，頭髮乾了以後變得非常乾澀又緊繃，不只很難梳開，頭髮也失去了光澤。

「母親大人，我有件事情想拜託您。」

「哎呀，怎麼了嗎？」

「請您叫奇爾博塔商會的人過來一趟吧。沒有絲髮精，頭髮都受損了……」

居然要叫來下級貴族在打交道的商人，艾薇拉起先並沒有好臉色，但聽到我想購買恢復頭髮光澤的商品後，總算願意傳喚他們前來。

到了指定的日子，班諾和馬克帶著裝滿商品的木箱登門造訪，兩人都帶著工作時的嚴肅表情走進房間。路茲也有一起來嗎？但虧我滿心雀躍地期待著，卻沒有看見路茲。看來是還不能帶他來上級貴族的宅邸拜訪。

……呿，我好想見到路茲呢。

結束了冗長的寒暄後，艾薇拉催促兩人拿出商品。

「你叫作班諾對吧？快讓我看看羅潔梅茵愛用的商品吧。」

「是，還請過目。」

班諾和馬克從木箱中拿出絲髮精，再拿出款式較為華麗、感覺在這個家裡平常就能使用的髮飾，還有價格比羊皮紙便宜親民的植物紙。

「羅潔梅茵大人愛用的正是這款絲髮精，這次我們還因應季節開發了新的香氣，還請親自確認看看。」

商人之魂熊熊燃燒的班諾讓工坊改變了磨砂的用料，製作了四種新的絲髮精。之前我都是使用多莉自己製作的絲髮精，所以感到有些新奇，試著聞了聞味道。有一款幾乎沒有味道，另外三款分別有著香草香、甜香和清新宜人的香氣。我喜歡把這個季節能採到的帶有甜香的蔻本，和把芬里吉尼果皮磨成了磨砂的絲髮精。

「母親大人，這次我想購買這款絲髮精。」

「哎呀，味道真香呢。那我也用用看吧。」

決定要購買絲髮精和學習時使用的植物紙後，我拿起加了押花的紙張，推薦給艾薇拉。

「母親大人，您不覺得用這張紙寫邀請函十分特別嗎？花好漂亮啊。」

「哎呀，真的呢。真少見到紙裡面夾著花。」

這是怎麼做的呢？艾薇拉興致勃勃地拿起紙端詳。

「這款紙張是剛做好的新產品。春季的花朵豔麗動人，收到邀請函的人想必也會留下深刻印象吧。」

「可是，這已經有人買過了吧？我如果在別人之後才買……」

奇爾博塔商會主要是下級貴族會光顧的店家，艾薇拉身為上級貴族，若模仿下級貴族的舉動會有失體面。她說上級貴族不該跟隨流行，而是該引領流行。

……什麼？這也太麻煩了吧。

「不，這款紙張是為了羅潔梅茵大人，本日才第一次拿出店外，所以尚未有其他客人過目。」

「是嘛？那我就買了吧。」

我偷偷在艾薇拉後面向班諾豎起大拇指，表示「做得好啊」。班諾咧開嘴角，馬克則是不露聲色地轉到後面忍笑。

……啊，糟糕、糟糕，得像個貴族千金才行。

「這邊則是羅潔梅茵大人愛用的髮飾。」

「雖然相當可愛，但我希望用線能再高級一些，做得更加精緻呢。」

那個髮飾已經比我今天戴的髮飾要豪華了，但艾薇拉似乎對品質不太滿意。我覺得已經很好了呢……我這樣心想著看向班諾，只見他像覓得獵物的獵人般雙眼發亮。

「本店當然也接受訂製。倘若您希望使用最高等級的絲線，那麼若能再指定顏色與用線的種類，想必成品更能讓您滿意吧。花朵與葉子都有幾種不同的樣式，依照您要怎麼組合喜愛的花樣、要編織幾朵，呈現出來的感覺都會大不相同。」

於是艾薇拉看著幾款髮飾，指定了要哪種形狀、要做多大，要哪種花搭配哪種花，再指定了顏色與用線的種類，班諾一一抄寫下來。

談妥了訂單完成後會再送來成品，班諾他們便回去了，奇爾博塔商會就這麼成功地讓上級貴族成為了主顧。

「頭髮真的出現光澤，變得好漂亮呢，至今居然一直由下級貴族獨占……」

使用了新的絲髮精後，我的頭髮重新恢復光澤，艾薇拉的頭髮也變得光滑柔亮。雖然對自己的頭髮感到滿意，但艾薇拉對於上級貴族竟然都不知道這件事表達了不滿。

「絲髮精開始販售到現在才快一年而已，價格又比肥皂昂貴，聽說銷量不是很好呢。這款商品可能更適合介紹給願意為美容進行投資的上級貴族吧。如果推薦給領主大人的夫人，不知道她會不會很高興呢？」

「是呀，她一定會很高興的。」

喝茶時間，聊天的話題以美容方面居多。上級貴族間似乎從未見過絲髮精和髮飾，所以艾薇拉志在必得地揚言，今後要讓這兩樣商品流行起來。

因為之前委託給奇爾博塔商會的工作，對他們來說全都不在原本的業務範圍內，所以現在能在本業上幫上忙，我也非常高興。我在內心對班諾呼喊：「班諾先生——本業的工作增加了喔，太好了呢！」

「讓兩位久等了。今天這款是添加了茶葉的餅乾。」

艾拉盡可能不發出任何聲響，輕輕地在我和艾薇拉面前放下盤子。空氣中瀰漫著馥郁的甜香，艾薇拉柔和地瞇起眼眸。

「不知道今天的餅乾吃起來是什麼味道呢。」

果不其然，艾拉做的甜點得到了艾薇拉的大力讚賞。雖然砂糖已經從中央流行過來，但還沒有多少為人所知的可用食譜。目前為止，我已經在喝茶時間端出過磅蛋糕、可麗餅和餅乾，每一樣都受到好評。

雖然比不上費心鑽研、開發出了好幾種磅蛋糕的尹勒絲，但艾拉也做得出磅蛋糕。現在獨家專賣的契約已經到期了，公開磅蛋糕的做法應該沒關係吧。

「關於這些點心的做法，真希望也能教給宅邸裡的廚師呢。」

艾拉因為尚未取得家人的信賴，至今都是做為我的專屬廚師，只在小廚房裡負責製作喝茶時的點心，看來現在總算得到了艾薇拉的信任。艾拉笑逐顏開。

「如果能夠允許艾拉進入廚房，就能用艾拉不知道的餐點食譜，交換點心的做法喔。我也希望艾拉可以學會做更多種餐點。」

「那和主廚商量過後，我再下達許可吧。」

喚來了主廚討論過後，允許艾拉幾天之後進入大廚房，互相交換食譜。艾薇拉是想在我成為領主的養女、更換住所之前，先取得茶會所需的點心做法吧。看來是連在點心方面上，也打算引領流行。上流貴族的夫人真是不好當。

「這款餅乾帶有茶葉的香氣，真是美味呢。」

「是的，斐迪南大人也很喜歡這款餅乾唷。」

在神殿以外的地方必須稱呼為「斐迪南大人」，但坦白說變得好長，真是不好唸。順便說，我還問斐迪南：「那等我成為養女，要改稱為叔父大人嗎？」他只是一言不發地用拳頭鑽了我的腦袋。看來是不能叫叔父大人。

「斐迪南大人嗎？這樣呀……」

日常生活中與斐迪南有關的一些小資訊，對艾薇拉來說好像就是非常愉快的話題，所以反應最是熱烈。本來我還很擔心要怎麼和艾薇拉好好相處，現在能處得還不錯，都是多虧了斐迪南。

大概是因為斐迪南每兩天會來看一次我的情況，艾薇拉經常是笑容滿面。雖然我只見過艾薇拉笑容可掬的模樣，但家中十一歲的三男，目前是見習騎士的柯尼留斯是這麼告訴我的。柯尼留斯是個有著嫩葉般的亮綠色髮絲，眼睛為黑色，雖然身高開始抽高了，但臉龐還帶有著稚氣的少年。

此外我來到這裡以後，才知道原來斐迪南是貴族女性間的偶像。不只面貌俊秀、血統優良，無論是擔任代理領主、文官還是騎士，每樣工作都能做得無懈可擊，甚至還琴藝精湛。再加上因為是神官，從今以後都不可能有對象。如果只是想要遠遠看著欣賞，確實是沒有比他更完美的偶像人選了。

斐迪南來訪的時候，艾薇拉的表情完全像是在參加偶像晚餐秀的粉絲。在斐迪南面前，她總是一本正經地討論著我的教育方針與進度，但他回去以後，就會花上很長一段時間講述「斐迪南大人哪裡有多麼優秀」。而且，同樣的讚美會反覆循環。至今一直負責傾聽的柯尼留斯很開心地把這項任務交接給了我，還說：「果然都是女性，比較能夠明白斐迪南大人的魅力吧。」

……不，其實我不太明白。

斐迪南確實可說是十項全能，不論讓他做什麼都能出色完成，我也經常承蒙他的關照。可是，他講話很刻薄，又有可怕且不留情面的一面。在我看來，斐迪南並不是足以像艾薇拉這樣為他尖叫吹捧的對象。

我小聲這麼說了以後，艾薇拉卻提醒我：「哎呀，羅潔梅茵。如果連點心機也沒有、無法排除敵人，只是溫文儒雅的男人可不行唷。」

……貴族社會好恐怖。

當然，我現在每天都要學習。目前主要的學習內容，是認識之後會來參加洗禮儀式的親戚。卡斯泰德是領主的堂兄，所有親戚也全是上流貴族，要記住那麼多長長的名字真是要了我的命。而且很多都是擁有土地的伯爵和子爵，所以還要分別記住基貝加上土地的名字，和個人原本的名字，害我腦袋一片混亂。

「貴族們的名字太難記了，有沒有什麼簡單的記法呢？」

我在斐迪南來探望我的時候試著發了牢騷，他也一臉莫可奈何。

「我想也是，畢竟妳不熟悉這裡的環境。但若不記起來，往後就麻煩了。」

斐迪南說完攤開領地內的地圖，照著祈福儀式時去過的順序，一邊用指尖指著，一邊告訴我親戚擁有的是哪塊領地，那裡有什麼東西有名。因為很多地方在初春時都投宿過，所以記憶猶新，很快便能記住。我一邊聽一邊在旁邊做筆記。

「擁有領地的親戚還算好記，但在城堡裡面工作的文官和武官們，職位名稱十分相似，很容易搞混呢。」

「嗯。既然如此，為了讓妳提起幹勁，提供點獎勵給妳吧……」

斐迪南揚起微笑，看著我說：

「如果妳能在洗禮儀式之前記住所有人的名字，並且順利完成洗禮儀式，那麼一等妳當上神殿長，我便把神殿圖書室和存放貴重書籍的書櫃鑰匙交給妳掌管。」

「斐迪南大人，這意思難道是……」

只要有了圖書室的鑰匙，表示我想什麼時候進去都可以吧？還能看到至今因為都是由神殿長保管，連看都無法看到一眼的貴重書籍囉？我期待得雙眼發亮，斐迪南露出了貴族特有的優雅微笑點頭。

「沒錯。既不需要經過我的許可便能進入圖書室，還能閱覽到珍貴書籍。」

「我會加油！說什麼也會背下來！」

為了可以自由進出圖書室和閱讀沒看過的書籍，所有學習、禮儀訓練和艾薇拉對斐迪南的讚美大會，根本算不了什麼！我頃刻間鼓起了滿滿的衝勁。開始認真默背起名字後，完全沒去聽艾薇拉和斐迪南在說什麼。

「管理貴重書籍不正是神殿長的職責嗎？居然把神殿長的職務偽裝成獎勵，斐迪南大人果然十分懂得如何驅策他人呢。」

「單純只是她太好操控了。」

於是學習進行得十分順利，我因為太過全神貫注而病倒後，接著是為洗禮儀式的服裝進行試裝。在我移動過來之前，艾薇拉就已經興匆匆地訂好了衣服，帶過來的服裝竟然多達四件，我覺得洗禮儀式的服裝只要一件就夠了。

「因為當時完全不曉得妳的模樣，所以保險起見我多訂了幾件。羅潔梅茵喜歡哪一件呢？」

這時候要是說「我覺得都可以」，恐怕是不及格的貴族千金吧。我站在偌大的穿衣鏡前，讓人為我換上衣服，一邊觀察艾薇拉的臉色一邊有些苦惱。每件衣服都是白色的，刺繡的線則使用了季節的貴色青色，和我瞳孔的顏色金色，所以每件穿起來感覺都差不多，依我現在的外表，也每一件都適合。和麗乃那時不一樣，現在的我並沒有什麼該遮掩起來的缺點。硬要列舉的話，大概就是內在吧。

我並不認為服裝需要太過繁複華麗，但從平常艾薇拉為我準備的服裝和飾品來看，我想艾薇拉很喜歡把我打扮得漂漂亮亮。我先是思考了艾薇拉的喜好，再指向服裝。

「我很煩惱要選這件還是那一件呢。」
「哎呀，羅潔梅茵也是嗎？」
看來我猜對了。艾薇拉因為兩件都很適合，認真地苦惱起來。裁縫師們拿起我指過的衣服，開始比對尺寸。試裝用的服裝照著一般孩童在受洗時的平均尺寸縫製，對我來說卻還是有些太大。
……嗚嗚，明明我都留級一年了。
「如何，決定了嗎？」
艾薇拉正在苦惱時，卡斯泰德出現了。做為握有家中經濟大權的家長，他說是來察看最後決定的服裝。
「哎呀，卡斯泰德大人，您覺得如何呢？每一件都非常可愛吧？」
「嗯，很適合羅潔梅茵。」
「可是，這兩件我們很煩惱要選哪一件呢。」
艾薇拉比較著裙子部分的皺摺和胸口的設計，想在非常細節的地方分出優劣。卡斯泰德看著她聳聳肩。
「這麼細微的不同，妳解釋再多我也聽不懂。那就兩件都下訂吧。既可以依當天的心情選擇要穿哪一件，況且小孩子也可能弄髒衣服。」
「哎呀，這主意真不錯。那就這麼辦吧。」
艾薇拉喜孜孜地開始向裁縫師們下達指示。我斜眼偷瞄著艾薇拉，抓住卡斯泰德的披風輕輕一拉，小聲說道：

「父親大人，我絕對不敢弄髒衣服，洗禮儀式的服裝也不需要準備兩件，這樣子太浪費錢了。」

「只要能擺脫艾薇拉又臭又長的說明，還有事後聽她不斷抱怨早知道還是選另外一件的折磨，多買一件衣服的錢還算便宜的了。」

對卡斯泰德來說，買兩件衣服似乎算是一種事前投資。他說能用錢買到心靈與家庭的安穩，這種情況還算好的了。

……那種大徹大悟的眼神真教人在意。父親大人，到底發生過什麼事啊？

洗禮儀式前一天我接到通報，住在騎士宿舍的長男艾克哈特和次男蘭普雷特回來了。柯尼留斯牽著我的手，帶我去迎接他們。柯尼留斯因為是尚未成年的見習騎士，所以是住在家裡，早餐和晚餐的時候也會碰到面。但是，這是我第一次要見到平常在騎士宿舍生活的另外兩位哥哥大人。

「因為是第一次見面，我有點緊張呢。」

「……妳已經見過哥哥大人他們了吧？我聽他們提起過妳。」

原來之前討伐陀龍布的時候，兩位哥哥大人也以騎士的身分同行。因為騎士團的人全穿著覆蓋住全身的鎧甲，又戴著幾乎看不見臉部的頭盔，我才對他們一點印象也沒有。但是，他們早已經見過我了。

「啊，好像已經到了。」

之前因為我曾在柯尼留斯的催促下昏倒過，所以這次他讓侍從把我抱起來，快步趕往玄關。

「哥哥大人，歡迎回來。」

「柯尼留斯，我們回來了。」

長男艾克哈特十八歲，有著深綠色的頭髮，藍色眼睛。五官和卡斯泰德十分相像，體型也偏高大魁梧。

「艾克哈特哥哥大人，歡迎回來。」

「嗯，我回來了……羅潔梅茵。」

艾克哈特稍微彎下腰，讓視線與我等高。但次男蘭普雷特不同，他直接把我抱起來，舉高到他面前。

「真的是那個時候的見習巫女耶。想不到見習巫女竟然是我妹妹……羅潔梅茵比韋菲利特大人還小、還輕呢。」

「蘭普雷特哥哥大人，羅潔梅茵嚇到了啦。」

柯尼留斯開口提醒，蘭普雷特只是咧嘴一笑。

「啊，真的呢，眼睛睜得好圓。」

應該還在發育期吧，十六歲的蘭普雷特有著遺傳自卡斯泰德的紅褐色頭髮，眼睛是亮褐色。比艾克哈特矮了約一個頭，但已經和一般成人差不多高了。肌肉看起來也沒有卡斯泰德和艾克哈特那麼壯碩，但被他抱起來後，感覺得出來身材很結實。

「我回來了，羅潔梅茵。」

「蘭普雷特哥哥大人，歡迎回來。」

「我是奧伯・艾倫菲斯特的兒子韋菲利特大人的護衛騎士。等妳成了養女，進入城堡以後，我們還會見到面。請多指教囉。」

明天終於就是洗禮儀式了。聽說領主夫婦與韋菲利特也受邀前來，又要與新的家人見面了。

貴族的洗禮儀式

到了洗禮儀式當天早晨，去年在平民區也是一片手忙腳亂，但在貴族區更是忙得人仰馬翻。我從一大早就被叫起來，在半睡半醒間洗了澡，先換上平常的衣服吃早餐，以免弄髒衣服，吃完後要立刻換上洗禮儀式的服裝。

「母親大人，早安。」

沐浴完的我前往餐廳時，只看見艾薇拉一個人在吃早餐。在貴族區並非是前往神殿受洗，而是叫來神官，在自己的宅邸裡舉行洗禮儀式，所以儀式當天家裡是一團混亂。往常都是由廚房的人服侍我們用餐，今天也改為了由侍從負責。晚點賓客們即將來訪，現在廚房鐵定化成了戰場吧。

「羅潔梅茵，斐迪南大人稍後會帶禮物過來，妳快點先換好衣服吧。」

「是，母親大人。」

吃完早餐的艾薇拉一離開，艾克哈特緊接著走進來。艾克哈特在努力趕快吃完的我正前方坐下，對我溫柔微笑。

「羅潔梅茵，早安，還有恭喜妳了。」

「多謝艾克哈特哥哥大人。」

艾克哈特一邊把手伸向盤子，一邊找話題和我攀談。本以為要在一片靜默中吃飯，內心有些七上八下，所以我不禁鬆了口氣。

「聽說今天要主持洗禮儀式的神官是斐迪南大人吧？我第一次看到斐迪南大人主持儀式，內心也相當期待呢。」

「……今天是第一次嗎？」

貴族的洗禮儀式都是喚來神官，在宅邸裡進行。而且主持貴族的洗禮儀式可以拿到禮金，所以對神官來說是獲得收入的寶貴機會。貴族都想盡可能找來位階較高的神官，但斐迪南至今卻從未在貴族區主持過祭典儀式。這是為什麼呢？大概是注意到了我在思考的樣子，艾克哈特為我說明。

「因為上級貴族的儀式，之前都是由神殿長來主持。」

領主和上級貴族等與斐迪南有往來的貴族，基本上也與神殿長有往來，所以都是邀請神殿長。而斐迪南即便不去主持儀式，也有其他方面的收入和大量工作要做，所以對此毫不在意，都把儀式活動委託給其他神官。

「既然斐迪南大人會以神官的身分前來，那麼今日出席的貴族女性們，說不定會為之瘋狂呢。」

艾克哈特告訴我，斐迪南來貴族區時總是穿著貴族應有的服裝，所以大家若看到他換上神官的儀式用服，肯定會大聲尖叫吧。

……居然會為儀式用的神官服尖叫，類似看到制服就怦然心動那樣嗎？我倒是已經看習慣神官服了，所以一點感覺也沒有。

在成為見習騎士後，直到斐迪南進入神殿的這短暫期間，曾和斐迪南一起當過騎士的艾克哈特似乎對他十分了解。

「斐迪南大人不論做什麼事情都無可挑剔，所以比起嫉妒和眼紅，他更是大家憧憬崇拜的對象。」

甚至艾克哈特在就讀貴族院期間，還會把斐迪南的消息透露給艾薇拉，以此獲得零用錢。看來斐迪南的情報對我來說，也會成為不錯的收入來源。

「因為斐迪南大人公開聲稱妳是在他庇護之下的見習巫女，所以我也會把妳當作是妹妹，好好照顧妳。羅潔梅茵，妳也要好好回報斐迪南大人。我希望那位大人的同伴越多越好。」

「我知道了。」

比起急忙咀嚼的我，艾克哈特比我更快吃完早餐，先一步離開。明明是一邊說話，一邊用優雅從容的動作吃著早餐，怎麼會那麼快。被隨後才來的艾克哈特拋下，我急忙扒也似地吃完早餐。

「柯尼留斯哥哥大人，早安。」

回房間的半路上，我遇見了要去餐廳的柯尼留斯。

「羅潔梅茵，早安。妳也是一大早被叫起來的嗎？」

「是啊，侍從們把我叫醒後，我已經沐浴完、也吃完早餐了。」

雖然已經換好衣服，但柯尼留斯仍然一臉睡眼惺忪，神智還沒清醒的樣子。提醒他後，柯尼留斯輕笑起來。

「那我也得快點吃完早餐才行。啊，羅潔梅茵，今天恭喜妳了。」

「多謝柯尼留斯哥哥大人。」

回到房間，開始更衣。侍從們攤開兩件衣服，詢問我要選擇哪一件。不論選哪一件，都符合艾薇拉的喜好，所以應該沒什麼大問題。我順著當下的心情隨意選擇了右邊那一件。侍從們很快開始動作，照著她們「手臂請往這邊抬起來」、「右腳請往這邊」的指示，很快就換好了衣服。

坐在鏡子前，侍從為我細心梳理頭髮時，門外響起了細微的鈴聲。

「是母親大人，快讓她進來。」

「羅潔梅茵，妳換好衣服了嗎？」

「已經好了，母親大人。」

我回應後，艾薇拉先是走出房間，朝著門外呼喚，再帶著身穿正裝的卡斯泰德，和穿著儀式用服、手上捧著小木盒的斐迪南一起進來。進房順序分別是卡斯泰德、斐迪南，最後是艾薇拉。看到艾薇拉望著斐迪南的雙眼在閃閃發亮，讓我覺得有些有趣。

「羅潔梅茵，恭喜妳要舉行洗禮儀式了。嗯，這身衣服很適合妳。」

「多謝父親大人。」

我道謝後，卡斯泰德微微一笑，執起我的手說：「這枚戒指先還我，等洗禮儀式時再交給妳。」然後摘下了魔導具戒指。為了在神殿登記秘密房間，也為了預防在神殿與青衣神官發生什麼狀況，卡斯泰德才預先給了我戒指，但其實原本是在洗禮儀式上才會給我。

貴族的孩子在出生時，會得到把滿溢魔力儲存在魔石裡的魔導具，洗禮儀式時再得到可釋放魔力的戒指，而我並沒有拿到一般會給予貴族孩童的魔導具。因為斐迪南說，我只要在神殿奉獻魔力即可，而且如果我需要蓄滿魔力的魔石，也有足夠的魔力可以立即準備。

卡斯泰德拿著戒指後退，換作斐迪南捧著木盒上前來。

「羅潔梅茵，恭喜妳。這是今天的賀禮。」

「哎呀，不知道送了什麼呢。羅潔梅茵，妳快打開看看。」

比起收到禮物的我，艾薇拉還要更興奮。我向斐迪南道謝後，先把木盒放在桌上，再以上級貴族應有的動作輕柔地打開蓋子。

「哎呀，好漂亮啊！」

木盒裡是使用了最高等級的絲線，光澤飽滿豔亮的華麗髮飾。我輕輕取出察看，只見其中三朵較大的白花用金線鑲起了花瓣邊緣，旁邊簇擁著花瓣邊緣也同樣綴有金線的藍色小花，再往下是紫藤花般的成串小花，搖曳著由藍至白的漸層。

……這個是多莉和媽媽做的。

在編織成髮飾的花朵當中，有著我把技術販賣給珂琳娜以後，再教給多莉和母親的新織法。再加上款式也和去年的髮飾非常類似，很明顯兩人一定有參與髮飾的製作。那麼，說不定這個木簪也是父親負責削好磨平的。腦海裡一浮現家人的臉龐，因為忙得暈頭轉向，一直壓抑在腦海深處的寂寞一下子猛烈襲來。

「……啊……」

我的眼淚潰堤般地滴滴答答掉下來。一直努力不去思考的家人占據了整個胸口，我拿著髮飾，就這麼動彈不得。

「羅潔梅茵？」

艾薇拉吃驚得瞪大眼睛看我。看見我突然掉淚，大吃一驚的侍從急忙拿著毛巾跑來，輕輕按在我臉上。

「羅潔梅茵，快冷靜下來。」

斐迪南抽走我手上的髮飾，面無表情地冷靜命令。要是有辦法，我也想停下來，但雙眼就像壞掉的水龍頭一樣，眼淚不停地自己掉下來。

「……我、我做不到，停不下……嗚……嗚……」

斐迪南環視了一圈不知所措的眾人，雖然臉上毫無表情，淡金色的眼眸裡卻浮現了些許焦急。他的眉頭更是用力皺起，用指尖敲著太陽穴。

「卡斯泰德，讓所有人離開房間！沒有我的允許，誰也不准進來！」

「是！」

斐迪南厲聲下令，卡斯泰德立即將一臉擔心的眾人全部趕出房間。確認了房裡沒有其他人後，卡斯泰德關上房門。

在只剩下我們兩人的房間裡，確定其他人都已離開，房門也密實關上，斐迪南才用毛巾大力粗魯地擦拭我臉頰。但我的眼淚依然沒有停止的跡象，源源不絕地滾落下來，斐迪南非常不悅地垮下了臉。

「神官長，抱抱。」

「別放開妳臉上的毛巾。要是弄髒衣服，我馬上回去。」

斐迪南用萬般不情願的語氣說，坐在椅子上，再把我抱起來，近乎包覆地將我抱在懷裡。感受到了人的體溫後，我全身放鬆下來。雖然卡斯泰德、艾薇拉和哥哥大人他們都對我很好，但和以前的生活比起來，這裡的肌膚接觸極度稀少。看來我一直渴望著可以安心的肢體接觸。我把毛巾按在臉上，整個人緊緊抱住斐迪南。

「……真想不到在洗禮儀式當天早上會發生這種狀況。」

斐迪南用沒好氣的口吻說道，好不容易止住眼淚的我也噘起嘴唇。

「在洗禮儀式當天帶來家人做的髮簪，我只覺得是故意的嘛。」

「哦，是嗎？我本來是想讓妳感到高興，看來是造成了反效果，我決定再也不送妳髮飾。」

「請等一下！我很高興！真的非常高興，以後請再送我髮飾吧！」

「我可受不了再發生這種情況。」

看到斐迪南帶著臭臉這麼說，本來精神狀態就不穩定的我，馬上又掉下眼淚。

「我明明都說了、很高興……明明就說、以後還想收到……神官長好過分……嗚……嗚……」

「真是麻煩。妳真是麻煩至極。到底要我怎麼做？」

斐迪南冷然說道，聲音卻聽得出來他無計可施。

「下次請在幾天前先送給我吧。我是真的很高興。可是，因為會覺得很寂寞，所以需要一點時間整理心情。」

「……知道了。我會考慮，所以妳別再哭了。」

說完，像在說拿愛哭的孩子沒轍般，斐迪南輕拍了拍我的頭。

抱抱了好一陣子以後，我的心情總算平復下來，直起身子不再靠在斐迪南身上，從他的大腿跳下來。

「我已經沒事了，抱歉給神官長添了麻煩。」

我拿著毛巾往後退，斐迪南說著「妳明白就好」，板著臉站起來，走向房門。

「進來。」

斐迪南說完，蘭普雷特和幾名侍從走進房間。

「失禮了。父親大人和母親大人前去迎接賓客，所以由我代為……」

蘭普雷特一邊說著一邊走進來，一看見雙眼紅腫的我立即住口，臉頰抽動。

「羅潔梅茵的雙眼紅得不像話，快替她冰敷。母親大人見了可會大驚失色。」

侍從們驚覺般地急忙開始動作，斐迪南似乎這時候才注意到我的雙眼紅腫，朝我伸出手來。

「不，沒那個必要。羅潔梅茵，過來，我幫妳治癒。」

大概是已經儲存好了魔力，斐迪南左手手環上的魔石發出光芒。他用左手覆住我的雙眼，低聲唸道：「洛古蘇梅爾的治癒。」我在眼皮外感受到了一陣柔和綠光，接著聽見侍從們「噢噢」的小聲讚歎。光芒很快消失，斐迪南把手拿開。

我慢慢張開雙眼，看見斐迪南正在檢查我的眼睛，蘭普雷特則因為成功避免了母親發怒，鬆了一大口氣。

「居然在儀式開始前承蒙斐迪南大人為我治癒……真是感激不盡。」

「這點小事不算什麼。」

眼睛的紅腫應該退了吧。我摸了摸自己的臉，看向鏡子確認。看來是沒問題。

「斐迪南大人，羅潔梅茵究竟發生了什麼事？為了日後能夠預防這種情形發生，還望您能稍做說明。」

「……今天大家都很忙，日後再說吧。羅潔梅茵，妳快點做好準備。」

面對蘭普雷特的提問，斐迪南三言兩語帶過，走向房門。斐迪南怎麼可能如實回答呢。我是因為收到了以前家人做的髮飾才哭出來，他還把我抱在懷裡安慰我。在日後有人追問起來前，斐迪南肯定會先想好藉口吧。

洗禮儀式好像快要開始了，斐迪南打開房門後，熱鬧的喧囂聲從遠處傳來。

用類似髮蠟的理髮用品梳理了頭髮後，我的頭髮也能用繩子綁起來了。抹好了黏糊的髮蠟，侍從再用我上半部的頭髮編織成複雜的髮型，然後插上斐迪南剛送給我的髮飾。

做完了準備，在蘭普雷特的護送下移動到等候室。這個房間距離要舉行洗禮儀式的大廳的樓梯最近，所以要在這裡待命，直到有人叫我。

「領主一家人好像到了。我也必須去打聲招呼……妳能一個人在這裡等嗎？不會像韋菲利特大人那樣偷溜出去或躲起來吧？」

聽起來齊爾維斯特的兒子活像是迷你齊爾大人。看來蘭普雷特身為護衛騎士，處境就和總要制止齊爾維斯特亂來的卡斯泰德一樣，平常一定非常辛苦吧。我忍不住心生同情。

「蘭普雷特哥哥大人，雖然您說我是一個人，但您離開以後，這裡還有侍從，所以我並不是完全一個人喔。而且我和一般的小孩子不一樣，並沒有可以偷溜出去的體力，請您放心過去吧。」

蘭普雷特一邊說著「反而更讓人不安了」，一邊走出等候室。

一會兒過後，卡斯泰德和艾薇拉走進等候室，應該是迎接完賓客了。艾薇拉走到我面前，仔細觀察我的臉龐。

「我聽蘭普雷特說了。聽說妳哭紅了眼睛，還接受了斐迪南大人的治癒吧？羅潔梅茵，與他人第一次見面是非常重要的事情。因為在見到面的那一瞬間，別人對妳的印象就定型了。」

艾薇拉一邊檢查我的眼睛還有沒有紅腫，一邊述說貴族女性的注意事項。

「在這麼多人都是初次見面的洗禮儀式上，要是哭得雙眼紅腫，可不是淑女該有的行為。淑女必須無時無刻展現出自己最美麗的一面。」

然後是演練洗禮儀式的流程。目前在另一間房間待命的斐迪南走出去後，洗禮儀式便開始了，等叫到我，再跟在雙親身後上臺。

「哎呀呀——！」

「呀啊啊啊啊啊！」

無預警地，隔著房間我也聽見了女性們的尖聲大叫。怎麼回事？我大吃一驚，看向房門的方向，卡斯泰德便說：「是斐迪南大人上臺了吧。」明明今天是洗禮儀式，又不是斐迪南的飛蘇平琴演奏會。

「……看這樣子，說不定不會有任何人注意到身為主角的我呢。」

「哎呀，因為大家都是第一次看見斐迪南大人身穿神官服的模樣，也難怪無法按捺激動的心情吧。」

麗乃那時候在我為數不多的朋友中，也有人看到不同於平常的裝扮就會心頭小鹿亂撞。尤其是看到眼鏡和西裝的反應異常激烈。

……所以不是眼鏡少年，而是神官少年嗎？還是叫作制服控？我一頭霧水，況且從外表來看，神官長也已經不是少年的年紀了呢。

尖叫聲戛然而止。隨後，雖然聽不清楚在說什麼，但傳來了斐迪南悅耳的低沉嗓音，看來是正式開始了。

聽見「鈴」的細微鈴聲，在門前待命的侍從打開房門。卡斯泰德和艾薇拉在同時起身，我也從椅子下來，跟在兩人的一步後方，走向通往一樓大廳的階梯。才走到階梯旁邊，看見聚集在一樓大廳的人數之多，我忍不住倒吸口氣。

現場搞不好有兩百人──不，有三百人左右。難以想像有這麼多人都聚集來到了同一個屋簷下，所有人摩肩接踵，凝視著這邊。眾人的視線刺眼且沉重，讓我不得不意識到自己的一舉一動都受到了矚目。

……我要走過那裡嗎？

大廳正中央有條供我們通行的走道，盡頭設有祭壇，上頭還擺著不知道是不是從神殿帶過來的、十分眼熟的神具。斐迪南穿著儀式用的神官服，站在祭壇前等候。簡直像是只有他一人出席的教堂婚禮。

有那麼一瞬間，在前方護衛著艾薇拉的卡斯泰德擔心地朝我瞥來。我輕輕頷首，努力讓他放心。為了保住自己和家人的性命，我下定了決心與家人分開。而且也和斐迪南說好了，只要順利地度過洗禮儀式，他就會把鑰匙交給我保管。

我必須要成為領主的養女，也必須要得到可以出入圖書室的自由與珍貴書籍的閱覽權。無論如何，此刻我都不能失敗。

我用力抬起頭，露出羅吉娜與艾薇拉精心訓練過的微笑，跨出一步。一定要挺直背脊，不能低頭往下看。視線要環顧四周，不能固定凝視某一點。慢一點也沒關係，要優雅得如流水般，依著一定節奏邁步。

我照著受過的禮儀訓練踏出腳步後，在階梯旁邊演奏著音樂的幾名樂師中，發現了羅吉娜的蹤影。她一邊演奏，一邊擔心地望著我。放心吧。我對她加深了臉上的笑意，要她不用擔心。

雙腳繼續前進，接著我在斐迪南附近，看見了身上衣著最為華美奪目的齊爾維斯特。同行的還有應該是他夫人的女性，以及一名看來與我同年的少年。少年是韋菲利特吧。隔著走道，齊爾維斯特的對面是三位哥哥大人。柯尼留斯用捏了把冷汗的表情注視著我。雖然沒有表現出來，但另外兩位哥哥大人多半也在心裡直冒冷汗吧。

卡斯泰德和艾薇拉在祭壇前停下腳步，朝我伸出手來。我握住他們的手，走到幾階上方的斐迪南面前。在斐迪南身前站定後，卡斯泰德和艾薇拉便走下祭壇，退到哥哥大人們身邊。

「羅潔梅茵，今日妳便年滿七歲了。」

斐迪南說著，拿出去年我在洗禮儀式上也見過的小牌子。我記得要在那上面蓋血印。又要蓋血印嗎？見到牌子，我忍不住露出了厭惡的表情，斐迪南輕睨著我說：「把手伸出來。」

我戰戰兢兢地伸出手，斐迪南遞來了不是小刀也不是針，而是大約二十公分長，綴有豪華裝飾的細棒。這似乎是裝有魔石的魔導具，我一拿在手上，就感覺到魔力被吸了過去。魔力被強制吸走了一些後，細棒發出光芒。這在洗禮儀式上大概是必要的程序，賓客們一致拍手鼓掌。

斐迪南再朝我遞來牌子，像在蓋印章一樣，把細棒的平坦部分覆在牌子上。大概是吸走了細棒裡的魔力，細棒的光芒暗下，換作牌子呈現出了七彩色澤。斐迪南看著牌子，小聲嘀咕說著「果然」，旋即將牌子收進小盒子裡。

「羅潔梅茵，恭喜妳。如此一來做為卡斯泰德的女兒，妳已正式獲得認可。艾倫菲斯特迎來了新的一分子。」

在一片掌聲與喝采聲中，卡斯泰德拿著戒指走上祭壇。然後，他在臺上向眾人高舉起嵌有藍色魔石的戒指。

「在諸神與諸位的見證下，在此將戒指贈予我的女兒羅潔梅茵。」

和剛才摘下戒指時一樣，卡斯泰德先執起我的左手，再往中指戴上戒指。戒指「咻」地改變大小，剛好吻合地套在中指上。

「為羅潔梅茵獻上火神萊登薛夫特的祝福。」

在斐迪南說話的同時，我看見眼角餘光中出現一道藍光。轉過身時，斐迪南正讓戒指發出光芒。輕盈飛起的藍光從我頭上灑落下來。

「感激不盡，神官長。」

他們說過斐迪南給了我祝福以後，我也必須對斐迪南和前來參加洗禮儀式的賓客們回以祝福。

「希望為我獻上祝福的神官長與齊聚於此的諸位，亦能蒙受火神萊登薛夫特的祝福。」

我往剛回到自己手上的戒指注入魔力。戒指很快發出藍光，膨脹飛起後在大廳內部環繞了數圈，再灑落向整座大廳。雖然顏色不一樣，但與之前和家人分離時灑下的光芒十分相似。

……呼，洗禮儀式結束了。

依照指示結束了洗禮儀式後，我的心情頓時輕鬆許多。然而，聚集於大廳裡的人們卻喧譁起來。不同於剛才約定俗成的喝采與鼓掌，現在的嘈雜聲明顯是因為發生了意料之外的情況。

「竟然能灑下這麼大量的光芒？」

「她那年幼的身軀裡到底擁有多少魔力？」

……咦？什麼？難道我做錯事了嗎？

周遭眾人的喧譁讓我感到不安，不由得看向卡斯泰德和斐迪南。向兩人投去詢問的眼神後，斐迪南和卡斯泰德都微微勾起嘴角。那是在打什麼主意時的笑容。卡斯泰德站到我身後，把手放在我肩膀上，用只有我聽得見的音量小聲說：

「原本祝福只要回給神官一人就好，這算是為妳成為領主的養女做點效果。」

齊爾維斯特臉上帶著惡作劇成功了的笑容，一步又一步慢慢上臺。見狀，賓客們不再議論紛紛，一致安靜下來，注視著領主。

「羅潔梅茵，恭喜妳。如今妳也獲得認可，成為艾倫菲斯特的一分子了。」

齊爾維斯特在臺上這麼對我說完，一骨碌轉身面向出席儀式的賓客。然後他揮開披風，同時清朗的話聲在大廳裡響亮迴盪。

「那麼接下來，我將在此正式收養羅潔梅茵為我的養女。」

多半大部分的賓客都沒有收到齊爾維斯特要收我為養女的通知，大廳剎那間鬧哄哄地亂成一團。

養女契約

站在臺上看著鬧哄哄的賓客們，我在心裡對自己的三名監護人大表不滿：不要只有你們自己知道，也向我說明一下啊！我知道自己常常被摒除在外，但像這樣會站在臺上受到眾人矚目的時候，真希望他們可以事先通知一聲。

「如各位所見，羅潔梅茵的魔力量非常豐沛。」

齊爾維斯特沒有說安靜，也沒有說注意，突然間說起話來。大概是因為領主身分的關係，很習慣這樣子說話吧，渾厚有力的話聲響遍了寬敞的大廳。僅是如此，貴族們統統安靜下來。我不知道這是階級社會特有的一種默契，還是齊爾維斯特的領袖風範使然，但只見所有人都閉上嘴巴，注視著臺上開始說話的齊爾維斯特。

「正因如此，卡斯泰德為了讓自己剛出生的孩子遠離一切紛爭，才避人耳目地撫養她長大。本想在神殿繼續隱藏她的存在，前任神殿長卻因為有所誤解，到處向人聲稱有平民青衣見習巫女擾亂了神殿的紀律，這件事想必各位仍然記憶猶新。」

……嗯，出現了。把責任全推到神殿長身上。絕招「都是他的錯」。

從卡斯泰德與哥哥大人們的談話，我大概知道了神殿長的惡行惡狀多到連斐迪南要列出來都嫌麻煩。況且單看我幫忙計算的盜用公款部分，就已經是嚇死人的天文數字，所以就算再多加個罪行恐怕也沒什麼差別吧。不過，可以在眾目睽睽下面不改色說謊的齊爾維斯特還是很驚人。

「羅潔梅茵先前從不知道自己父母的身分，不為人知地成長至今，但在面對生活環境比自己還要艱苦的人們時，依然沒有忘記保有慈悲之心。儘管如此年幼，她仍對在孤兒院長大的孩子們心生憐憫，給予了他們工作與食物。」

齊爾維斯特用清晰洪亮的嗓音敘述了羅潔梅茵的成長過程，內容卻讓我忍不住想要反問：「這是在說誰？」看到孤兒院的慘狀以後，我確實是大吃一驚，也成立了工坊想要改善，大致上並沒有錯。但是，聽起來一點也不像是我做的事。

「神官長斐迪南告訴了我羅潔梅茵捨身奉獻的事蹟，但起先我並無法相信。我心想這世上不可能有這樣的孩子，於是親自走了一趟孤兒院。然而，我發現孤兒們都把羅潔梅茵當作聖女般仰慕、崇拜。見到那幅情景，我為她的純真深受感動。」

……加油添醋得太誇張了。誰是聖女啊?!我心目中的聖女可是葳瑪！

對比於我在心裡大肆吐槽，賓客們聽了領主表明自己也曾懷疑過斐迪南的話，還走了一遭親自確認後，好像因此增加了莫名的可信度。明明剛才為止還一臉懷疑，說著「這怎麼可能」、「誰有辦法相信」，竟慢慢出現了改變，轉變成「真的嗎？」、「雖然不敢相信，但領主都說他親眼確認過……」的表情。

……啊啊啊啊！我再也受不了站在臺上啦！好想大叫「我並不是那麼了不起的人，不要相信他！」然後落荒而逃。爸爸、路茲，救我啊！

「再者，羅潔梅茵給予孤兒們的工作十分罕見，我也因此發現了可以發展為領地新事業的可能性。正準備花上二十年的時間，慢慢在領地內發展推動時，卻有他領貴族盯上了羅潔梅茵。」

大廳內又是一陣譁然。

「我想各位已經收到通知了吧。趁著我去參加領主會議，不在城堡裡的期間，發生了偽造許可證的惡質犯罪。由於前任神殿長走漏風聲，他領貴族已經知道了羅潔梅茵擁有豐富的魔力量，和拯救了孤兒院。為了鞏固她的地位，也為了保護擁有豐富魔力的艾倫菲斯特的孩子，我決定收養羅潔梅茵為養女。」

大家再次議論紛紛，但這次多了可以理解的成分在。對於領地內魔力不足的現況，感受最深刻的，恐怕就是負責供給魔力的貴族們吧。

「因為前任神殿長已經遭到處分，如今能夠進行祈禱與祝福的神官人數不足，再加上本人也希望今後可以繼續救助孤兒們，所以羅潔梅茵在成為我的養女以後，直到成年為止，會擔任神殿長一職。首先會在鄰近城鎮的孤兒院成立工坊，依照羅潔梅茵的期望，從救助孤兒開始做起。」

因為我完全不指望結婚，所以就算要一輩子當神殿長，在拓展印刷業的同時，充實神殿圖書室的藏書內容也無所謂，但看樣子不可能讓我這麼做。既然是為了不讓我被他領貴族搶走而收我為養女，說不定他們已經把我預設為韋菲利特未來的對象了。韋菲利特看來就像是迷你齊爾大人，真教人鬱悶。

「斐迪南，你來過目確認吧。」

齊爾維斯特從懷中拿出一張羊皮紙，遞給斐迪南。上頭已經寫好了內容，斐迪南很快看完後，點一點頭。是正式的收養契約書。齊爾維斯特再從懷中拿出形狀像是鋼筆，做工精細、看來非常豪華的筆，遞給卡斯泰德。卡斯泰德接過筆後，沒有沾取墨水直接簽名，再把筆遞給我。

我還以為不需要沾墨水的這支筆類似於原子筆，但一握住筆後，便感覺到了魔力被往外吸走，不禁輕吸口氣。看來是種把魔力當作墨水使用的魔導具。我也用遞來的筆簽了名，而筆只是吸走了些微的魔力就能照常書寫，不需要墨水。

……哇噢，好想要這種筆喔。

我陶醉地望著筆後，聽見了某人的假咳聲。斐迪南兇巴巴地瞪著我，視線慢慢投向齊爾維斯特。循著他的視線望去，只見齊爾維斯特正攤著掌心，嘴唇微微掀了掀說「快還我」。

我壓下內心的焦急，擠出僵硬的笑臉，盡可能以優雅的動作歸還，齊爾維斯特很快拿了筆後簽下名字。

接著羊皮紙和魔法契約書一樣被金色光芒包覆，燃燒後平空消失。這下子契約就成立了。在轟然的議論聲與歡呼聲中，卡斯泰德把我抱起來。

「笑著揮手。」

卡斯泰德用快被歡呼聲蓋過的音量悄聲下達指示，我立即露出宛如皇室貴族的笑容，向大家揮手。我一邊朝著四面八方揮手，一邊偷偷問卡斯泰德。

「請問，魔法契約僅限於這座城市吧？養女契約只限這座城市沒關係嗎？」

「只有平民商人用的魔法契約才會僅限這座城市，別混為一談。」

斐迪南代替卡斯泰德回答了我的疑惑。原來魔法契約也有分很多種啊。

結束了洗禮儀式與養女契約的簽約後，大家開始吃起家中主廚與艾拉攜手煮出的拿手料理，開心地談天說笑。很遺憾地，我必須坐在臺上，接受貴族們的問候。畢竟會有人不斷過來寒暄致意，嘴裡總不能咀嚼著食物，所以直到不再有人來問候為止，我除了飲料以外什麼也不能吃。

……啊啊，看起來好好吃喔。我也好想吃。真羨慕柯尼留斯哥哥大人。

在欣喜地吃著餐點的柯尼留斯附近，只見蘭普雷特壓下了韋菲利特正要拿取餐點的手。領主夫人制止了要衝向餐點的韋菲利特後，向蘭普雷特下達某些指示，接著往這邊走來。

最先要為我介紹的對象，我也必須問候不可的，便是齊爾維斯特一家人。若不先向領主致意，其他貴族也無法過來問候。被人從餐點前面硬生生拉開的韋菲利特面無表情，但還是看得出來不太高興，但父母明顯無視。

卡斯泰德為我介紹三人。

「羅潔梅茵，這位是領主齊爾維斯特大人和他的第一夫人芙蘿洛翠亞大人。這位是齊爾維斯特大人的公子韋菲利特大人。」

芙蘿洛翠亞有著一頭接近銀色的金髮，藍色眼睛，乍看下是溫柔婉約的美女，但從她管教韋菲利特的樣子來看，感覺也有絲嚴母的氣質。如果韋菲利特真的就是迷你齊爾大人，那等於是同時有兩個一樣個性的人，想必是勞心又勞力。

「芙蘿洛翠亞大人比齊爾維斯特大人年長兩歲，具有著能夠制住齊爾維斯特大人的偉大能力。」

「卡斯泰德。」

齊爾維斯特對這樣的介紹面露不悅，芙蘿洛翠亞只是呵呵笑著沒有答腔。我看見斐迪南也點頭表示同意。年紀既比齊爾維斯特大，還制止得了他，那我一定要和她好好培養感情。

「很高興見到三位，我是羅潔梅茵，今後還望多加關照。」

「艾薇拉已經向我提起過妳了。既然成為了齊爾維斯特大人的養女，往後許多方面想必都會十分辛苦，我們好好相處吧。」

韋菲利特有著遺傳自母親的淺色金髮，眼睛是與齊爾維斯特相似的深綠色。老實說除了髮色以外，和母親一點相像的地方也沒有，五官完全是迷你齊爾大人。

「韋菲利特大人因為已在春天舉行過洗禮儀式，所以雖然與妳同年，但算是妳的哥哥。城堡裡還有一位千金和一位公子。」

其實我本來是姊姊，但因為重過了一次七歲，對外我算是妹妹。另外只要尚未受洗，即便是領主的孩子，也不能帶到正式場合露面，所以今天只帶了韋菲利特來參加洗禮儀式，但原來城堡裡還有妹妹和弟弟。內在根本是小學生的齊爾維斯特居然有三個孩子！這是今天最讓我感到震驚的事情。

……齊爾維斯特大人，雖然我也沒有資格說，但請你讓內在成長一點吧。

「羅潔梅茵，妳可以稱呼我為哥哥大人。夏綠蒂也是這麼叫我的。」

「那麼我就恭敬不如從命，稱呼您為韋菲利特哥哥大人了。」

「嗯！」

照著兄弟姊妹的順序，確認自己的地位更高後，韋菲利特顯得十分滿意，還笑著說：「我會照顧妳的！」我已經能預見到未來會被他耍得團團轉，然後不支倒地。

領主一家人寒暄完，趕在其他貴族走過來之前，卡斯泰德率先舉高了手。這大概是某種信號，有兩個人隨即走來。

「雖然妳在神殿長的就任儀式結束後才會搬到城堡裡，但既已成為領主的養女，就需要有護衛騎士。為妳介紹從明天開始，將與妳一同行動的護衛騎士。」

穿過人群走來的其中一人我非常熟悉，但另一位是服裝有著長長下襬的女性。

「羅潔梅茵，妳因為工坊的關係，不只神殿，也會出入平民區，所以遲遲很難找到願意擔任女騎士的人選哪。」

因為我需要可以陪同我到任何地方、並且保護我的女騎士，但一般女騎士的基本活動範圍，就是貴族女性的活動範圍，所以幾乎都不想離開貴族區吧。

「今天為妳介紹的，是在神殿也能一起行動的護衛騎士。其中一人妳應該已經十分熟悉了。」

兩人來到我面前，身姿利落地跪下。

「達穆爾，真高興看到你這麼有精神。從今往後就麻煩你了。」

「羅潔梅茵大人，許久未見，別來無恙了。今後我將盡心盡力服侍您。」

聽說像達穆爾這樣的下級貴族能夠成為領主一族的護衛騎士，根本是不可置信的好運。別人對他的形容，還從原本是受斯基科薩牽連而遭到處罰的不幸男子，變成了在神殿這種垃圾堆裡撿到魔石的幸運男人。

「這位女性是布麗姬娣，與達穆爾同年。她的能力出色，並且因為是中級貴族，魔力量比達穆爾還要多，應該相當值得依靠。她是妳前往神殿時的護衛。待在領主城堡裡的時候，會再派其他護衛保護妳。」

有著一頭深紅色髮絲、雙眼帶有紫水晶色澤的女性抬起頭來，筆直地望著我。比起貴族女性的平均身材，布麗姬娣的個子較高大，身材結實，說她是女騎士確實我也會馬上相信。第一眼給人大姊頭的印象，看起來非常可靠。

「布麗姬娣，我想要來神殿會很辛苦，但就麻煩妳了。」

「哪裡，羅潔梅茵大人，我才請您不吝賜教。」

介紹完了騎士後，接下來是貴族們紛紛上前來寒暄祝賀。

「羅潔梅茵。」

正接受幾名貴族的問候時，大概是吃飽了、覺得無聊，韋菲利特朝我走來。在貴族社會，一旦領主的兒子出現，不論對象是誰的孩子，都必須禮讓退開，所以貴族們迅速後退。

「待在這裡太無聊了，我們去玩吧。走。」

韋菲利特說完拉起我的手臂。但我可說是今天的主角，和貴族們會面也是非常重要的工作。拚命背下來的貴族名字與職務名稱，以及和斐迪南說好要成功讓洗禮儀式落幕的約定，在我的腦海中飛快打轉。

「可是，我要和大家問候寒暄……」

「別管那麼多了，走吧！」

我回過頭求救，斐迪南卻揮了揮手表示「去吧」。

「小孩子就和小孩子一起玩吧。比起和大人待在一塊，羅潔梅茵也更適合與小孩子玩在一起吧。」

……咦？不不，我應該和大人待在一起比較好吧？而且話說回來，在洗禮儀式上偷溜出去沒關係嗎？

我不敢相信斐迪南竟然答應了，嘴巴還在一張一合時，韋菲利特已經用力把我拉離原地。我努力動著雙腳以免跌倒，他的速度卻越來越快。把我帶到臺下後，韋菲利特在身穿華服的紳士淑女之間穿梭，簡直是拖著我跑起來。

「韋菲利特哥哥大人，請再慢一點……」

「羅潔梅茵，妳太慢了！這麼慢會被追上的！」

我開口請求後，韋菲利特卻生氣說「妳真沒用」。這表示他平常老在做些會被人追趕的事情吧。只要想想齊爾維斯特的行動，很輕易便能想像到那幅畫面。

「蘭普雷特太囉嗦了，為了順利甩掉他、躲起來不被他找到，平常的訓練非常重要。要是像妳這麼遲鈍，馬上會被追上喔。」

「但我不打算逃跑，也不會躲起來，請您放開……」

「不行！被抓到會被臭罵一頓的！」

就是因為甩掉護衛騎士逃跑，才會被追趕，也才會挨罵啊。我想這麼反駁，卻已經喘到說不出話來。

……糟糕，要失去意識了。

「請您、停下來。我快不能呼……」

「嗯哇?!羅潔梅茵?!」

我的身體猛然撲向地面，再加上稍微遭到拖行的衝擊與痛楚，只記得最後聽見了韋菲利特發自內心的錯愕大叫，意識隨即墜入黑暗。

明明是第二次，我卻再度在洗禮儀式上中途離場。

……第三次就不必了。

睜眼醒來，我已經躺在自己的房間裡。慢吞吞坐起來後，只見卡斯泰德和斐迪南正玩著黑白棋。

「妳醒了嗎？」

「……嘴巴裡面好苦。」

看來又被迫喝下那個藥了。殘留在嘴裡的苦味非比尋常。

「因為韋菲利特像極了齊爾維斯特小時候，說什麼也聽不進去，為了讓他可以馬上理解到妳有多麼虛弱，我們才採取這個手段……」

「才把我帶走，我就馬上暈倒，會對韋菲利特哥哥大人造成心靈創傷吧。」

連馬克和班諾看到我在半路上突然暈倒，都說嚇得心臟差點停止跳動，事後還變得對我過度保護。柯尼留斯也是。對一個孩子來說，會造成莫大的精神創傷吧？

「嗯。雖然還不懂得拿捏力道，但韋菲利特是本性溫柔的孩子，所以會留下心靈創傷吧。但也因為如此，今後便會細心留意妳的身體狀況了。」

為了迅速又確實地達到成果，居然沒有半點遲疑，不惜讓小孩子的心靈留下創傷。我還以為斐迪南是因為了解我內在的個性，所以對我才那麼講求效率又嚴格，想不到連對真正的侄子也這麼狠，太殘忍了。

「看妳一臉不服氣，但同樣的事情遲早會發生。韋菲利特根本不聽別人的勸，妳也配合不了他的步調。假使在城堡裡發生了同樣的情況，妳的護衛騎士會因為保護不周而受罰。不管是妳自己還是妳身邊的人，最好都趁現在快點認清自己的身分，還有妳有多麼虛弱。」

對喔，我將以領主養女的身分進入城堡。一旦我出了什麼意外，護衛騎士就會受到處罰。今天因為是以卡斯泰德女兒的身分舉行洗禮儀式，也沒有護衛騎士，局面才能控制在只是韋菲利特行事不知節制，但以後會把其他人也牽扯進來。

「蘭普雷特也嚇得不輕。韋菲利特與妳同年，又都是已經受洗過的領主孩子，今後共同行動的機會勢必會增加。雙方的護衛騎士也必須要同步了解現狀。」

看來我突然昏倒這件事，也在因為是韋菲利特的護衛騎士，悄悄尾隨在後的蘭普雷特心中留下了陰影。

……對不起喔，蘭普雷特哥哥大人。

「剛好當時還有其他貴族在場，我們接到通知趕到時，妳的樣子真是讓人怵目驚心。因為被用力拉著走，妳的太陽穴直到臉頰形成了大面積的擦傷，鮮血還在白色石板路上慢慢滲開。手肘和膝蓋也都有擦傷，洗禮儀式的白色正裝因此沾上了血跡，妳又倒在地上動也不動，一點反應也沒有，看起來就像是死了一樣……」

「不要──！我不想聽！好痛喔、好痛！」

我摀著耳朵瘋狂搖頭，斐迪南傻眼地低頭看我，卡斯泰德則是捂著嘴角噴笑。

「羅潔梅茵，放心吧。斐迪南大人已經替妳治好了傷口，也餵妳喝了藥。我們也教訓過了韋菲利特和蘭普雷特，這件事已經圓滿落幕了。」

「……沒有留下疤痕吧？」

麗乃那時候也就算了，萬一在可愛小女童的臉上留下疤痕就糟了。我摸著臉確認，斐迪南便露出不快的表情說：「妳懷疑我的能力嗎？」

……豈敢豈敢，我當然知道神官長能力超群，怎麼敢懷疑你呢。

「總之，洗禮儀式和收養契約都順利結束了。明天一天妳先好好休息，身體若無異狀便回神殿吧。接著要舉行神殿長的就任儀式。」

說完接下來的行程，斐迪南就回去了。還以為要談的事情已經說完了，卡斯泰德卻注視著我，顯得欲言又止。

「父親大人，怎麼了嗎？」

「……羅潔梅茵，妳是不是對達穆爾做了什麼？」

「這句話是什麼意思呢？難道是指我用甜點拉攏他這件事嗎？」

是我常常在孤兒院做帕露煎餅這件事被發現了嗎？還是說……我正努力回想，卡斯泰德按著眉心搖頭。

「不，是關於達穆爾的魔力。雖然成長幅度不大，但他近來越是訓練，魔力越有增加的趨勢。明明他幾乎已經過了成長期，難以相信他會有這樣的成長。妳是不是擅自給予了他祝福？」

我並沒有只特別給予過達穆爾祝福。真要說的話，就是在給予家人祝福時，也分了一些給他吧。

「……如果是指祝福，應該是我在給予家人祝福時，也分了一些給他吧？因為我當時也希望所有受傷的人都能痊癒，所以光芒才灑到了法藍和戴爾克身上，很有可能也飛到了失去意識的達穆爾那裡吧。」

「原來是這樣……」

卡斯泰德嘀咕說完，好一陣子扶著額頭苦思。我做了什麼不該做的事情嗎？

「羅潔梅茵，這件事妳絕對不能告訴任何人。齊爾維斯特自是不用說，連斐迪南也不能說。」

「咦？」

「我只能預見達穆爾會被齊爾維斯特欺負得很慘。」

因為我給予家人的祝福龐大得驚人，所以聽說也收到了祝福的斐迪南一直遭到齊爾維斯特的挖苦與調侃。

「斐迪南因為是異母弟弟，又有長年的交情，所以懂得怎麼搪塞齊爾維斯特，但達穆爾不可能。」

對此，只要想想祈福儀式時的情況就知道了。在齊爾維斯特的欺負與捉弄下，達穆爾看起來胃痛得不得了。那種情況一直持續的話太可憐了。

「……我明白了為什麼不能讓齊爾維斯特大人知道，但連斐迪南大人也不能說是什麼意思呢？」

「那傢伙可是效率至上主義者。為了讓自己擺脫齊爾維斯特，他會滿不在乎地把達穆爾推出去當犧牲品。」

「我明白了，我不會說。」

我已經切身體會過了斐迪南的效率至上有多麼可怕。於是我在心中發誓，達穆爾也收到祝福這件事就保密吧。

就任儀式

斐迪南要我在洗禮儀式的隔天休息整整一天，他回去前好像也曾經提醒過艾薇拉要留意我的情況，所以吃早餐的時候，艾薇拉也對我說：「今天一整天都要躺在床上休息喔。」有時被迫喝下藥水、強行恢復體力後，事後會感到特別疲倦，所以我很感激能夠好好休息。

「羅潔梅茵，可以打擾一下嗎？」

「蘭普雷特哥哥大人？當然沒問題，怎麼了嗎？」

「我想先來看看妳身體怎麼樣了。我猜韋菲利特大人也很擔心……」

大概是被狠狠訓了一頓，蘭普雷特感覺十分消沉，在出門工作前先來探望我。看到本來那麼活潑開朗的蘭普雷特如此垂頭喪氣，想到卡斯泰德和斐迪南不知道訓斥得有多麼嚴厲，我就感到難過。如果我是普通的小孩子，頂多只會跌倒、留點擦傷，不至於造成他們的精神創傷吧。

「斐迪南大人是為了給你們一個深刻的教訓，才故意放手不管，所以哥哥大人不用這麼過意不去……」

「因為斐迪南大人可以自行調配藥水和進行治癒，所以才會在他看得見的範圍裡，讓我們那麼亂來吧。幸好羅潔梅茵很快便獲救，這次才只有說教而已，萬一在城堡裡發生同樣的情形，身邊又沒有半個人可以進行治癒，那可怎麼辦才好？到時候要是失去了羅潔梅茵，留在韋菲利特大人心中的創傷會更加無法撫平吧。」

……嗯？怎麼聽起來效率至上的魔鬼神官長好像其實是大好人？

「本來根本不該勞煩斐迪南大人操心，我應該自己好好教導韋菲利特大人。」

蘭普雷特正在深深自我反省，但我覺得更應該反省的，反而是讓許多人心裡都留下陰影的斐迪南。真希望他對我和身邊的人再溫柔一點。

「韋菲利特哥哥大人和蘭普雷特哥哥大人，只要今後多加小心就好了。」

「羅潔梅茵，妳明明差點失去性命，心胸竟還如此寬大……」

蘭普雷特的褐色眼珠恢復了明朗，還帶有著驚訝與讚歎。

……糟糕，他受到感動的方向好像有點不太對。

「呃，蘭普雷特哥哥大人，不是的。我只是因為很習慣這種情況了，所以只是一次不小心，我不會放在心上……」

「原來如此，真是慈悲為懷。」

……總覺得我說什麼也沒用，他根本沒在聽。好吧，我放棄。

看來是無法讓他明白我的意思，我宣告放棄時，蘭普雷特解開手上的布，從中拿出了一本書。

「我問了斐迪南大人該帶什麼東西來探望妳比較好，他說這個最適合，便把這本書交給了我……」

「這個不是書嗎！」

「他說這本是妳沒有看過的書，還是妳一天剛好能看完的量，但妳真的能看懂這麼厚的書籍嗎？」

蘭普雷特滿臉狐疑地看看我又看看書，但這簡直小菜一碟！

「沒問題！我要看！多謝蘭普雷特哥哥大人！」

「看妳這麼開心，我也很高興。那我去城堡了，妳要好好休息，知道嗎？」

「是！」

斐迪南雖然是效率至上的魔鬼，但也是大好人！雖然他也完全看穿了我的行動，預想到要是再比這本書更厚，花一天也看不完的話，我就會裝病不回神殿，但此刻我就不放在心上了。

……神官長，謝謝你！

這一天，我一邊看著神殿圖書室裡沒有的、有關用兵基本守則的書籍，一邊盡情地放鬆休息，感覺真的是久違了。只是因為用兵時會使用魔法，所以我看得一頭霧水，不停吐槽：「為什麼會這樣?!」但也過得非常開心。

在斐迪南的治癒與藥水雙管齊下後，我又看書看了一整天悠哉休息，所以身體狀況非常良好。我也請人通知了艾拉與羅吉娜，今天要回神殿。

吃完早餐，做好了出發的準備時，護衛騎士達穆爾和布麗姬娣也現身了。兩人來到我面前跪下，在胸前交叉雙手。

「羅潔梅茵大人，早安。」

「今天開始要回神殿了。麻煩兩位隨行了。」

「是！」打完招呼的兩人簡短應聲後站起來。我正想也站起來，布麗姬娣卻制止了我。

「羅潔梅茵大人，請在原地稍候。我要將奧多南茲送去斐迪南大人那裡。」

布麗姬娣拿出發光魔杖，輕敲了兩下黃色魔石，低聲說著「奧多南茲」，魔石便變成白鳥。「羅潔梅茵大人現在要返回神殿。」說完她揮下魔杖，鳥兒往上飛起。

不一會兒，白鳥飛回來了，用斐迪南的聲音說了三次「知道了」，然後變回魔石。

雖然第一次目睹的時候我大吃一驚，但最近我已經開始慢慢對身邊的魔導具感到習以為常。雖然是自己說，但我覺得自己的適應能力還真快。

聯絡完畢，我在達穆爾和布麗姬娣的護送下坐上馬車。艾拉和羅吉娜也要返回神殿，搭乘了侍從乘坐的馬車。

「代我向斐迪南大人問好，妳也要克盡自己的職責。」

「是，母親大人。」

卡斯泰德和柯尼留斯已經去騎士團了，所以只有艾薇拉來送行。馬車輕快前進，向著神殿奔馳在潔白的街道上。

「布麗姬娣，妳也沒有去過神殿和平民區嗎？」

「是啊。除了經過以外，這還是我第一次到貴族門外的地方去。」

布麗姬娣是在這座城市南方擁有領地的伊庫那子爵的妹妹。子爵是賜給中級貴族基貝的爵位。因此，她雖然騎乘過魔石變化而成的騎獸飛越過平民區，也曾和家人一起搭乘馬車經過，但並沒有走進過神殿和平民區。跟在我身邊，不得不跑遍平民區的達穆爾露出了難以言喻的表情，鼓勵布麗姬娣說：「……姑且不論神殿，但我想平民區對女性來說會很難接受，妳加油吧。」

「歡迎歸來，羅潔梅茵大人。」

法藍站在神殿的正門玄關等著我回來。我是在仲春過後不久移動到貴族區，如今季節已經快要迎來盛夏，所以好久沒有見到法藍了。

「法藍，我回來了。大家都沒有變吧？」

「羅潔梅茵大人的房間已經搬好了，吉魯也全心全意投入在工作上，所以我想很多方面都變了許多。」

「那真教人期待呢。布麗姬娣，這位是我的首席侍從法藍。法藍，這位是我的護衛騎士布麗姬娣。」

為彼此介紹完後，我往神殿長室移動。記得神殿長室位於貴族區域的深處，冬季奉獻儀式時我還曾經從門前經過好幾次。

「莫妮卡和妮可拉正在廚房準備食材。吉魯在工坊。我想可能要等到就任儀式結束後，才能向您問候。」

由法藍為我開門，我踏步走進新房間。因為房間樣式是照著羅吉娜列出的清單進行替換，所以如今神殿長室充滿了女孩子的氣息。房間整體統一使用了紅色色調，四處可見的花朵圖案很有童話世界的氛圍，幾乎看不出以前房間的樣子了。

真要說能看出以前殘影的，頂多只有裝飾櫃，但樣式並不相同。櫃子裡以聖典為中心，左右對稱地擺放著蠟燭與約三十公分高的神像，只有這部分和以前相似。可能是神殿長室內都需要設置這樣的祭壇吧。

這麼說來，我當上青衣見習巫女的時候，斐迪南曾說過：「原本應該要在神殿長室的祭壇前，宣誓以後要全心侍奉神與神殿，再授予妳青衣。」這也就是說，往後出現新的青衣神官與巫女時，都會在這裡進行宣誓儀式。

嗯……我做得來嗎？

「真是可愛的房間呢，非常適合羅潔梅茵大人。」

居然能為神殿的房間投注這麼多金錢，布麗姬娣感佩似地連連點頭。這次神殿長室的重新布置全由卡斯泰德出錢，完全沒傷到我的荷包。也許該把工坊的部分獲利挪作生活費，提交給卡斯泰德。

「此外神官長也指示過，因為護衛騎士有可能在此留宿，要我們在神殿長室旁邊各別整理出供男騎士與女騎士住宿的房間。若有任何不周與欠缺，請不吝告知。」

聽到法藍這麼說，我移動去看各自的房間。

男騎士的房間整理得宛如客房，沒有任何多餘的東西，非常簡單樸素。由達穆爾來形容，就是「和騎士宿舍一模一樣」。好像是照著卡斯泰德認為的「熟悉的環境最好」這個想法來著手布置。

因此，我還以為女騎士的房間也會和騎士宿舍一模一樣，但聽說卡斯泰德這次還親自踏進了女性的騎士宿舍進行調查，卻發現女騎士們會逐漸把房間改造成自己喜愛的模樣，所以根本看不出原來的配置。懶得思考的卡斯泰德於是決定：「只要布置得和羅潔梅茵的房間差不多，無論什麼身分的女騎士都不會有怨言吧。」所以才有了眼前的這個房間。也就是說，很女孩子氣。各種花朵圖案是基本，此外還採用了女性象徵的土之女神蓋朵莉希的貴色紅色與粉紅色等明亮色系，可愛到了有大姊頭氣質的布麗姬娣可能會討厭的地步。

「還真是可愛呢……」

布麗姬娣說出了和看見我房間時一樣的感想，但這次話聲中帶有些許的驚訝與困惑。可能是太過可愛，讓她很困擾吧。

「布麗姬娣，如果妳不喜歡的話……」

「羅潔梅茵大人，請您不必介意。畢竟是客房，只要能睡覺即可，無須特意更換，還請不用掛懷。」

布麗姬娣說道，紫水晶般的雙眼中浮現溫柔笑意。聽見帥氣的女性說出這麼貼心的話，我的心情也輕鬆許多。

回到神殿長室，莫妮卡已經從廚房裡出來了。因為艾拉回來了，妮可拉便轉為擔任助手，莫妮卡則負責神殿長室的日常事務。

「羅潔梅茵大人，歡迎歸來。」

羅吉娜放好飛蘇平琴、收拾完行李後，和莫妮卡兩人一起為我換上神殿長的儀式服。似乎是斐迪南委託給奇爾博塔商會修改。

「因為時間緊迫，這次是緊急修改了前任神殿長的儀式服。」

莫妮卡說，我也表示理解地點點頭。畢竟不可能趕得及從頭準備這麼高級的布料。因為前任神殿長的姊姊是領主的母親，所以儀式服也使用了最高等級的布料。觸感不僅絕佳，布料也很輕盈，品質上等。不過，儀式服上的圖案並不是我特別設計的梅茵工坊徽章，而是和斐迪南一樣的獅子圖騰，用來表示我是艾倫菲斯特領主的女兒。

……虧我很喜歡工坊徽章的圖案呢。

我稍微噘起嘴巴，用指尖撥過儀式服上的圖案，莫妮卡便露出為難的表情。

「要穿上前任神殿長穿過的儀式服，想必令您十分不快，但還望您海涵。」

「不是的，莫妮卡。我只是因為很喜歡以前的圖案，覺得有些可惜而已。雖然討厭人，但我不會討厭衣服。只要不會令我和身邊的人蒙羞，無論是拿誰的衣服來修改，我都不會介意。」

這幾年來我一直是穿二手衣，要是受不了別人穿過的衣服，根本穿不了舊衣。相較於我在搜集煙灰時被迫穿上的用抹布拼湊縫成的舊衣，要是還對這麼漂亮的衣服挑三揀四，簡直該遭天譴。

「羅潔梅茵大人果然令人尊敬，葳瑪說得一點也沒錯。」

莫妮卡感動得雙眼閃閃發亮，但我完全不明白她怎麼會得出這種結論。想了一會兒後，我拍向掌心。法藍和吉魯都看過我穿著破爛舊衣，在平民區走來走去的模樣，但莫妮卡只在神殿裡見過身為青衣見習巫女、現在又成了領主養女的我。她好像是以為論身分，本來都只穿新衣的上級貴族千金，現在竟然願意紆尊降貴穿前任神殿長的舊衣吧。但現在布麗姬娣在場，我也沒辦法開口解釋，只好放棄說明，隨她去想了。

「尺寸看來沒有問題。那麼，先向您說明本日的行程。」

很快檢查過我身上的儀式服後，法藍請我移動到辦公桌，然後向我說明今天的行程。法藍說稍後斐迪南會過來，和我討論就任儀式的流程，下午會舉行就任儀式。還有，明天預計與奇爾博塔商會的人會面。

……隔了好久，終於能再見到路茲了。

法藍說明完時，斐迪南也正好出現。現在因為表面上我的職位更高，所以今後基本上會由斐迪南來我房間拜訪。對於讓蘭普雷特帶書來探望我、協助準備儀式服與騎士們的房間等等，我順便向斐迪南表達了謝意。

「不過，就任儀式舉行得真急呢。」

就任儀式是只在神殿內部進行的不公開儀式，所以不需要準備什麼東西。確認完了流程後，對於回到神殿當天馬上就要舉辦就任儀式，我不禁提出疑惑。因為還要集結貴族階級的青衣神官，我本以為會預留幾天的時間當緩衝。

「既然現在要由妳使用神殿長室，就必須舉行就任儀式。況且妳若不正式就任成為神殿長，也沒辦法把圖書室的鑰匙交給妳。」

「那可不行呢，必須馬上上任……可是，應該不只這個原因吧？」

圖書室的鑰匙固然重要，但我不認為斐迪南會在乎這件事，背後肯定還有什麼原因。

「我在幾天前便已向青衣神官下達通知，所以這點不用擔心。因為早就確定會用藥水和治癒魔法讓妳恢復體力了……更何況，現在是妳才沒有時間花在這種內部儀式上吧？

再不快點完成齊爾維斯特的指示，時間恐怕不夠用。」

「齊爾維斯特大人的指示？」

……有過什麼指示嗎？

我偏頭不解，斐迪南用指尖敲著太陽穴，不耐地瞪著我說：

「關於要拓展印刷業和餐廳的事情，妳都沒有聽說嗎？」

「齊爾維斯特大人在洗禮儀式時說過，為了拓展印刷業，會在鄰近城鎮的孤兒院成立工坊，所以我知道，但餐廳是指哪件事呢？」

在班諾草草書寫的信件上，我知道他會把公會長拉攏為義大利餐廳的共同出資者，相對地讓雨果他們去尹勒絲那裡進修，但詳細情況並不清楚。

「齊爾維斯特先前向班諾下達了相當無理的命令。要他在星結儀式前與文官商討完畢、外出視察，然後統整結果，在義大利餐廳向他報告。」

「咦咦?!」

「要班諾一個人完成這些事情，負擔畢竟太沉重了。都是因為妳成了那傢伙的養女，期限才大幅提前，所以妳該盡快伸出援手。」

看來情況甚至急迫到了連斐迪南都深表同情，變得這麼好心。我臉色大變，腦袋瓜一陣暈眩。

……必須快點結束就任儀式，馬上去幫忙才行！

就任儀式在禮拜堂舉行，召集了青衣神官和其侍從，以及所有已經受洗過的灰衣神官與灰衣巫女，這是新神殿長的首次露面。儀式由斐迪南負責主持，他簡單說明了神殿長更迭的原因，以及新神殿長是在領主的指示下就任。在這期間我都要在門前待命，直到斐迪南叫我為止。

「……於是在領主的決定下，新神殿長確定由領主的養女羅潔梅茵上任。」

斐迪南這麼說道，同時我面前的門也慢慢打開。完全打開以後，只見灰衣神官們在禮拜堂裡整齊排開，斐迪南站在較高的臺階上。

「現在，眾人一同向神獻上祈禱，迎接新神殿長的到來吧。祈禱獻予諸神！」

看著久違的大陣仗跑○人，我甚至感到懷念，由法藍牽著我的手，緩緩走到禮拜堂中央。踏上較高的臺階後，可以清楚環顧禮拜堂的模樣。

最前方是大約十名的青衣神官排成一列，當中有幾名青衣神官在看見我後，立即臉色大變。曾經在擦身而過時對我冷嘲熱諷，和在我還是梅茵時就見過我的青衣神官們全都驚愕得瞪大眼睛。不過，也有人露出了「哦，她就是新神殿長嗎？」的表情。是以前沒見過梅茵的青衣神官吧。兩者的反應明顯截然不同，很好分辨。

「感謝各位今日聚集於此。在這火神萊登薛夫特威光輝耀的吉日，我是羅潔梅茵，受養父領主之命就任為神殿長。」

「領主的養女？這怎麼可能！她之前明明是平民！」

有名青衣神官大聲抗議，斐迪南於是複述了齊爾維斯特在洗禮儀式上也說過的說明。但那名神官還是無法接受、難以認同，用噴著口水的氣勢嚷道：

「神官長可是領主的異母弟弟，如果她是上級貴族的女兒，之前應該早就知情，不可能說她是平民。這太荒謬了！」

「連聲稱自己與領主關係最為親近、出身無比高貴的前任神殿長都不知道了，我又怎麼可能知情呢。」

……出現啦！絕招「都是他的錯」！前任神殿長真是推卸責任的絕佳人選。

不光齊爾維斯特，連斐迪南也使出了這記絕招。多虧於此，除了那名青衣神官外，姑且不論是否認同，但大家好像都理解了局勢與情況。

本來灰衣神官們就很習慣遵從上位者的指示，大概是心想著「雖然不太明白，但總之事情變成了這樣」，很輕易便接受事實。在這裡聽完說明後，灰衣神官及巫女也會這麼提醒孤兒院的孩子們：「雖然前任神殿長聲稱梅茵大人是平民，但其實並非如此，而且現在又成了領主大人的養女，所以要稱呼為羅潔梅茵大人。」於是在神殿，我也完全被當作是上級貴族的女兒看待。

「倘若對於我上級貴族女兒的身分有所疑問，還請向騎士團長卡斯泰德，或是我的養父奧伯・艾倫菲斯特確認吧。」

我拐著彎要對方閉上嘴巴，然後發表了包含今後抱負的得體致辭，最後用獻給神明的祈禱與感謝做為結尾。

「那麼，向司掌浩浩青空的最高神祇，分掌瀚瀚大地的五柱大神，水之女神芙琉朵蕾妮、火神萊登薛夫特、風之女神舒翠莉婭、土之女神蓋朵莉希、生命之神埃維里貝，獻上祈禱與感謝吧。」

神官們對我這句話產生反應，立即擺出動作。

「祈禱獻予諸神！感謝獻予諸神！」

全員一起向神獻上祈禱後，我就可以退場了。我由斐迪南牽著手走下臺階，但是在退場途中，我注意到了一名微微低著頭、想避免與我四目相接的青衣神官，於是停下腳步。我對正值壯年，貴族氣息濃厚的這個人有印象。

「哎呀，你是……」

「羅潔梅茵，妳認識艾格蒙嗎？」

「他就是弄亂了我圖書室的那位神官吧？原來名字叫作艾格蒙嗎？」

呵呵，找到你了。我小聲笑道。但明明沒有施加威懾，艾格蒙卻臉色鐵青，張合著嘴巴，低聲咕噥著毫無意義的字詞：「呃、呃……那是……」艾格蒙的眼神不停游移，想要求助，然後在看見斐迪南後，像想到了什麼似地辯解說：

「那是前任神殿長的指示！絕非出自我的本意！」

……嗯，又出現啦！絕招「都是他的錯」！神殿長真是大受歡迎。

但是，要是他以為這個絕招會一直有用就傷腦筋了。破壞我寶貴圖書室的罪孽可是非常深重，與書有關的怨恨我也會記上很久，可不是推卸在前任神殿長身上就能輕易抵銷。

「這樣呀，原來是前任神殿長的指示。」

我說完，艾格蒙立即露出諂笑說：「正是如此。」他的笑容中只有著成功迴避了怒火的喜悅，一丁點反省的意思也沒有。我「呵呵」地笑起來，決定稍微施加威懾。

「雖然我還在生氣……總之算是欠我一次，別以為還能有第二次喔。」

我不僅沒有拿他來血祭，還非常理性，且溫和到了前所未有的地步讓這件事情落幕，但一回到房間，斐迪南卻怒斥：「妳做得太過火了。」真是無法理解。

「真奇怪，明明是神官長告訴我，讓對方留下心理創傷、切身牢記在心，才是最適當又最有效率的做法吧？」

「……那是在對方怎麼說也說不聽的前提下。」

斐迪南沉著臉反駁，但要確認對方是否會聽勸不僅麻煩，而且對方要是不聽，再一次把圖書室弄亂，對我來說才是更嚴重的問題。

「事已至此，對方是否會聽勸已經無所謂了，只要所有青衣神官都能明白，不能對我的圖書室出手就好了，這樣子非常有效率吧？」

我笑咪咪地說道，斐迪南也露出了貼上去般的客套假笑。

「妳所追求的效率都是任由情緒主宰，真是可怕。完全無法預測會對什麼、又會造成怎樣的影響。」

「哎呀？但是神官長的注重效率都是經過精心策劃的，所以影響的範圍應該還更加深廣吧？」

兩人一起呵呵呵笑著的時候，我突然想起了一件重要的事。現在才不是和斐迪南一起假笑的時候，艾格蒙有沒有精神創傷根本無關緊要。

「對了，神官長。現在洗禮儀式和就任儀式都平安結束了，也排除了危險人物，請給我圖書室的鑰匙吧。在明天與路茲他們見面之前，我要盡量多看點書才行。」

我露出了充滿期待的燦爛笑容，伸出手去，要求交出圖書室與書櫃的鑰匙。斐迪南扶著額頭，用力閉上眼睛。

「若是今天妳再昏倒，我可不會給妳藥水，也不會幫妳治癒。」

久違的再會

我接過斐迪南遞來的鑰匙，正打算馬上飛奔去圖書室，卻遭到了法藍的阻擋。

「羅潔梅茵大人，由於您有很長一段時間不在神殿，我有許多事情必須向您報告，也必須和您討論。您上任為神殿長後，也已經略施威懾，所以我想不會有人膽敢再破壞圖書室，圖書室也不會逃走。等處理完了急務，再請您盡情看書。」

我來回看向房門和法藍，再環顧房內，尋找願意站在我這一邊的同伴。但莫妮卡正站在法藍身後待命，羅吉娜則事不關己般地擦拭著飛蘇平琴，達穆爾別開了視線，明顯不想受到波及，布麗姬娣面色凝重地觀望事情的發展。看來沒有半個人可靠。

「可是，明天路茲他們要過來，我想趁今天多看一點……」

如果奇爾博塔商會的人忙到了連斐迪南也表示同情，那我接下來勢必也會忙得分身乏術，只有今天可以悠哉看書吧。我解釋自己沒有多少時間，法藍卻對我露出了活脫脫是斐迪南翻版的笑容。

「請您放心吧，羅潔梅茵大人，即便不去圖書室，您也有東西可看。比起圖書室裡的書，這些要先請您過目，並且在星結儀式之前全部背下來。」

咚咚！一大疊木板堆在了辦公桌上。竟然全是法藍他們整理好的儀式流程與各種祈禱文。看到木板的數量之多，反而是布麗姬娣臉頰抽搐，不是我。

「且慢，這些全部要背下來，數量未免太多了，羅潔梅茵大人還如此年幼……」

這麼龐大的數量對剛受洗完的孩子太嚴苛了，布麗姬娣站出來袒護我說。面對貴族的質問，法藍非常為難地皺起臉龐，但還是筆直回望布麗姬娣，平靜地說道：

「羅潔梅茵大人必須以神殿長的身分出席星結儀式，倘若在第一次出席的儀式上表現不佳，這樣的評價日後便會一直跟著羅潔梅茵大人。我想布麗姬娣大人應該也能明白，若在貴族社會中得到了不好的評價，會有什麼樣的結果。」

法藍曾當過斐迪南的侍從，在他身旁學會了貴族社會的行事作風。所以很清楚斐迪南在行動時會注意哪些事情，面對他人又會如何給予評價。

「……我明白了，看來是我多嘴了。」

布麗姬娣說完，果斷後退。法藍明顯地放鬆了緊繃的臉龐，朝我遞來木板。

「羅潔梅茵大人，請。」

「這個是我寫的喔。為了羅潔梅茵大人，我花了很多心力呢。」

莫妮卡用閃閃發亮的雙眼低頭看著我說。我根本敵不過莫妮卡為主人著想的心意與那麼天真無邪的笑容，況且我也不覺得自己逃離得了在莫妮卡身後笑容可掬的法藍。法藍果然不愧是受過斐迪南教育的侍從。

……法藍，你受神官長的影響太深了啦！

「嗚嗚，我背就是了。為了回報兩人的努力，我也會打起精神加油。」

「法藍，為羅潔梅茵大人整理的這些資料沒有白費，真是太好了呢。」

「莫妮卡，羅潔梅茵大人怎麼可能讓妳的努力化為泡影呢。那麼羅潔梅茵大人，請您先從這邊的儀式流程開始看起吧。」

我死了心去圖書室，泫然欲泣地拿起木板。

……哼，我這是高興的眼淚。有這麼為主人著想的侍從好開心喔。唉，圖書室……

就這樣，討論完了星結儀式的流程與神殿長的職務後，一天便也宣告結束。

這一天，為了了解印刷事業的進展，斐迪南也會一起與奇爾博塔商會的人們會面。他說他想聽聽未遭到文官們竄改的報告。我如此轉告後，吉魯吃完早餐便說：「那我去通知商會，說神官長也會出席。」然後馬上衝出了神殿長室。好像是因為和文官一起視察，吃了不少苦頭，吉魯對班諾與路茲產生了強烈的同伴意識。

在我不在神殿的這段期間，吉魯的寫字功力進步不少，報告起來也變得有模有樣。因為處在身邊都是商人和文官的環境中，打起十二分精神努力，最終也顯現在了成果上。我如同往常摸了摸吉魯的頭給他表揚後，布麗姬娣露出了非常難以啟齒的表情提醒我：

「這樣對待侍從恐有不妥……」

……果然成了上級貴族的女兒以後，不能摸侍從的頭呢。

奇爾博塔商會的人預計在第三鐘來訪，還會一起吃午餐。所以艾拉與妮可拉在準備完了早餐後，就移動到孤兒院長室的廚房準備午餐，法藍也把伺候和帶路的工作交給莫妮卡，前往孤兒院長室準備茶水。貴族用餐時都會有音樂伴奏，所以早餐過後，羅吉娜也抱著飛蘇平琴前往了孤兒院長室。我則留在神殿長室，繼續背昨天的東西。

「羅潔梅茵，走吧。」

斐迪南今天沒有帶著阿爾諾，而是帶著名為薩姆的侍從來到神殿長室。因為已經做好了移動的準備，我和莫妮卡一起離開房間。

「羅潔梅茵，等等將久違地與平民區的人再會，妳的心情想必十分激動，但直到我談完正事為止，妳必須自我克制……但相對地，等進入那個房間以後，我會睜一隻眼閉一隻眼。妳可以盡情取得心靈的平靜。」

斐迪南邊走邊低聲說道。大概是為了讓自己擺脫抱抱，所以要把路茲推出來當犧牲品，但我可是求之不得。

「是！」

經過走廊，來到孤兒院長室門前，莫妮卡為我開門。好久沒有走進自己的房間了，真是懷念。看見室內熟悉的家具依然原封不動，我的心情也平靜下來。

「這裡一點也沒變，真讓人安心呢。」

在約好的時間到來前，我在二樓桌前與斐迪南討論星結儀式的事情。聽說上午是在平民區，下午過後則要前往貴族區舉行星結儀式，所以當天會非常忙碌。另外，我也討論了星結當天孤兒們的行動。在我鍥而不捨的交涉下，斐迪南總算答應，只要路茲有時間、也把葳瑪留下來當負責人，就可以和去年一樣玩耍沒關係。

第三鐘響了。幾乎沒等多久，在通往平民區的大門那裡待命的吉魯，就帶著奇爾博塔商會的人來了，有班諾、馬克，還有路茲。

才一段時間不見，路茲好像稍微長高了，五官也變得成熟了一點。雖然吉魯的成長也令我驚訝，但路茲成長的幅度更大。太久沒見到路茲，我強忍住想要飛撲上去的衝動，打算舉起手來輕輕揮手。但我的手才動了一下而已，斐迪南便瞪著我低聲喝道：「羅潔梅茵。」

……對不起，我會自制。

「那麼班諾，關於此次視察，如實告訴我你的感想與觀察到的情況吧。我想聽聽文官以外的報告結果。」

「遵命。」

聽了班諾的報告以後，我才知道原來只有艾倫菲斯特這座城市有神殿。斐迪南的說明是：「怎麼可能有那麼多青衣神官可以分派各地。」雖然他說得一派理所當然，但因為神殿是供奉神明的地方，所以我還以為和麗乃那時候的教會或寺廟一樣，每個城鎮都有一間。

但原來不是只在一座城市而已，而是每一個領地都只有一座大神殿，除此之外都是各自設置小廟或祭壇，供奉各自所信仰的神祇。像平民區的店家都是祭拜生意之神和水之女神，鍛造工坊是祭拜火神和鍛造之神，大門則是祭拜旅人的守護神和風之女神。至於在農村，冬之館中有類似小型禮拜堂的地方，和神殿一樣供奉所有神祇，但也就不會有小廟。

至於在這樣的情況下要怎麼經營孤兒院，原來是由鎮長或當地的有權人士掌管。為了維持治安，從好幾任以前的領主便規定，鎮長必須在住處的別館設立孤兒院，一發現孤兒就要予以收留。而鎮長在給予孤兒們食物的同時，也能得到把孤兒們當作奴隸般使喚的權利。這根本只是青衣神官變成了鎮長或當地的有權人士，結果還是和灰衣神官及巫女沒兩樣嘛。

「哈塞的孤兒院情況非常糟糕。」

班諾說完，換吉魯站起來。他一邊與工坊成立前的神殿孤兒院做比較，一邊開始報告哈塞孤兒院的慘狀。外地的孤兒院並不是與神殿合併設置，所以不會有神的恩惠，並非貴族的鎮長也因為經費不多而捉襟見肘。雖然所有人都生活在髒亂且不衛生的環境下，但並未發現像之前在底樓生活的孩子們那樣，有孩子被棄之不顧的情形。

「孩子們並沒有被關在孤兒院裡，都是在森林裡採集食物，勉強填飽肚子。如果能在夏天到秋天這段時間讓工坊步上軌道，情況應該會有所改善。」

吉魯報告完了。那個臭屁又講話粗俗的吉魯竟然變得這麼優秀……我的心情就像是去參觀教學、感動得渾身發抖的家長一樣，注視著吉魯，微笑點頭。吉魯也「嘿嘿」笑著，用充滿了成就感的燦爛笑臉點頭回應我。

吉魯坐下後，這次換路茲站起來報告。

「那裡因為和神殿的孤兒院不一樣，沒有神的恩惠，所以需要更多的經費才能夠改善生活環境。而且最棘手的地方在於，農村的孤兒院不同於神殿，孩子們並沒有凡事要講求公平的觀念。恐怕沒辦法像神殿的孤兒院一樣，和平地改善生活條件。」

路茲連在家裡也是弱肉強食的世界，所以在他看來，神殿孤兒院裡貫徹人人平等的情況讓他覺得非常神奇。但也多虧於此，可以和樂融融地提升整體生活環境，但他認為在其他地方的孤兒院就行不通了。

「而且，那裡的孤兒院長感覺和這裡的青衣神官一樣。我想就算孤兒們賺到了錢，他也會自己中飽私囊。」

「……那麼在成立工坊之前，也以我的名義一起設立孤兒院，從一開始就教導孩子我們這邊的規定，應該會比較好吧？」

在弱肉強食世界裡生活過的人，都懂得要遵從強者的指令。那麼運用權力，從一開始就奠定好基礎，也許比較輕鬆。對我來說，只會從旁搗亂的鎮上有權人士只是印刷業的絆腳石，也就是做書的敵人。所以要我利用權力排除敵人，幾乎不需要猶豫。

「如果要成立羅潔梅茵工坊，我可以提供初期資金所需的部分費用。不過，既然要推行為領地的事業，領地也會提供經費吧？」

「那是當然。」

斐迪南說得一臉理所當然，班諾卻搖搖頭。

「……我認為也許很難發展成領地的事業。」

「這是為何？」

「因為在我看來，我很懷疑文官他們是不是想擊垮印刷業。」

班諾的雙眼亮起凜冽精光，馬克也在旁邊靜靜點頭。

「雖然不清楚文官們是接到了怎樣的通知，又指示他們該如何執行這份工作，但是在我看來，他們似乎是被迫接下了自己十分厭惡的工作。」

路茲和吉魯聽了，也「嗯嗯」地用力點頭。看來因為同行文官的關係，留下了相當不愉快的回憶。

「因為您希望我如實說出感想，我便恭敬不如從命了。說實話我不得不懷疑，他們真的是領主所主導新事業的負責人嗎？不知道究竟是當事人並未意識到這件事的重要性，還是沒有明白領主的意思，還是故意想讓這項事業失敗，一介商人的我並無法妄自揣測。但是，若由他們繼續擔任負責人，所有計畫勢必會受到重挫。」

連我要成立梅茵工坊孤兒院分店的時候，班諾也對我說「妳又惹麻煩了」，但只是提醒我事前該做什麼準備和該怎麼進行，並沒有說不行。班諾可是對賺錢機會和利益得失十分敏感的商人，然而這一次的情況，竟然嚴重到了連班諾都認為會受到重挫。聽到印刷業很有可能陷入困境，我不禁倒吸口氣，斐迪南卻是往上勾起了嘴角。

……啊啊，那個邪惡又心機深沉的笑容。我猜他又在腦海裡設計圈套了。前往視察的文官肯定就是他的目標。但印刷業若是因此停擺就麻煩了，所以我只是保持沉默，在心裡面為斐迪南加油。

「嗯，我會好好參考你們的意見。看來是不枉來此一趟。此外，星結儀式已經迫在眉睫，餐廳那件事怎麼樣了？」

餐會上將會聚集領主、領主的異母弟弟、領主的養女和騎士團長，全部都是有頭有臉的大人物。一想到齊爾維斯特有多期待，我就頭好痛。然而，班諾卻露出了游刃有餘的笑容。

「進行得非常順利。餐廳既已完工，廚師的手藝也磨練得更加精進了，受過教育的侍者也增加了。現在又由了解貴族的人來帶頭籌備一切事務，屆時應該能順暢無礙地舉辦餐會。」

「是嘛。那還有其他問題嗎？」

「……該向神官長報告的事情已經報告完了。至於義大利餐廳，還有幾件事情想向羅潔梅茵大人請教。」

班諾往我瞥過來，視線非常銳利。

……哎呀，班諾先生，為什麼要用那麼恐怖的眼神看我呢？之前無法取得聯絡並不是我的錯吧？

「那麼，關於報告的統整與初期費用的計算，也讓羅潔梅茵幫忙吧。身為領主的養女，事先了解推動一項新事業有多麼辛苦，也是種必要的體驗。」

……意思就是要我也體會一下底下被分派到工作的人的辛勞，別像養父大人那樣做出無理要求對吧？我懂。雖然懂，但為了得到書，我一點也不打算自制喔。

「羅潔梅茵，接下來妳可以使用秘密房間，由達穆爾負責護衛。布麗姬娣就在此待命，先用午餐。」

「是！」

斐迪南下完指示，莫妮卡便開始準備布麗姬娣的午餐，法藍前去為要離開的斐迪南和薩姆送行。

直到看著斐迪南走下一樓，我才伸手放在秘密房間的門扉上，稍微注入魔力。魔力從戒指流出，結束了認證後，門也打開了。和斐迪南房裡的工坊不同，我的秘密房間是設定為沒有魔力的人也能進去，所以只要有我的許可，誰都可以進來。

「奇爾博塔商會的各位，請進。如同神官長剛才說的，由達穆爾負責護衛，侍從只要吉魯進來就夠了。莫妮卡，麻煩妳服侍布麗姬娣用餐。若有什麼事情，再按門上的魔石吧。」

對莫妮卡說完，確認大家都進房以後，我慢慢關上房門。

秘密房間的空間不大，約莫是四坪大小，有桌子有椅子，就像會客室一樣。雖然房間大小也能依據魔力量進行改變，但這個房間只是用來討論不想被侍從們聽見的事情，所以我認為空間並不需要太大。

「啪噹」地關上房門後，我長長地吐一口氣。忍耐終於結束了。我一骨碌轉身，拔腿一衝撲向路茲。

「嗚哇啊啊──路茲！我好想你喔！」

「噢哇?!」

我瘋狂用頭蹭向路茲，卯足全力抱緊他，盡情發洩這段日子以來累積的鬱悶。

「我已經受夠當貴族大人了！從早到晚一直要學習和練習各種禮儀，心情完全好不起來，累死人了！而且要是病倒了，還會用藥水強行讓我恢復體力，事後頭都好暈，身邊也都是些心機很重的人、又沒有半點慰藉、家人和路茲也不在，父親大人和母親大人也不會像這樣給我抱抱，還有、還有、還有……」

我緊抱著路茲不放，滔滔不絕地傾吐在貴族區生活的不滿。路茲一臉不知如何是好，按著自己的頭。

「啊……梅茵？」

「路茲，不可以叫錯啦。一定要叫我羅潔梅茵才行喔。」

好久沒聽見有人叫我「梅茵」，我感覺到眼眶發熱，但同時也搖頭提醒。

「路茲，拜託你代替家人，用力給我抱抱吧。現在一點也抱不夠。」

聽了我的要求，路茲用熟練的動作將我抱緊。我露出了心滿意足的笑容，四周人們的表情卻非常尷尬。但是，我才不會停止。我還沒滿足呢。然後，我一邊請路茲抱緊我，一邊抬頭看向班諾。

「班諾先生、班諾先生，我有事情想拜託你。」

「……什麼事？」

班諾低頭看著我的表情從愕然變得有些警戒。

「一下子就好，請班諾先生罵罵我吧。」

「啊啊?!」

班諾的聲音立即往上高了八度，臉上面對貴族用的表情完全消失了。看見他這樣，我不由得非常開心。

「去了貴族的宅邸以後，大概是因為身分不同了，完全沒有人會罵我。反而不管我做什麼都會被稱讚，感覺好奇怪。明明我做的事情又不值得人家那麼稱讚！」

不論是教導禮儀的老師，還是教我學習的老師，都對我吹捧到了讓人覺得詭異的地步。再加上卡斯泰德和艾薇拉基本上都不會罵人。害我總覺得一旦做錯事，他們就會笑著把我趕出去，老實說非常恐怖。聽我這麼說完，一直低垂著頭、全身抖個不停的班諾便猛然抬頭，扯開嗓門對我怒聲咆哮：

「妳這白痴，未免太鬆懈了！妳的個性本來就已經迷糊透頂、注意力還那麼散漫，現在更該小心別被人逮到把柄吧！」

「對！就是這樣！我就是想要有人這樣罵我！啊啊，好安心喔……」

居然連班諾的怒吼聲都讓我感到懷念與開心，看來我真的過得非常壓抑。我滿足地吁口氣後，路茲反而是精疲力竭地吐了口大氣，肩膀忽然放鬆下來，然後稍微把身體壓在我身上。

「我說妳啊……就算成了貴族大人，內在還是一點也沒變嘛……」

「一個人的內在怎麼可能那麼輕易就變呢。路茲，你在說什麼啊？」

要是那麼輕易就改變，我才吃驚呢。在這麼短期間內，雖然我覺得自己裝乖的功力長進了不少，言行舉止也變得更加優雅端莊，但內在還是沒什麼變。聞言，班諾便用早就看開的語氣對路茲說：

「所以我不是說了嗎？這傢伙就算從平民變成了上級貴族的女兒，本質也不會那麼輕易改變。」

路茲不甘心地用力咬牙，發出「咕」的低吼聲瞪我。

「可惡……把我以為再也見不到妳的眼淚還來！」

「知道了。那我用抱抱加倍還給你吧。」

枉費我想到了這麼好的主意，卻被路茲拒絕了。真奇怪。

總之，補充到了路茲份的抱抱後，我可以說是非常心滿意足。

「既然現在妳滿意了，可以開始討論了嗎？是關於要當作義大利餐廳招牌的鬆軟麵包……」

班諾換上了生意人的表情，雙眼炯然發光。

鬆軟麵包的做法

「說到鬆軟麵包，也就是想知道天然酵母的做法吧？」

「對，沒錯。」

「嗯……」我嘟著嘴巴沉思。之前會想做鬆軟麵包，是為了不被其他店家捷足先登……例如就算知道了各種食譜的廚師被挖走，這個王牌仍然能讓我們占有優勢。原本的假想敵是公會長和尹勒絲，但他們現在已經是共同出資者，雨果他們與尹勒絲彼此也會交流食譜。說實話以現在的情況，餐廳並沒有必要再特別推出鬆軟麵包。

「我想養父大人多半非常期待創新的餐點，所以在我也會出席的餐會上，我會預先送去天然酵母。雨果他們都知道怎麼使用，只要拿到酵母，就能做出鬆軟麵包吧。但是，關於酵母的做法和其他情報，我要先保密。請暫時在沒有鬆軟麵包的情況下經營餐廳吧。」

「什麼?!」

無論是公會長家尹勒絲做的麵包，還是在卡斯泰德家吃到的麵包，都不具有鬆鬆軟軟的口感。義大利餐廳是以「提供貴族在吃的食物」為主旨在招攬客人，所以未必要提供鬆軟麵包。

「這是為什麼？妳不是要用鬆軟麵包當招牌嗎？」

班諾瞪大了眼，馬克和路茲也一臉吃驚。班諾似乎相當喜歡鬆軟麵包，或許他自己也想知道做法。

「之前是為了不讓他人模仿義大利餐廳，才需要這款麵包。可是，現在我們都已經拉攏到了公會長，就算有人想要仿效，究竟又有哪個商人膽敢正面迎戰公會長與班諾先生這樣的組合呢？現在已經是所向無敵了吧？」

「……唔，嗯，可以這麼說吧。」

雖然也有其他間大店與貴族有往來，但與公會長和班諾這樣的組合為敵，恐怕也沒有勝算，義大利餐廳又是客群為富豪階級的店，同樣類型的店要是有好幾間，也只會兩敗俱傷。

而且正如班諾也為此勞心傷神，只要想想籌備材料、找到足夠的廚師和侍者，不知道得花多少時間與金錢，一般商人都不會想要插手。雖然班諾是基於想對抗尹勒絲和公會長的心理才開餐廳，但一般沒有人會笨到有樣學樣地去開發新事業。

「而且比起義大利餐廳，反而是我更需要鬆軟麵包喔。」

「妳嗎？但妳平常就已經在吃了吧？」

「……一旦成為領主的養女，我好像也必須成為引領流行的人。」

追隨地位比自己低的人有失體統。這似乎不光是艾薇拉個人的見解，而是上級貴族女性都該有的觀念。藉由自己取得新的事物，然後加以推廣擴散，增加需求，促進領地內的經濟活動，也是貴族的職責。

換句話說，我身為領主的養女，今後也必須引領貴族們都願意花錢消費的流行。

「總之因為貴族那邊一言難盡的情況，為了鞏固我的地位，我想從領主的城堡和上級貴族之間，讓鬆軟麵包擴散開來。等在母親大人的派系之間傳開，到時應該就可以把做法告訴義大利餐廳了。反正現在已經要與公會長聯手，就不需要天然酵母這個王牌了吧？」

「王牌當然是越多越好吧。」班諾語帶不滿地看我，但還是表現出了可以理解的態度說：「果然貴族也有很多事情要小心留意吧。」

「我想要的東西，今後還是會透過奇爾博塔商會製作與販售，所以請放棄要從餐廳最先推出鬆軟麵包吧。」

「我知道了。畢竟凡事還是要照順序來。」

商品都是由上往下更容易推廣，更遑論是高級商品。因為會自己製作，身邊就有，所以我經常忘記，但其實絲髮精、植物紙、髮飾、繪本的價格都很昂貴，並不是所有人都買得起。顧客僅限有錢人。而且，既然上位的人不可能追隨下位的人，那自然更該從上流社會開始推廣。

「總之，至少義大利餐廳用來宣傳的臺詞，也就是連貴族也會來用餐這一點，我一定會全力支持，所以還請班諾先生見諒了。」

「全力支持？妳到底打算做什麼？」

班諾的臉頰一陣抽搐。

我好像完全沒有信用可言呢……雖然早就知道了啦。

「在聚集了大店老闆的試吃會上，我也會以共同出資者的身分出席寒暄。開店時有新任神殿長幫忙掛保證，應該可以錦上添花吧？」

「……姑且不論內在，外在頭銜可是神殿長，還是領主的養女，客人會嚇得直不起腰吧。」

「只是寒暄而已，我才不會用餐呢。要是客人們食不知味，那太可憐了嘛。」

只要稍微露個臉，親切寒暄幾句說「還請多多賞光」，我想應該就很有效果了。而且，如果大店的老闆們因為想與領主及貴族們攀上關係，而向班諾靠攏，那麼以後在推廣印刷業的時候，應該也比較容易取得他們的協助。

「總之，義大利餐廳就盡可能交給公會長掌管，班諾先生可以不用花費太多心力在那邊吧？」

「共同出資者不是公會長，是他的孫女。」

共同出資者中只有班諾已經成年，所以他才主張自己必須扛下重任。但是在我看來，我覺得完全丟給芙麗妲管理也沒問題。

「共同出資者是芙麗妲，那很讓人放心呢。我想她無論如何都會設法讓餐廳獲利，如果只有她一個人忙不過來，她的家人也會全體動員幫忙吧。班諾先生稍微撒手不管也沒關係喔。」

再怎麼說，芙麗妲仍然是全家人捧在掌心上的寶貝。再加上那一家人對利益十分敏銳，又有些追求利益不落人後，想必會傾注全力支援義大利餐廳吧。

「撒手不管可會被搶走喔！」

「咦？可是，我想接下來不到一年的時間，印刷業就會忙到班諾先生根本顧不了有人能幫忙管理的義大利餐廳喔。只要保有共同出資者的頭銜，再收取自己應得的利益就夠了吧。」

班諾、馬克和路茲都露出了無法理解的表情，我逐一看向他們。

「班諾先生，你剛才說過，不知道文官他們是否真心想發展這項事業吧？可是事到如今，文官們有沒有心想做事根本無所謂。」

「就算可能害計畫付諸流水也無所謂嗎？」

我注視著滿臉狐疑的班諾，斬釘截鐵點頭。

「因為不久之前，養父大人才在我的洗禮儀式上宣布，要花二十年的時間在領地內拓展印刷業。再加上神官長露出了邪惡的表情，那些態度不佳的文官肯定過不久就會消失不見了。班諾先生反而該擔心計畫有可能再提前，或是要我們加快腳步。」

看斐迪南的表情就知道了，他絕對是在布局，不然就是在設陷阱。如果他是在對那些沒有幹勁的文官設陷阱就算了，但萬一這其實是在測試「奇爾博塔商會是否真的有能力勝任」，結果我們卻鬆懈大意，那就完了。

「……妳別危言聳聽。」

「我不是危言聳聽，而是來自經驗的斷言。」

我挺起胸膛斷然說道。班諾看著我，仍然露出了懷疑的表情。但是在他身後，馬克忽然在胸前交叉雙手。

「感謝您寶貴的建言，必定銘記在心。」

「馬克……」

「老爺，就算現實再怎麼忙碌，您也不能不去正視。羅潔梅茵大人的忠告說得沒錯，我們必須預先做好準備，無論接到多麼無理的要求也能大致應對。」

馬克說完，班諾和路茲，不知為何連吉魯和達穆爾也是，表情全都變得嚴肅。

……上面的人老是亂來，大家真辛苦呢。

「班諾先生，那你要討論的事情可以告一段落了嗎？」

「是沒問題……」

「我想聽聽吉魯和路茲的感想。」

我稍微往前傾身，注視吉魯與路茲。雖然我也去過其他城鎮和農村的冬之館，但大多都是騎乘騎獸移動，搭乘馬車的時候也一直警戒著周邊的貴族，氣氛非常緊繃。而且除了獻上祈禱以外，其他什麼事也沒做，完全不是一般所謂的旅行。我想聽聽一般旅行的情況。尤其這還是路茲翹首期盼的外地城鎮。

「欸，你們兩個人，第一次去其他城鎮有什麼感想呢？和艾倫菲斯特有哪裡不一樣？搭乘那麼搖晃的馬車，身體會不會不舒服？」

「馬車真的很晃！明明是花不到半天時間的距離，吉魯居然去程和回程都頭暈到四肢無力。」

「什麼啊?!路茲還不是一樣，你去程的時候根本癱軟到動不了！」

兩人開心得雙眼發光，你一言我一語，告訴我初次旅行的感想。像是和在城裡不一樣，馬車非常顛簸；貴族文官讓人火大到想揍他們幾拳洩恨；外地城鎮的面積很小，人口也少得讓人驚訝；孤兒院的慘狀讓他們想起了一年前的情況；看到穿著破爛舊衣、雙眼毫無生氣的孤兒們，兩人都下定決心，要讓他們過上好一點的生活。

「明明是第一次出遠門，你們兩個人都很努力，沒有輸給暈車呢。謝謝你們。吉魯，因為在外面不能摸頭，我在這裡表揚你吧。」

吉魯跑過來迅速跪下，我摸了摸他的頭後，他開心地咧開笑容。

「……我還以為再怎麼努力，羅潔梅茵大人也不會表揚我了呢。」

「以後可能只有在這裡才能像這樣摸摸你的頭，給你表揚了呢。因為身分這東西比我想的還要麻煩。」

摸完吉魯後，本想也摸摸路茲的頭，他卻閃開說：「我就不必了。」我有些不甘心，所以用力抱緊了他。不過，聽了完全不加粉飾的感想後，我發現想在孤兒院推動印刷業似乎十分困難。

「班諾先生、馬克先生，你們覺得要怎麼做，才能在那間孤兒院推動印刷業呢？」

「那裡的人數確實太少，有力氣的孩子也不多，所以我在想別讓他們印書，主要讓他們做紙比較好。我看他們也沒辦法操作英格做的印刷機。」

班諾摸著下巴說完意見，馬克也露出苦笑。

「因為只有領主大人所在的艾倫菲斯特面積廣闊，周邊的其他城鎮都不大。」

「那造紙和印刷應該分開來進行囉。周邊的城鎮盡可能負責做紙，神殿的工坊則是負責印刷……再不然就是要快點完成謄寫版印刷，到時候即使小孩子沒有力氣也能印刷……」

我扳著手指，列出想到的事情。班諾用力抓了抓頭，傻眼地低頭看我。

「羅潔梅茵，妳還有多餘的時間開發新技術嗎？」

「目前完全沒有。所以與其和鎮上的掌權人士往來溝通、找出雙方都能接受的方案，我想倒不如大刀闊斧地使用我好不容易擁有的權力，直接蓋間新的孤兒院兼工坊，應該會更省時省力吧。」

順便再以宣揚神的教義為名義，附設一間小小的禮拜堂，我就有藉口可以過去察看情況了。

「喂，給我慢著！妳要馬上濫用權力嗎?!妳不是說過討厭跟人吵架？」

「我是討厭呀，但現在這種情況，根本吵不起來吧？考慮到身分差距，對方一定要服從我的要求喔。既然有辦法可以排除做書的阻礙，那當然是動用權力會比較輕鬆……」

老實說，現在因為頭銜太多，隨之而來的責任、工作和該從頭學起的事情也多得不計其數，我的大腦已經快爆炸了。現在根本沒有那個閒工夫和外地小鎮的有權人士勾心鬥角、尋找彼此可以妥協的方案。

……要是能用權力解決，那就快刀斬亂麻地一鼓作氣解決吧。

「是誰？是誰給了這種傢伙權力?!」

「是養父領主大人喔。」

「……可惡，沒辦法抗議！」

班諾抱頭哀嚎，但凡事本來就有優先順序。首先是做書，增加書的數量。這對我來說是最重要而且最優先的任務，為此我不惜動用權力、砸下金錢。盡到神殿長與領主養女的責任，算是為了達成這個目標的努力，所以我會加油，但我不想把時間花在明知可以用權力排除的礙事者上。

「雖然我說要濫用權力，但我才剛受洗完而已，按常理來說也不可能真的如我所願吧。可是，養父大人他可是比我還要性急喔。」

大概是想起了什麼，班諾用充滿絕望的聲音「啊……」地叫道。同時馬克也輕輕按著額頭，看來齊爾維斯特的失控，果然讓奇爾博塔商會疲於奔命。

兩人臉色僵硬，討論起了在即將到來的餐會上，不知道齊爾維斯特究竟會提出什麼強人所難的要求。我看著兩人時，路茲拿出了摺起的植物紙，然後很快掃視四周，稍微壓低音量，偷偷把紙遞給我。

「我想最好在離開這裡前先給妳……是信。」

這些植物紙是我用梅茵賺得的錢購買，再請路茲幫忙轉交，讓家人可以毫無顧忌地寫信。表面上梅茵死亡後，我先是在前往貴族區之前與斐迪南商量，然後才寫信這麼拜託班諾。

聽斐迪南說，因為設定上梅茵是被貴族殺死了，所以從賓德瓦德伯爵那裡沒收的錢財，也挪出了一部分當作是慰問金。但是，我的家人覺得這就像是為了錢賣掉女兒一樣，所以不願意把錢收下。完全可以想見那幅情景。

也因此慰問金與遺產都交由我管理，可以隨我運用。因為至少想收到大家的信，我心想只要用我的名義送紙和墨水，我的家人再不願意也不得不寫信吧。而且這樣一來，也能稍微紓解我的寂寞。

……唔呵呵，我真聰明。

「但這封信是寫給已經死去的梅茵，所以裡面不會寫有『給羅潔梅茵大人』喔。」

第一次收到家人的信，我緊張地把信打開，在上頭看見了多莉笨拙的字跡。因為還不習慣寫字，加上是第一次使用墨水，到處都有墨水的污漬。還有些文字寫的方向很奇怪，不然就是太過歪七扭八，裡面我只看得懂「梅茵，我過得很好喔」。

「呃，這封信……上面到底寫了什麼啊？」

「啊，那裡多莉應該是想寫說，她開始在珂琳娜夫人那裡學裁縫了。這邊是叔叔寫的吧，上面是寫加米爾現在脖子已經很穩固了。然後這邊我猜是阿姨，她很擔心妳有沒有病倒。」

父親因為工作的關係會寫字，我也在大門那裡看過，所以雖然有些潦草，但還算看得懂。但母親因為才剛開始學，字比多莉的還要難懂。三個人又各隨己意地書寫，難得收到了信，我卻完全無法解讀。

「……路茲，下次請大家一人寫一張吧。字都疊在一起，我看不懂。」

「其實我已經提醒過了。」

家人說因為紙太貴了，一人寫一張很浪費。完全可以想像他們說這句話時的模樣。但就是因為紙太昂貴，我猜家人不會主動寫信給我，我才用梅茵的遺產買了植物紙和墨水，真希望他們可以寫得讓我看得懂呢。

「我會告訴他們因為妳看不懂，要他們一人寫一張。」

「路茲，謝謝你。我等一下馬上寫回信，可以幫我轉交嗎？」

「好。」

看來也該帶紙筆進來這裡呢。我環視著只有桌椅的談話用房間，正這麼心想時，馬克迅速從自己的隨身行李中拿出整套紙筆用具，擺在桌上。

「我的借您使用吧。先在這裡寫好回信比較妥當吧。」

「真不愧是馬克先生，設想周到這一點太讓人欽佩了。」

我用著向馬克借來的紙筆立即寫下回信。告訴家人我最近雖然很忙，但也過得很好。

談完了只能在秘密房間裡討論的事情後，我們便離開房間吃午餐。布麗姬娣已經先用過餐了，所以護衛工作交接後，達穆爾也和我們一起吃。

「布麗姬娣，妳覺得午餐怎麼樣？還合妳的口味嗎？」

在準備餐點的時候，我詢問布麗姬娣。布麗姬娣是一般的貴族，眼看義大利餐廳就要開幕了，我想知道更多貴族的感想。

「是的，餐點非常美味。羅潔梅茵大人的廚師手藝十分出色，能夠擔任您的護衛，讓我感到非常開心。」

雖然臉上嚴肅的表情幾乎不變，但布麗姬娣那紫水晶般的雙眼微微地溫柔瞇起。既然都明白這麼說了，肯定吃得相當滿意吧。

我安心地吐了口氣，這時眼角餘光中蹦出了近似橘色的紅色麻花瓣。

「羅潔梅茵大人，這些有一半是我做的唷。」

笑咪咪妮可拉一臉得意地笑道，端來盤子。在我去貴族區之前還說「沒有信心端自己做的餐點給羅潔梅茵大人吃」，但看來在我不在的期間，廚藝已經精進到對自己有信心了。真教人拭目以待。

「羅潔梅茵大人，還有沒有新的食譜呢？我想嘗試更多不同的菜色。」

妮可拉曾在表明決心時說過，自己最喜歡好吃的東西，成為我的侍從以後，最開心的就是三餐，所以會為了美味飯菜努力加油。現在聽到她這麼說，我輕笑起來。

「那我今晚再提供給妳們新的食譜，妳和艾拉一起多加練習吧。」

首先要在不外傳的前提下，讓艾拉和妮可拉學會做天然酵母。另外，也要讓她們徹底精通有可能在上級貴族女性間流行起來的點心。記得說過有魔導具的冰窖，現在天氣這麼炎熱，推出冰涼涼的點心也許不錯。

……等印刷業普及了，不如也印本《羅潔梅茵的精選推薦食譜集》吧？

星結儀式　平民區篇

直到星結儀式為止，我都待在神殿裡頭度過。這段時間我忙著背誦祈禱文、請妮可拉向我報告天然酵母的進度；還會前往孤兒院長室的秘密房間，和路茲及班諾討論餐會的菜單、要向領主報告的內容和預算草案。

這天班諾和路茲也從奇爾博塔商會來訪，在秘密房間裡談論事情。

「星結儀式那天我會去貴族區，我再向養父大人確認日期與時間。」

「嗯，麻煩妳了。」

總算在餐會之前把該做的事情大概都完成了。雖然班諾的雙眼有些了無生氣，但在餐會之前應該能好好休息吧。「大概就是這樣了吧。總算勉強趕上了。」班諾的表情如釋重負，大口吐氣，用力揉著眉心。

「……路茲，你星祭那天有什麼計畫嗎？」

「我是打算和去年一樣……如果能讓我在孤兒院吃午飯的話。」

如果只是要準備路茲那一份的午餐，讓他在孤兒院的食堂和大家一起吃，這我也能安排。可是，眼下班諾忙得幾乎要過勞而死，路茲還有辦法來孤兒院幫忙嗎？

「那天不忙嗎？沒關係嗎？」

「現在該做的事情都已經做完了，而且祭典那天待在家裡，我也沒辦法休息啊。反而來孤兒院我還比較能放鬆，飯也很好吃……」

星祭是居民全體動員的祭典。除了新郎新娘與雙方家人以外，大家會在開門的同時去森林撿拾塔烏果實，盡情丟完果實後，要準備食物端到廣場上去，再準備晚上的祭典，忙得不可開交。依照這裡的風氣，就算不是家裡的人要結婚，也沒辦法事不關己地待在家裡悠哉休息，一定會被趕出去幫忙。

「記得別把塔烏果實丟完，要留一點下來喔。」

路茲咧嘴一笑，回答「我知道」。這樣的他和以前完全沒變，但我想見上一面的家人卻始終沒有來露臉。我藉著星祭當天想請他們幫忙照顧孤兒院孩子的名義，試圖與他們見見面，家人卻說那天有事而拒絕了。明明說過會來孤兒院看我，多莉卻一次也還沒有來過。

「……多莉都不來呢。」

我低聲咕噥後，班諾便哼笑說：

「那當然，她現在忙得很。多莉要在簽了都盧亞契約的工坊工作，假日還要到珂琳娜的工坊教其他人怎麼做髮飾，一面學習裁縫。」

「咦？」

「珂琳娜說她現在正以驚人的速度，非常飢渴地在吸收新技術……她不是跟妳做了最後的約定，要成為一流的裁縫師嗎？」

只看信，根本看不出來多莉有這麼努力。這時候才經由班諾口中得知，我的眼眶不禁發熱。原來是為了實現與我的約定，多莉正在拚命努力。

「昆特叔叔也很忙喔。因為之前明明有下達通知，卻還是讓外地貴族入城，所以騎士團展開調查後，懲罰了沒有傳達重要事項的東門士長。」

各門士長都提供了證言，證實父親的確向各門士長傳達了「現在領主不在，暫時不會頒發許可證」。再加上除了東門以外，這項消息也確實傳達給了各門的守門士兵。然而，在出入行人最多、最該嚴加防範的東門，士長明明最先接到通知，卻怠忽職守沒有往下傳達。

騎士團判定這是非常嚴重的疏失。然後考慮到父親不僅失去女兒，還奮不顧身地努力逮捕入城的貴族，所以提拔了父親，讓他填補士長的空缺。所以父親現在是東門的士長了。

「叔叔還跟我哭訴說，現在工作時間增加了，忙得沒辦法好好跟家人吃頓飯。」

「……嗚哇，完全可以想像。」

大家都忙到沒時間過來嗎？既然是因為工作的關係，那也沒有辦法。我垮下肩膀後，路茲輕拍了拍我的頭。

「別這麼消沉啦。因為多莉星祭當天的計畫，就是要來看妳啊。」

路茲這句話太過出乎意料，我「咦？」地張大眼睛，他咧嘴一笑。

「她說他們要混在新郎新娘的家人裡面，在神殿前庭等門打開。新郎新娘退場的時候，妳會站在禮拜堂的祭壇上吧？」

路茲說多莉說了：「要是和孤兒院的孩子們一起行動，就看不到梅茵剛當上神殿長的樣子了吧？」路茲告訴我，家人只是為了短暫地看我一眼，打算一起站在門前等候。

「難得他們要來看，妳要好好表現喔。」

「……嗚！在正式開始之前，我要再重背一次祈禱文了。」

現在的心情，和家長第一次來參觀教學時的緊張有點像。難得家人要來，一定要完美表現才行。但我也開始感到不安，要是失敗了怎麼辦啊？

與神情疲憊又憔悴，但也洋溢著成就感的班諾和路茲道別後，我從秘密房間回到神殿長室。既然路茲願意一起行動，那麼也要和葳瑪討論星結儀式當天孤兒院孩子們的活動。

「我接下來要去孤兒院，隨我同行吧。」

「羅潔梅茵大人，還請讓我同行。」

莫妮卡剎那間綻開笑靨，飛快走來，一副非常高興能見到葳瑪的樣子。於是我抬起頭，看向法藍。

「法藍，那你留下來繼續工作吧。我只是要和葳瑪討論星結時孩子們的活動。」

法藍正和斐迪南派來的薩姆在談論事情，輕點了點頭。

「莫妮卡，羅潔梅茵大人就拜託妳了。還請一路小心。」

「一路小心，羅潔梅茵大人。」

薩姆也和法藍一起交叉雙臂，原地跪下，目送我離開。我和莫妮卡一起走出房間。

當然，兩名護衛騎士也隨行在側。

最近斐迪南都是派這名名為薩姆的侍從來神殿長室，讓他與法藍處理有關神殿長的事務。在斐迪南的侍從中，薩姆以前好像也主要負責與前任神殿長往來溝通。因為斐迪南之前總是帶著阿爾諾，所以我對薩姆沒有什麼印象。不過，從今以後不是由阿爾諾，都會由薩姆擔任我和斐迪南之間的聯絡人。

雖然我印象中記得，與前任神殿長打交道的時候，斐迪南好像也是帶著阿爾諾，但其實我也不清楚斐迪南的侍從們是按照怎樣的分配在工作。只不過，法藍在和阿爾諾說話時，總是有種他在和上司交談的感覺，但面對薩姆，卻像在和同事說話般比較輕鬆自在，所以對法藍來說，也許是種好的改變吧。

「葳瑪，羅潔梅茵大人來訪。」

打開孤兒院的大門，莫妮卡對已經在等著的葳瑪說道。

「衷心感謝神殿長專程前來。但是，關於神殿長親自來孤兒院一事，神官長沒有任何表示嗎？」

葳瑪神色擔憂地問我。和孤兒院長那時不同，神殿長出入孤兒院好像是件難以想像的事。

「神殿長是我，我可以照著自己想做的去做。只要不會危及生命安全，身為淑女也別做出有損體面的行為，神官長並不會禁止。」

我想把斐迪南也牽扯進在外地城鎮成立孤兒院兼工坊的計畫時，他甚至還對我說：「妳要多累積符合聖女形象的事蹟。」所以怎麼可能反對我來孤兒院呢。

「那麼，關於星結儀式當天的活動……」

青衣神官會帶所有侍從前往貴族區。這是因為就算回到老家，也沒有人能侍奉自己，所以只能自己帶人回去。斐迪南因為在貴族區有自己的宅邸，那裡也有侍從，其實不需要帶人回去，但因為大家都這麼做，所以他說他還是會帶幾個人。

「但是，因為我是領主的養女，沒有事先徵得許可的人不能帶進城堡裡，所以所有侍從都要留在神殿。我只會帶羅吉娜同行……」

宴會上專屬樂師是不可或缺的存在。只有羅吉娜會和我一同前往城堡。如果想帶專屬廚師艾拉進城堡，其實也不是不行，但是現在即將舉行盛大的婚禮，若把茫無頭緒的艾拉丟進根本是戰場狀態的廚房裡，也只會讓她身心俱疲。詢問過本人的意願後，她也表示這次先別同行，等我要住進領主城堡的時候，再帶她進去。

「所以我已經吩咐了艾拉和妮可拉，要幫孤兒院準備伙食。此外我也下達了通知，要其他青衣神官也準備好飯菜。」

因為青衣神官都出門了，往年星結儀式當天，孤兒院的孩子們都沒有晚餐可吃，但青衣神官不可能連廚師也帶出門。因為貴族宅邸裡就有廚師，不同於侍從，廚師並沒有必要帶回去。所以今年我決定以神殿長的身分下令，要求那些表示「我又不在神殿，不需要讓廚師煮飯」的青衣神官也要準備飯菜。

相對地，我也不同於去年，改變了星結儀式時收得布施的分配方式。前任神殿長都是自己拿走一半，交情越好的跟班則拿得越多。

我本來提議公平地按照人數均分，卻被斐迪南制止了。他說基於貴族社會身分有別的原則，再考慮到我卸任以後的情況，還是不能平等均分。最終，決定了神殿長和神官長各拿四分之一，其餘一半再由青衣神官們平分。除了前任神殿長的跟班以外，所有青衣神官皆舉雙手贊成，而那些跟班也只是一臉不滿，並沒有當面抱怨。

「那今年不需要擔心食物了呢。羅潔梅茵大人，真的由衷非常感謝您。」

「還有，路茲也和去年一樣，會帶孤兒院的大家去森林。請讓路茲在食堂和大家一起吃午餐吧。當天的活動就和去年一樣，所以應該不會有什麼突發狀況吧。記得好好監督大家，別讓孩子們為居民造成困擾。」

「遵命。」

葳瑪微笑點頭。我也對她報以微笑後，環顧食堂。

「……如果是在找戴莉雅，她正在和戴爾克一起午睡。」

「他們兩個人都還好嗎？」

在召來莫妮卡和妮可拉，宣布要收兩人為侍從時，她們向我報告過戴爾克也收到了祝福的光芒。雖然知道沒有生命危險了，但葳瑪也向我報告過，戴莉雅因為融入不了大家，過得十分辛苦，所以我一直很擔心。

「兩個人最近都好多了。戴莉雅不再堅持要自己照顧戴爾克，很少再因此病倒，也懂得拜託別人，現在整個人放鬆多了。但話雖這麼說，最近戴爾克開始會爬行了，所以戴莉雅要追他又要掃地，看起來手忙腳亂呢。經常看到她一邊怒吼著『討厭啦！』，一邊追在戴爾克後頭。」

「是嗎？那就好。」

內心的擔憂消除後，我鬆一口氣。葳瑪露出了聖女般的笑容盯著我瞧。

「羅潔梅茵大人，能夠侍奉您，我真的感到非常光榮。」

「葳瑪，怎麼了嗎？怎麼突然……」

「雖然您如此年幼便成為了神殿長，想必十分勞累，但是，我相信您一定、一定能夠勝任。」

葳瑪溫柔地注視著我，背後彷彿出現了一圈光環。但這裡是神殿，也許不是光環，而是祝福的光芒。明明葳瑪沒有魔力，我卻覺得收到了祝福。

……葳瑪果然是聖女，太神聖了。

然後，到了星結儀式當天早晨。一大早我便被莫妮卡叫起來，簡單吃了點東西。

「羅潔梅茵大人，我去孤兒院了。」

「吉魯，孩子們就拜託你了。」

吉魯離開後不久，第二鐘響了。我一邊想著路茲和吉魯他們現在應該出發去森林了吧，一邊洗了熱水澡。其實原本該洗冷水澡，但我要是洗了冷水，儀式大概就不用舉行了。就算是洗熱水澡，潔淨身體也是非常重要的。

「莫妮卡，那樣不行，會讓這邊產生皺摺吧？」

羅吉娜是樂師，本不該干涉侍從的工作。但是，因為莫妮卡與妮可拉才剛成為侍從，還沒辦法為我完美地穿上儀式服，所以她仍然會出面指導。

「那把這裡像這樣子拉……這樣可以嗎？」

「沒錯，妮可拉。做得很好。」

因為是以神殿長的身分第一次在人前舉行儀式，不能隨便穿好就出去。不過，因為羅吉娜一邊教導兩人如何完美著裝，一邊為我穿衣服，所以花了不少時間。

……雖然也是因為曾在神殿長身邊當過侍從，但從一開始就懂得如何穿戴儀式服的戴莉雅，原來其實很厲害呢。

穿上神殿長服後，再由右至左地披上用黑金兩色織成的長帶，然後用別針固定住。腰帶的飾品也是黑金兩色，一眼便能看出星結儀式的目的在於取得最高神祇夫婦神的祝福。

因為艾薇拉說過，在神殿頭髮也必須綁得像貴族一樣，所以給了我髮蠟。曾為克莉絲汀妮綁過頭髮的羅吉娜，便教導兩人如何綁出符合貴族千金身分的複雜編髮。先用黑金兩色編成的繩子綁起我的頭髮後，再無數次確認能夠突顯出髮簪的角度，並且插上髮簪。今天用的是洗禮儀式時斐迪南送我的髮簪。

「神殿長，請前往禮拜堂等候。」

「羅潔梅茵大人，請移步。」

法藍從旁協助還不習慣被稱作「神殿長」，反應有些慢了半拍的我。我由法藍牽著手，邊走邊小心別踩到衣服下襬。我平常穿的神殿長服在腰部那裡往內反摺，下襬調整到了膝蓋長度，但儀式服和成年女性的服裝一樣，長到了完全蓋住雙腳，所以踩到下襬跌倒的風險極高。我慎重地邁開腳步，莫妮卡把神殿長用的偌大聖典抱在胸前，跟在我身後。妮可拉則在幫忙艾拉準備午餐。

「神殿長入殿。」

斐迪南說道，同時灰衣神官們把門打開。並排站在祭壇前的青衣神官揮下手中的棒子，彷彿搖響了無數鈴鐺的鈴音便響徹禮拜堂。我從莫妮卡手中接過又大又重的聖典，慢慢走進禮拜堂。右手邊是青衣神官，左手邊是數十對的新郎新娘成排站開。

新郎和新娘各自穿著象徵出生季節貴色的正裝。有的感情融洽地依偎在一起，大概是住在附近，從小對彼此家人都很熟悉的青梅竹馬，在戀愛後結婚。也有的面無表情地並肩而立，是由家人決定的婚事吧。說不定也有夫妻是今天才第一次見到對方。

但是現在，所有人在看到我後都變了表情。有的新郎新娘嘴巴一張一合，互相對望，也有的與其他對新人悄聲交頭接耳。和梅茵那時參加過的洗禮儀式一樣，如果不是使用了可以消除聲音的魔導具，現在禮拜堂內恐怕非常嘈雜吧。

我在祭壇前把聖典交給斐迪南，他再幫我把聖典放在祭壇上。手臂沒有了負擔後，我不再那麼緊張，抬腳走上階梯。然而才踩上第一階，我就踩到衣服了。看到儀式服一下子繃緊，我馬上明白自己踩到下襬了。如果繼續往上走，百分之百會跌倒。

怎麼辦?!我全身僵直不動，斐迪南忽然間把我抱起來，再把我放在臺上。冷冰冰的笑臉上再明顯不過地寫著「妳這個笨蛋」。

……是，對不起。

「這位是新的神殿長，也是領主的女兒，羅潔梅茵大人。」

斐迪南介紹完，新郎新娘的表情全僵住了。剛才還在竊竊私語的對象竟然是領主的女兒，任誰聽了都會大吃一驚吧。

與之同時，斐迪南用清亮的嗓音說了祝詞，開始講述神話。內容是最高神祇黑暗之神與光之女神結為連理，但婚後仍然遭遇各種磨難，兩人齊心協力共同度過難關。等到孩子們長大成人，兩人在孩子們成婚時給予的祝福，便是星結儀式的由來。順便說明，斐迪南與前任神殿長不同，並不是閱讀聖典上的內容，而是早就背下來了。

本來講述神話是神殿長的工作，但因為我的聲音太小又稚氣，長時間朗讀文章又會氣喘吁吁，所以由斐迪南代為講述。我負責的，就只有引導大家向神獻上祈禱和感謝，然後給予眾人神賜予的祝福。

「那麼，向神獻上祈禱吧。祈禱獻予諸神！」

青衣神官們迅速擺出動作之後，新郎新娘也獻上祈禱。我看著大家，悄悄不露聲色地翻開聖典。

……太奸詐啦！上面居然寫好了祈禱文！虧我還背得頭昏眼花！

看見聖典上到處都有不是斐迪南，不是法藍，也不是我寫的小抄，我的臉頰不禁抽搐抖動。我一心只想著要背好法藍和莫妮卡寫在木板上的內容，完全沒有多餘心力重看房裡的聖典。但原來聖典裡就寫有祈禱文，根本不必特地默背。

唔唔……我內心充滿憤慨，一旁的斐迪南說著：「那麼，接下來賜予你們諸神的祝福。」要新郎新娘當場跪下。現在輪到我出場了。

……好不容易都背下來了，我才不需要作弊。

我闔上聖典，深深吸一口氣，往戒指注入魔力。

「司掌浩浩青空的最高神祇，暗與光的夫婦神啊，請聆聽吾的祈求，為新夫婦的誕生賜予祢的祝福。彼等的赤誠真心奉獻予祢，謹獻上祈禱與感謝，懇請賜予祢神聖的守護。」

向最高神祇夫婦神祈禱後，金色與黑色的光芒便從戒指浮出，呈漩渦狀往上升起，飛向禮拜堂的天花板迸散開來。黑金兩色的光芒散開後灑在了新郎新娘身上。

所有人都仰頭看著上方，像看見了不敢置信的景象，愣愣張著嘴巴。不只新郎新娘，連青衣神官也用一樣的表情看著上方。只有斐迪南一派泰然自若。

「沒有神具，居然也能給出真正的祝福……？」

聽見附近的青衣神官這麼低喃，我看向自己手上的戒指。這麼說來，青衣神官都是魔力低下的貴族，還有無法準備充足魔導具的貧窮貴族才會來當，當然不可能擁有嵌著魔石的魔導具。雖然做法一樣，但對於只有神具能夠注入魔力的青衣神官來說，沒拿著神具就能給予祝福，是件難以想像的事情吧。

……我該不會做得太過火了吧？

我提心吊膽地覷向斐迪南，他卻是一臉正合己意，揚起了嘴角。

……啊，是為了那個聖女計畫吧。

「得到了最高神祇的祝福，諸位人生的新旅程將是一片光明吧。」

斐迪南說完，灰衣神官們也嘰嘰地打開神殿大門。夏日的明亮陽光一下子流瀉進來，反射在了白牆上，禮拜堂變得無比明亮。同時消除聲音的魔導具也停止發揮作用，新郎新娘口中發出了興奮的叫嚷聲。

「我第一次看到祝福耶！剛才說她是領主的女兒吧？」

「而且還是最高神祇的祝福。新的神殿長明明那麼小，好厲害喔。」
「這個祝福是今年開始才有的吧？我沒聽說哥哥那時候有這件事！」
對於今年的星結儀式明顯不同於周遭旁人的描述，新郎新娘都十分興奮，從敞開的大門走出禮拜堂。
「既然得到了這麼厲害的祝福，接下來的塔烏果實我要全部躲開！」
必須一邊保護新娘，一邊跑進新家的新郎們紛紛鬥志高昂地這麼宣告。
「那麼，神殿長也請離場吧。」
「不，我要目送所有人離開。」
即使斐迪南催促我，我依然留在祭壇上，目不轉睛地望著門外。
在門外，我看見了既沒向走出去的新郎新娘道賀、也不是要來找認識的新郎新娘當目標，就只是專心一意往禮拜堂內張望的家人。正如路茲告訴我的，家人只為了來看看我當上神殿長的樣子，專程來到了神殿。因為來神殿的目的與其他人不同，只有我的家人不停探頭往禮拜堂內東張西望，與周遭為結婚興高采烈的人們明顯格格不入，舉止看來相當可疑。
……好突兀！太突兀了啦！
大家的行動太過滑稽，我忍不住輕笑起來。我強忍下想呼喚家人的衝動，用右拳在左胸上輕敲兩記。他們似乎也注意到了，用同樣的動作回應我。
「……原來如此。」
斐迪南心領神會地點點頭，開始指示附近的青衣神官和灰衣神官收拾場地，以及接下來該做什麼事。看來是允許我照著自己的心意留在臺上。

趁著斐迪南假裝沒有看見的時候，我與家人進行了絕對不能觸碰到彼此的交流。我摸向髮簪，搖晃上頭的花朵，多莉就高興得跳起來。母親為我拉開揹帶，露出裡頭的加米爾。現在加米爾的脖子已經很穩固了。父親笑得很開心。直到所有新郎新娘離場、大門關上為止，我都站在祭壇上，一步也沒有移動。

大門關上時，灰衣神官們正在清理禮拜堂，禮拜堂內也已經不見半名青衣神官。我的心情宛如從幸福的夢中醒來。斐迪南緊皺著眉走來，抱起祭壇上的我，大步移動，再把我交給已在禮拜堂外待命的法藍。

「羅潔梅茵，趕快吃午餐，沒時間了。」

縱然只是短暫的時光，但能夠與家人交流，我感覺到內心盈滿了暖意，「嗯」地大力點頭。

領主的城堡

「法藍，貴族區的星結儀式是什麼樣子呢？」

我一邊吃午餐一邊問道，法藍面帶難色地眼神游移。

「姑且不論其他青衣神官，神官長因為在貴族區的宅邸也有侍從，所以我們並沒有工作要做，都只是留在宅邸裡。伙食也和平常幾乎無異。雖然神官長說我們可以休息，但沒有工作反而令人靜不下心，結果神殿的侍從全聚在一起，討論工作的事情。」

看樣子斐迪南的侍從們，工作中毒的症狀全都非常嚴重。斐迪南明明是想讓他們休息一下，侍從卻因為沒有工作，閒得發慌而坐立難安。對於彼此無法相通的心意，我哀傷得差點要掉下眼淚來。

「我個人是留在神殿更感到安心……因為貴族區對灰衣神官而言，並不是一個舒適自在的地方。」

聽到法藍最後小聲補上的這句話，我默默垂下目光。我想是因為在貴族區，歧視會更加明顯吧。我開始有點不想去貴族區了。

喝著飯後的茶水時，好幾道腳步聲從門外欺近。因為神殿長室後面只有奉獻儀式時使用的房間，所以肯定是要來找我的吧。

「羅潔梅茵，不是叫妳動作快了嗎?!所有人都到了，妳是最後一個！」

斐迪南一臉急不可耐，大吼著走進來。

我立刻灌下杯子裡的茶，滑也似地跳下椅子，和羅吉娜一起離開房間。聽見斐迪南的怒吼，挺直了背的兩名護衛騎士也跟在身後。

「我馬上過去！」

今晚預計在領主的城堡留宿一晚，聽說卡斯泰德與艾薇拉已經把衣服和飾品送到城堡，為我打點好了城堡裡的房間，所以我幾乎不需要帶什麼東西過去，只要準備神殿長的儀式用服就夠了。

羅吉娜與侍從們搭乘同輛馬車，我則和護衛騎士們一起坐上斐迪南的馬車。不知道是不是因為身分差距，還是因為曾以見習騎士的身分接受過斐迪南的訓練，達穆爾與布麗姬娣在搭乘馬車時，看起來都比平常還要瑟縮。

穿過敞開的貴族門，經過貴族區，再穿過貴族區盡頭高牆的大門，便是領主的城堡。城堡位在穿過大門後，還要再進去一段的地方。使用的建材應該與貴族區及神殿相同，純白色的建築物有種聖潔莊嚴的美麗。從外看去，約莫有三、四層樓高。想起以前曾經住在密密麻麻地擠滿了六、七層樓高建築物的平民區，所以在我看來，城堡並沒有我預想中的大。大概是因為高度不高，才沒有什麼壓迫感吧。

但是，占地很大。從大門到城堡，遠得必須乘坐馬車才到得了，大到我都希望可以分點土地給不得不一塊擠在狹窄土地上生活的平民區居民。但這麼廣大的占地，正是富裕的證明吧。大門到城堡之間還散布著幾棟不知道作何用途的建築物。

「這裡還有園藝師和森林管理員的住處，也有農園和果園，還有騎士團的訓練場和幾座舉辦茶會用的庭園。城堡的別館還有騎士團宿舍，另外還有妳將入住的北邊別館，以及本來會由領主的第二夫人及第三夫人入住的西邊別館。」

馬車行經了騎士的訓練場和整理得美輪美奐的庭園，我側眼看著的同時，馬車也抵達了城堡的北側玄關。南側的正門玄關，專門提供給在城堡工作的文官和騎士，以及公務上有事要找領主的貴族們出入，領主的家人及私人方面的訪客，則是從北側玄關出入。

……面對辛勤工作著的文官們，確實是很難說出「我回來了」吧。

從馬車往外看出去，我看見羅吉娜下了侍從用的馬車，並請僕人幫忙搬運幾樣行李。侍從搭乘的馬車只有羅吉娜下車，搬完了行李後，那輛馬車又再度出發。是要把斐迪南的侍從送去他的宅邸吧。

羅吉娜做好準備後，我們所坐馬車的車門才打開，達穆爾和布麗姬娣率先下車。接著是斐迪南，然後他朝我伸出手來，要協助我下車。回想起來，上次達穆爾也打算護衛我呢。我想起了這件事情，一低頭察看腳邊，斐迪南立即用其他人聽不見的音量小聲喝道：

「不准低頭。」

「這我做不到。如果不去看腳該踩哪裡，我會掉下去的。」

我也小聲反駁，斐迪南先是微微閉上眼睛，再迅速地把我抱起來，放到地面上。我吟吟微笑，親切有禮地道謝：「感激不盡。」斐迪南卻回以嘆氣。為何？

在我走下馬車時，北側玄關的大門也打開了，好幾個人走出來迎接。聽說平常迎接的陣仗更大，但今天因為有星結儀式，大家都忙翻了。
站在最前頭，很有管家氣勢的老爺爺跪下後，身後的人也一致跪下。
「斐迪南大人，歡迎您的來訪。羅潔梅茵大人，歡迎歸來。在這火神萊登薛夫特威光輝耀的吉日，得以在諸神的引導下與您會面，願能為您獻上祝福。」
「准許你。」
「火神萊登薛夫特啊，請賜予新的主人祝福……初次與您見面，我是諾伯特，負責帶領侍從。往後還望不吝賜教。」
好幾道輕柔藍光往我飛來，接收了祝福後，在最前面跪著的諾伯特報上自己的名字。才覺得他很像管家，原來工作真的就是管家。
「我是羅潔梅茵，往後還請多多指教。」
諾伯特打完招呼便站起來，回過頭說：「那麼，請護衛騎士交接吧。」不明白護衛騎士為什麼突然要交接，我正不知所措，斐迪南為我說明。
「達穆爾與布麗姬娣皆是未婚的成年人，必須出席星祭儀式結束後舉行的晚宴。這時間也該回騎士宿舍更衣，開始進行準備了。」
「原來是這樣啊。」
大概和平民區一樣，晚宴是未婚成年人尋找結婚對象的場合吧。所以今天接下來，會由還未成年的見習騎士擔任我的護衛。
「柯尼留斯、安潔莉卡。」
諾伯特喚道，兩名見習騎士便起身上前。其中一人是哥哥柯尼留斯，另一位是與柯尼留斯年紀差不多的少女，有著淡水藍色的頭髮，眼睛是深藍色。不同於有著強烈女騎士氣質的布麗姬娣，安潔莉卡橫看豎看也不像是騎士，說她是侍從我還比較能相信。因為她是個身材嬌小又纖細的美少女。

「這兩人是柯尼留斯與安潔莉卡，今後要擔任妳的護衛。柯尼留斯妳已經認識了，所以我就不再介紹。安潔莉卡則是妳在貴族區時的護衛。因為她容貌出眾，十分適合擔任茶會與宴會時的護衛。」

聽斐迪南這麼說，可以想見她的能力一定很出色。但是，外表看來像是楚楚可憐美少女的安潔莉卡，實在怎麼看也不像是女騎士。

護衛騎士交接完後，走進城堡，眼前便是長長的雪白走廊與階梯。地板上鋪著夏天貴色的藍色地毯，牆上還掛有掛毯，所以仍有顏色點綴其中，但一路上經過房間時，誰也沒有為我說明門後是什麼房間。

上了二樓，在走廊上又行走了一陣，窗外可以看見別館。斐迪南指著那棟建築物，告訴我說：「那棟就是北邊別館。」已經受洗完的領主孩子都住在那裡，從二樓經由聯絡走廊與本館連接。還以為要接著走向通往北邊別館的聯絡走廊，諾伯特卻在走廊前的一扇門前停下腳步。

「羅潔梅茵大人，這邊請，為您介紹您的侍從。」

兩名護衛騎士站在門前，我、斐迪南和諾伯特一起走進房間。房內的擺設和等候室很像，有桌子還有幾張長椅和單人椅。有一名看來已經相當年邁，適合用婆婆來稱呼的女士正站在房內。一見到那名女士，斐迪南的表情立刻有些僵住。好難得的反應。

「黎希達，妳是羅潔梅茵的侍從嗎……？」

「是啊，是齊爾維斯特大人拜託了我。」

我來回看向斐迪南與黎希達，諾伯特往前站了一步，為我介紹黎希達。

「羅潔梅茵大人，這一位是黎希達，擔任您的首席侍從。」

「還請不吝賜教。」

我照著艾薇拉的教導行禮後，黎希達立即笑逐顏開。

「不愧是卡斯泰德大人的千金，教養真好，因應進退十分得體哪。羅潔梅茵大小姐，我是黎希達，往後還請您多多指教了。」

「……大小姐、嗎？」

「是啊，您成了領主的養女，當然該稱呼您為大小姐吧？」

……我又不是能被稱作大小姐的身分，這比叫我神殿長還要反應不過來！

我不禁流下冷汗。我真的能在這種地方生活嗎？我正感到不安，眼前的黎希達已經開始利落地下達指示。

「那一位是大小姐的專屬樂師吧？齊爾維斯特大人告訴過我她的琴藝很出色。諾伯特，把樂師帶過去吧。今天有幾個人都不夠用吧？」

聽了黎希達的指示，諾伯特在胸前交叉手臂。

「黎希達，那接下來就拜託妳了。」

於是羅吉娜被諾伯特帶走了。為了在宴會上演奏，是要帶她前往正在排練的樂師們那裡吧。

「大小姐，那向您告知本日接下來的行程。」

黎希達說，我立即挺直了背。

「首先是沐浴。您的頭髮必須重新編作現在流行的髮型。沐浴後是更衣以及用正餐。之後再換上儀式服，出席星結儀式。儀式一結束，再回到房間沐浴後就寢。以上有任何問題嗎？」

一直在換衣服呢——這麼心想的我，在聽到「沐浴」後想起了一件事。必須先確認這裡有沒有絲髮精。我忘不了之前用肥皂洗頭後，頭髮那乾澀毛燥的觸感。

「呃，黎希達，我洗頭髮的時候都必須使用絲髮精，請問母親大人是否準備了呢？倘若沒有絲髮精，髮絲會受損的。與其要讓髮絲受損，即使髮型不太符合現在的流行，我也寧願保持現狀。」

聞言，黎希達張大了眼，咯咯笑說「真是早熟的孩子」。

「哎呀呀……那麼黎希達只好斗膽提出請求，能請您去向艾薇拉大人確認這件事嗎？斐迪南小少爺？」

……黎希達婆婆，妳居然使喚神官長去跑腿?!而且還叫他小少爺！居然叫神官長小少爺！好不搭！

我強忍著笑，默默從斐迪南身上別開目光。要是現在去看他的表情，我絕對會忍不住笑出來。

「……黎希達，我去就是了，別再叫我小少爺了。」

「等小少爺結婚那天就不叫了。」

……神官長竟然徹底輸了！黎希達婆婆太強了！我好想馬上躺在地上打滾，拍著地板哈哈大笑！

大概看穿了我在想什麼，斐迪南用冰冷到了極點的目光瞪著我，走向陽臺，讓魔石變幻成魔獸，一躍而上後飛向天空。

「小少爺應該馬上就回來了，喝杯茶等他吧。」

黎希達說完，動作迅敏地開始準備茶水。

「呃，黎希達，方便請問妳和斐迪南大人、父親大人還有養父大人，是什麼樣的關係嗎？」

「我以前負責教導過卡斯泰德大人，後來當過齊爾維斯特大人的奶娘。這兩位實在非常好動，怎麼坐也坐不住，讓我受了不少折騰哪。斐迪南大人也是從他來到這裡以後，我便一路看著他長大。」

……居然有強者從孩提時代就認識那三個人！

黎希達說她是上級貴族的遺孀，也已經有孫子了。結束了齊爾維斯特奶娘的工作以後，便繼續以侍從的身分服侍他。這次是受了齊爾維斯特的請託，前來擔任我的侍從。

嗯……但希望不會因此沒人控制得了那個愛失控的領主呢。

不一會兒，斐迪南手上拿著小罐子回來了。在陽臺上降落後，他讓騎獸變回魔石，走進房間。

「小少爺，真是感激不盡。」

「就說別那樣叫我……唉，我要去齊爾維斯特的辦公室。黎希達，羅潔梅茵就麻煩妳了。」

斐迪南一臉厭煩，逃也似地火速逃離現場。這副模樣真的很難得。接著由黎希達帶我前往北邊別館的房間。

「大小姐，這邊請。」

以聯絡走廊與本館連接的北邊別館是已受洗領主孩子們的住處，二樓提供給男孩子，三樓提供給女孩子。而且規定男孩子一旦成年，就要搬出北邊別館，如果是下任領主，房間則會移動到本館，除此之外要在城堡外面設置住處。女孩子則是出嫁之前，都能住在別館。目前住在別館裡的，只有韋菲利特和我而已。

北邊別館一走進去就是樓梯。我環視一圈，發現裡面不遠的一扇門前站有護衛騎士。那裡大概是韋菲利特的房間吧。我忍不住要尋找起蘭普雷特的身影，但很快想起蘭普雷特也是已經成年的未婚貴族，所以不可能在這裡。現在一定正在準備吧。

上了三樓，第一間看到的就是我的房間。打開房門，馬上可以看出是艾薇拉為我整理了房間。房間整體的感覺和卡斯泰德宅邸裡的房間，也和神殿長室一樣，到處都有紅色和粉色的花朵圖案，非常可愛。

「聽說整體擺設和家裡房間是一樣的，所以應該覺得很熟悉吧？」

黎希達這麼說著，帶我走進浴室。她迅速脫了我的衣服，再用絲髮精大力搓洗我的頭髮。好像是想趕快洗掉頭髮上的髮蠟。用力搓洗了頭髮以後，再用溫水豪邁地沖掉絲髮精。要是把嘴巴張開，恐怕會發生慘劇。我覺得自己好像成了備菜時被人大力刷洗的青菜，極力保持不動。

「羅潔梅茵大小姐真乖，幫您洗頭髮很容易呢。和那群孩子完全不一樣。」

看來黎希達的洗髮方式會這麼豪邁，是因為以前都是幫卡斯泰德和齊爾維斯特洗頭。多半是想起了從前，她懷念地瞇起雙眼。看見她眼中流露出了真誠的疼愛，我不禁有些高興。

「哎呀呀，頭髮真的變得很有光澤呢。是這個絲髮精帶來的效果嗎？」

「是的。一旦用過一次，就再也無法不繼續使用呢。」

黎希達為我擦拭頭髮時，我也向她推薦了絲髮精。

「今日的正餐請穿這件。」

黎希達從艾薇拉準備的衣服中，挑選了華美精緻的連身裙。她說今天因為有星結儀式，又是正式的晚餐，所以必須穿上體面的服裝出席。黎希達再度用髮蠟把我的頭髮抹得平滑整齊，然後插上髮簪。這次的髮簪是艾薇拉向奇爾博塔商會訂做的。

「這個髮飾也十分少見哪。」

黎希達看得興味盎然。從她的反應看來，只要身為領主女兒的我戴了，髮飾肯定能流行起來吧。我只好先在心裡道歉：「班諾先生，對不起。好不容易工作告一段落了，好像又要讓你忙起來了。」

換好衣服，我在黎希達的帶領下前往餐廳。齊爾維斯特與斐迪南已經就座，正在討論什麼事情。我被帶到了斐迪南旁邊的位置。

「羅潔梅茵，妳來啦。」

「養父大人，好久不見。我有些事情想請教您，請問方便嗎？」

「嗯，可以。什麼事？」

我詢問了打算在哪一天、什麼時候在義大利餐廳舉辦餐會。齊爾維斯特可能早在心中決定好了日期，但並沒有通知我們。

「……明天還要為儀式收尾吧？後天要目送新婚貴族啟程。這樣看來，就是大後天了吧。我會在第三鐘前往神殿，第四鐘移動到餐廳。」

「我明白了。關於菜單，請問有什麼想吃的、以及不能吃的食物嗎？」

「我要吃以前從沒吃過的菜色。」

「……但是，我完全不知道養父大人以前吃過哪些餐點啊？」

「像上次吃的那樣就好。」

我知道齊爾維斯特喜歡新穎和稀奇的東西。那麼直接按照我們先前訂定的菜單，應該不會有問題吧。

在我詢問班諾希望我確認清楚的問題時，芙蘿洛翠亞也走進了餐廳。而在問完之際，韋菲利特也進來了。一看到我，他的表情馬上放鬆，顯然鬆了口氣。果然洗禮儀式上發生的事情，一直讓他耿耿於懷。

韋菲利特也入座後，齊爾維斯特站起來。

「全員都到齊了吧。那麼，開始吧。」

齊爾維斯特擺出了領主應有的肅穆神情，開始向諸神問候，並且說明本日星結儀式的各種相關事宜。期間，侍者們十分匆忙，卻也踩著優雅的步伐走來走去，把偌大的餐盤端上桌，再為大家分盛食物。

雖然齊爾維斯特說全員都到齊了，但在場並沒有看到韋菲利特的妹妹和弟弟。只有齊爾維斯特、芙蘿洛翠亞、韋菲利特、我，還有身為客人的斐迪南。

「斐迪南大人，養父大人的其他孩子呢？」

「尚未受洗的孩子不能同桌用餐。」

什麼！貴族的孩子在尚未受洗前，居然連飯也不能跟家人一起吃。斐迪南說直到受過嚴格教育，學會了禮儀以後，才能與大人同桌吃飯。會忍不住覺得我討厭這樣的家人，是因為我以前很喜歡和家人一起吃飯嗎？總覺得好寂寞。可是，感到寂寞的人好像只有我而已。在場所有人都是從小便接受這種教育的貴族，連韋菲利特也是正襟危坐。應該是被教導直到用完餐為止，都不能站起來。雖然在我的洗禮儀式上，他一吃完飯就如同脫韁野馬，才引發了那樁慘案呢。

只有今天是早在第六鐘響起前就開始吃正餐。雖然提早了很多吃晚餐，但因為是正餐，所以花費了不少時間慢慢吃。聽說這頓正餐對於即將結婚的人來說，是最後一次與家人同桌吃飯。

吃完飯，奶娘帶著夏綠蒂與剛滿兩歲的麥西歐爾走進來。我因為坐在位置上，看不清楚兩人年幼的臉孔。

「父親大人、母親大人，晚安。」

「夏綠蒂、麥西歐爾，晚安。」

只是互相輕輕擁抱，道聲晚安，兩人馬上就離開了。據斐迪南所說，這個時間幾乎可說是唯一的交流。對於這麼簡單的交流，我不由得瞪大眼睛。

「父親大人、母親大人，晚安。」

韋菲利特接著站起來道晚安。他也一樣要就此離開回房。我也有樣學樣地道了晚安後，和韋菲利特一起回到北邊別館。

接下來韋菲利特不能再踏出房間，但我必須馬上換上神殿長服，趕往要舉辦星結儀式的大禮堂。我想著這些事情，來到樓梯前方要道別時，韋菲利特低聲說了。

「……羅潔梅茵，看到妳沒事真是太好了。之前對不起。」

「因為有斐迪南大人為我治癒，給了我藥水，所以我已經沒事了。讓您擔心了。」

道完歉的韋菲利特一臉神清氣爽地走回房間。我也上樓，步入自己的寢室。一打開門，黎希達已經抱著衣服在門後等我了。

「好了，大小姐，快點更衣吧。新郎新娘陸陸續續抵達了。」

星結儀式　貴族區篇

「奧黛麗，由妳來解腰帶。」

除了在房內待命的黎希達，還有另外一名侍從。那名女性看起來與艾薇拉年紀相仿，名為奧黛麗。兩人分工合作，脫下我身上的連身裙。我只是任由兩人擺布。兩人為我換上鞋子，再為我穿上神殿長的儀式服。大概是很習慣替小孩子更衣，兩人的速度都很快、非常快。

明明早上莫妮卡和妮可拉在為我換上儀式服時換得那麼吃力，黎希達和奧黛麗卻在眨眼間就完美著裝完成。隔著鏡子，也能看出每道褶紋都非常美麗，綁上腰帶後，長帶與腰帶飾品等不斷疊加在我身上。

等到帶來的衣物箱裡都空了，黎希達便往後退一步，檢查我整體的造型，滿意地大力點頭：「這樣應該可以了。」鏡中的神殿長裝扮中，只有一個地方完全沒有動到。我緩緩舉起手，輕輕撫摸髮簪。我想換上家人為我做的髮簪。

「黎希達，髮簪……請改用使用了夏季貴色的那個髮簪吧。」

黎希達立即為我換上，這次才總算是大功告成。

「那走吧。」

我在黎希達的帶領下前往大禮堂。當然，護衛柯尼留斯與安潔莉卡也跟在身後。

「呀啊?!」

「危險！」

走出房間才要下樓梯，我就踩到了下襬，差點跌下去。柯尼留斯反應非常快速地扶住了我。

「多謝哥哥大人。因為平常裙子只到膝蓋，現在突然不知道該怎麼走路……」

「大小姐，可以像這樣稍微提起裙襬。」

黎希達告訴我可以稍微提起裙襬走路。因為從沒看過任何人提起裙襬走路，所以我還以為這是遭到禁止的動作，原來可以提起裙襬啊。那這樣子我應該沒問……才這麼心想，黎希達立即出聲提醒。

「請小心不要提得太高，會讓人看到腳踝的。」

但我平常就是及膝的長度，就算被人看到腳踝也沒關係吧……但我把反駁留在了心裡沒說出來。連斐迪南都贏不了黎希達，我更是毫無勝算。

我輕輕提起裙襬，小心翼翼地不要踩到下襬以免跌倒，走得非常緩慢。黎希達的表情變得非常為難，走到我面前彎下腰。

「大小姐，失禮了。」

黎希達冷不防把我抱起來，我還「咦？」地反應不過來時，她已經用難以想像年紀已是老婆婆的速度大步前進。

「照大小姐的速度，還沒抵達大禮堂第七鐘就響了。」

第七鐘是星結儀式開始的時間，黎希達是判斷我自己走會遲到吧。

可是，我認為這都要怪城堡太大了。從小孩子的步伐來看，要從居住的北邊別館走到舉辦正式活動的大禮堂太遠了。再加上必須繞上一大圈，距離又更遠了。我強烈主張建築物裡面也該搭乘馬車。

黎希達一路抱著我來到大禮堂附近，直到大廳前面才把我放下來。她仔仔細細地前後確認我的服裝有無不整。

「大小姐，我只能陪您走到這裡，接下來請您沿著地毯筆直前進，走到臺上去。齊爾維斯特大人就在那裡。」

「是。」

從走廊的轉角踏出一步，眼前便是大廳，類似油燈的照明將整個大廳照得非常明亮。在平民區，連蠟燭都很珍貴，大家平常極少使用，所以日落之後，四周都理所當然地陷入一片黑暗。但是，貴族區有類似油燈的道具，而且數量還不少。但這些油燈並不像電燈那般通明，雖然光芒不是很明亮，卻因為周遭牆壁全是白色的，所以感覺起來十分明亮。

「……好亮喔。」

「神殿那裡沒有嗎？是用魔導具增強了蠟燭微小的火光。」

聽了柯尼留斯的說明，我輕輕點頭，繼續前進。從大廳通往大禮堂的門扉已經完全敞開，裡頭看來已是人山人海。

「神殿長入場。」

大禮堂就像體育館一樣，天花板很高又寬敞，正中央鋪著鑲有金邊的黑色地毯，新郎新娘的家人和已經成年的未婚貴族在左右兩邊愉快談天。

沐浴在眾人充滿好奇的視線中，我雙眼直視前方，盡可能加快腳步。但是，柯尼留斯還是小聲對我說：「加油。」由此可知看在旁人眼裡，我的速度還是很慢。然後，走到臺上。因為提起了裙襬，所以這次我沒有踩到布料，成功走上階梯。我覺得自己已經完成了最重要的工作。

「羅潔梅茵，坐這邊。」

正如黎希達所說，齊爾維斯特已經一派裝模作樣地坐在臺上的椅子上。卡斯泰德站在他身後。看眼神是示意我往準備好的位置坐下，我於是坐上領主旁邊為我準備的那張椅子。

「羅潔梅茵，妳的聖典呢？沒聖典無法舉行儀式吧？」

齊爾維斯特一臉非常擔心地問我，但在斐迪南寫給我的「前往貴族區時該準備的物品」清單中並沒有這一項，所以我沒有想過聖典是非帶不可的東西。

「祈禱文我已經記住了，神話又會由斐迪南大人來講述，應該是沒問題吧。」

我說完，齊爾維斯特才放鬆下來，鬆開緊繃的肩膀。

「……能完成祝福就好。而且，是由我來講述神話。」

「這樣子呀。」

到了臺上，有了餘力環顧四周後，我就像站在講臺上環顧教室那樣，大禮堂內的情況是一目了然。

……啊，是神官長。

「斐迪南大人身邊沒有半名女性呢，這是為什麼？」

女性們只是遠遠地看著他，悄聲交頭接耳嘰嘰喳喳，但絲毫沒有要接近他的跡象。該不會斐迪南的性格之惡劣已經是眾所皆知了吧？再這樣下去，他可逃離不了黎希達的「小少爺」稱呼。

「在尋找結婚對象的場合上，只有笨蛋才會向明知不會結婚的神官攀談。」

聽了齊爾維斯特非常合理的回答，我也點頭說「原來如此」。既然如此，斐迪南為什麼要在會場內走來走去呢？

「羅潔梅茵，妳希望斐迪南早點結婚嗎？他在神殿不是都把堆積如山的工作丟給妳，毫不人道地使喚妳嗎？畢竟那傢伙個性很嚴厲。」

「不，反而剛好相反呢。現在要是斐迪南大人辭去了神官長一職，最困擾的人可是我。所以雖然知道這樣對斐迪南大人很過意不去，但我反而希望他能一直保持單身到我成年為止。」

不知道還有沒有其他認識的人？我這麼心想著觀察四周，發現布麗姬娣始終站在牆邊。雖然本人也一副意興闌珊的模樣，但這樣真的好嗎？

「如果今天沒能找到結婚對象，會有什麼影響嗎？」

「視家族而定，也依找不到的理由而定……是指妳的護衛騎士嗎？她恐怕有點難度。」

齊爾維斯特看向一直站在牆邊的布麗姬娣，臉色變得凝重。

「有難度是什麼意思呢？」

「其一是家族問題。」

齊爾維斯特說明，布麗姬娣的父親在三年前亡故，由才剛成年的哥哥繼任成為基貝．伊庫那。當時布麗姬娣本來有未婚夫，但對方和他的家人卻因為布麗姬娣的哥哥還年輕，盤算著想要侵占他們家族。

布麗姬娣因此對男方家族心生厭惡，於是取消了婚約。雖然雙方階級相同，但對方在各方面上卻經驗老道，而且老奸巨猾，布麗姬娣的哥哥又因為年紀尚輕、涉世未深，時至今日經常面臨各種困境。雖然因為自己主動悔婚，防止了對方的侵占，卻也因此讓哥哥勞心傷神，所以布麗姬娣為此十分消沉。

為了盡可能幫上哥哥的忙，一定要投靠有權有勢的人，所以儘管也必須前往神殿和平民區，布麗姬娣仍是第一個跳出來，志願擔任沒人想當的我的護衛騎士。為了保護家人與領民的生活，眾人討厭的平民區也願意去，是位擁有不凡氣魄的女性。

我聽著聽著，感覺到了淚水在眼眶裡打轉。齊爾維斯特看向我後，吃驚得瞪大眼睛。

「妳怎麼哭了?!剛才這些話有什麼好哭的?不是老掉牙了嗎？」

「可、可是……」

……我對這種有關親情羈絆的故事最沒輒了嘛。特別是現在。

身為家中支柱的父親一旦過世，一家人的生活便會一下子變得非常困苦，這點在平民區也一樣。尤其是如果繼承人還沒有栽培完全，情況更是堪憂。連在剛成年時便失去雙親的班諾也說過，他不只面臨了大批員工同時離開的困境，還因為公會長的處處刁難而筋疲力竭。連平民商人都這樣子了，換作是不得不治理土地的基貝，更難想像會有多麼辛苦。

「布麗姬娣竟然有這種苦衷……養父大人、父親大人，有沒有什麼我能為布麗姬娣做的事情呢？」

「如果可以和好一點的人家結成親家，情況多少會有改變吧。但考慮到本人的性情，恐怕不太容易……她雖然會在意旁人的眼光，卻有些達不到效果。只要看看她今日的打扮，妳也能明白吧？」

聽齊爾維斯特這麼說，我仔細觀察起布麗姬娣。因為附近也有很多穿著相同款式服裝的女性，所以看得出來她身上是當下流行的服裝。但是，並不怎麼適合布麗姬娣。

「雖然因為在意旁人的眼光，跟隨了流行，但穿著不適合自己的服裝，卻讓布麗姬娣的魅力減半了呢。」

老實說，我覺得布麗姬娣平常的騎士裝扮更帥氣，也更能突顯她的魅力。

「因為她塊頭大，身型又精壯，不適合穿女性服裝吧。」

「才沒有這回事呢。只要設計好款式和顏色，也有適合布麗姬娣的服裝喔。雖然可能會和流行的款式不一樣……」

「那由妳創造流行就好了。女性的適婚年齡很短，聽說二十歲就過適婚年齡了。」

……居然叫我創造流行，又強人所難了。

我不滿地鼓起臉頰，但仍然一邊思考著適合布麗姬娣的服裝，一邊再移動目光。總覺得不只布麗姬娣，達穆爾好像也會陷入苦戰。

移動目光後，這次看見了蘭普雷特。因為他被一群女性包圍，就只有他高出了一個頭，所以格外醒目。蘭普雷特顯然很受歡迎，可以任他挑選，看這樣子是不必擔心。

「蘭普雷特哥哥大人被一群女性包圍了呢。說不定明年可以結婚唷？」

「我想他會再單身一陣子。他在貴族院和他領的千金情意相通，但對方還未成年。得等到對方成年、家族因素也許可，否則恐怕結婚無望吧。」

正在執行護衛工作的卡斯泰德悄聲告訴我。原來蘭普雷特在他領有喜歡的人了。

……所以是遠距離戀愛嗎？咦？家族因素是什麼？像羅密歐與茱麗葉那樣嗎？好想再問清楚一點。因為與自己完全無緣，我最喜歡聽別人的戀愛故事了。

「沒有看見艾克哈特哥哥大人呢。」

「雖然他也差不多該續弦了，但可能要再給他一點時間。」

「咦?!我完全沒有聽說過這件事。」

原來艾克哈特已經結過一次婚，但夫人去世了。我是不是對新家人的資訊太一無所知了？

「因為他對這件事還很敏感，所以在家裡幾乎不會有人提到這件事。羅潔梅茵，妳也要小心，別向艾克哈特問起結婚和已經去世的妻子。」

「是……」

在接連接收到驚人新資訊的同時，我仍然持續尋找著達穆爾。但是，達穆爾被埋沒在人群裡，完全無法辨識。應該就在某處吧，但我找不到。

就在我認真地進行著「尋找達穆爾」這項遊戲時，第七鐘響了。齊爾維斯特立即起身，揮開斗篷向前一步。

「星結儀式正式開始，新郎新娘上前！」

八對新郎新娘走進大禮堂。比起上午平民區的星結儀式，貴族區新郎新娘的布料之豪華與款式完全不一樣，但同樣使用了代表出生季節的貴色。穿著各色服裝的新郎新娘保持著一定的距離，慢慢入場。四周響起熱烈的掌聲與歡呼聲，紛紛給予祝福，新郎新娘臉上都洋溢著喜悅。

新郎新娘並排站在臺前後，齊爾維斯特站在臺上，朗聲講述起神話。與聖典上記載的神話比起來簡略了許多，但一樣是默背下來的吧。這樣看來，以前那位神殿長真的很糟糕。

說完了暗與光的神話，齊爾維斯特接著唸出今年結婚的新郎新娘名字。

「格雷茲男爵的公子伯倫戴特，以及布朗男爵的千金拉葛蕾塔請上前。」

被叫到名字的新郎新娘會站到臺上，齊爾維斯特向兩人確認締結婚姻的意願後，再遞給他們簽訂養女契約時也用過的魔導具筆。兩人在攤開的文件上簽完名，契約書遂伴隨著金色火焰消失在空中。等到八張契約書全隨著金色火焰消失得無影無蹤後，屋內響起了盛大的歡呼聲。

「接下來由神殿長為新夫婦的誕生給予祝福。」

終於輪到我出場了。我站起來，慢吞吞地走到齊爾維斯特旁邊。

「比平常誇張一點。」

頭頂上齊爾維斯特這樣小聲說道。看來這個人也是聖女傳說計畫的共犯。我往戒指注入了比在神殿時要多一些的魔力，緩緩吐一口氣，然後吸氣，舉高雙手，開始向神祈禱。

「司掌浩浩青空的最高神祇，暗與光的夫婦神啊，請聆聽吾的祈求，為新夫婦的誕生賜予祢的祝福。彼等的赤誠真心奉獻予祢，謹獻上祈禱與感謝，懇請賜予祢神聖的守護。」

向最高神祇夫婦神祈求給予祝福後，和在神殿時一樣，金黑兩色的光芒如漩渦般從戒指浮出，飛向天花板附近。接著金黑兩色的光芒彼此互相纏繞、重疊，然後迸散開來，全數化作細小的光粒往外飛散，灑落在了新郎新娘身上。

「噢噢……」

讚歎聲在大禮堂內蔓延擴散。緊接著頓了一拍之後，響起了震耳欲聾的歡呼聲。在場新郎新娘的臉上都布滿驚訝與喜悅，所以我的祝福應該算是成功了吧。

「神殿長離場。為還如此年幼，卻能給予龐大祝福的神殿長獻上祝福！」

齊爾維斯特揚聲說道，在場所有人拿出發光魔杖，注入魔力使其發光，然後往上高舉。看來就好像是演唱會現場的螢光棒。這幅光景雖然美麗，但一想到全是獻給我的，就覺得非常難為情。要我在這樣的情況下若無其事離場，簡直是種折磨。因為太不好意思了，我只想趕快逃跑，盡可能以最快速度走出大禮堂。

在我離場的同時，大禮堂的門扉也隨之關上。接下來是只有大人才能參加的宴會。完成了任務後，我的精神完全放鬆下來，再加上因為平常這時間早就上床睡覺了，我的身體霎時間變得非常沉重。

「羅潔梅茵，妳沒事吧？」

「柯尼留斯哥哥大人，我快到極限了。」

體驗過我會突然間就失去意識，柯尼留斯急忙把我抱起來。雖然我的體格與哥哥大人有差距，但柯尼留斯的力氣還不是那麼足夠。

「安潔莉卡，不好意思，麻煩妳趕快去叫黎希達過來。」

安潔莉卡點了點頭，才剛看到她身子往前傾，下一秒就以迅雷不及掩耳的速度消失了，然後簡直是眨個眼便回來。

「黎希達說她馬上就來。」

「謝了，安潔莉卡。」

接到通知的黎希達喊著「哎呀呀」立即趕來，輕輕鬆鬆地把我抱起來後，開始大步移動回房間。

「大小姐因為很乖，個子又小，要抱著妳移動很輕鬆哪。」

以前黎希達都要抓住想往外飛奔的齊爾維斯特，把他帶回教師那裡，不然就是要把才剛醒來就嚷嚷說「不想工作」的齊爾維斯特趕下床，強行帶到辦公室，所以她的力氣才這麼大。

我一邊聽著這些往事，身體一邊搖搖晃晃，很快抵達了寢室。

「大小姐，還沒沐浴可不能睡著。」

雖然我很想馬上去夢周公，但黎希達似乎無法容忍頭髮上還黏著髮蠟就讓我上床睡覺。她和奧黛麗一起為我脫了衣服，為我洗澡。她們讓我的頭靠在浴缸邊緣，讓我泡在溫水當中，再用絲髮精為我清洗頭髮。一泡在溫水裡頭，睡意更是猛烈襲來。

「大小姐，請您打起精神。」

「嗯……」

離開浴缸，兩人為我塗抹類似香油的東西時，我已經徹底失去了意識。

「大小姐、羅潔梅茵大小姐，快醒來。」

「是……」

在我因為想睡而昏昏沉沉的情況下，她們再一次用溫水為我沖去香油，擦乾身體後，為我穿上衣服。在兩人的攙扶下洗完了澡，我總算能夠鑽進被窩。隔天，我便發起高燒陷入昏睡。

「嗚嗚……斐迪南大人，我頭好痛。」

「果然臥床不起了嗎？」

吃完早餐，斐迪南立即前來探望我。原本預計今天上午返回神殿，但斐迪南似乎早就料到了我可能會因為過於密集的行程而病倒。真是完全正確。

「斐迪南小少爺，您怎麼這麼冷靜?!」

因為一直以來都是照顧像卡斯泰德和齊爾維斯特這樣太過活力旺盛的孩子，黎希達對於我明明沒什麼明顯原因卻突然發燒，顯得相當不知所措，語氣也因此變得相當尖銳。斐迪南沒有理會她的斥責，遞出繫在腰上的藥筒。

「因為一天之內舉行了兩次儀式，不僅忙碌，還使用了大量魔力，我早已料到她會躺上數天。只要讓她喝下這個藥水，躺著休息即可。」

「什麼讓她躺著休息即可?!既然知道她會倒下，怎麼沒有事先擬好對策呢?!」

這種時候更該動動您那聰明的腦袋吧——黎希達提出了相當強人所難的要求。搞不好齊爾維斯特會那麼慣於強人所難，是黎希達一手教出來的。

「黎希達，羅潔梅茵虛弱的程度並不是事先擬好對策就能有效防止。我如果有辦法預防，早就採取行動了。」

換作平常，斐迪南會用一句「閉嘴」就結束掉對話，但他現在卻按著額頭，面露難色地向黎希達解釋。看來是真的贏不了她。我從床上伸出手，輕拉了拉黎希達的裙子。

「黎希達，請別對斐迪南大人生氣，他已經特地為我準備好藥水了……雖然不願意幫忙改善味道很苦這件事，是有點壞心眼……」

「哎呀呀，那麼喝完藥水，請您好好躺著歇息吧。」

黎希達輕聲笑著，從斐迪南手中接過藥水遞給我。小瓶子中的綠色液體搖搖晃晃。一打開蓋子，耗時熬煮的藥水氣味便撲鼻而來，讓我回想起了那不管被迫喝下幾次都無法習慣的苦味。我瞬間感到畏縮，但把心一橫，一鼓作氣灌下去。這種藥最好一口氣喝光，長痛不如短痛。

「……嗯？沒有以前那麼苦了？」

雖然還是苦，但沒有以前那種讓人苦到想倒在地上來回打滾，簡直是生不如死的地步。聽到我的嘀咕，斐迪南目光不善地瞪我。

「因為我改善了。但壞心眼的我，好像沒有必要改善嘛……」

「啊、啊嗚……不、不愧是斐迪南大人。不僅優秀，心地也這麼善良。呵呵……」

……嗚呼，好可怕的視線。

為了躲避斐迪南扎人的視線，我急忙鑽進了棉被裡頭。

領主與義大利餐廳

本來預計午餐過後要從城堡移動回神殿，但到了中午我依然沒有退燒，所以還無法移動，斐迪南先幫忙安排了讓侍從們返回神殿。

「嗯，現在應該沒問題了。」

到了傍晚總算退燒，我於是乘坐斐迪南的騎獸，再由達穆爾和布麗姬娣護在兩側，返回神殿。

「達穆爾，你有沒有找到對象呢？」

結果我昨晚終究沒有在會場上找到達穆爾，所以向他詢問戰果。達穆爾愁眉苦臉地垂下眉尾，搖搖頭說：

「……不，很遺憾。雖然我受到提拔成為了羅潔梅茵大人的護衛，但我目前仍是接受處分之身，又被貶為了見習騎士。」

一整年的時間都被貶為見習騎士，確實很難把達穆爾列為結婚對象吧。可是，畢竟他現在也成了領主養女的護衛騎士，大可以在處分解除之前先訂下婚約啊。達穆爾因為收到了祝福，對貴族來說十分重要的魔力也在慢慢增加，我倒覺得是很值得投資的對象。

「那可以期待明年了呢。」

「雖然我的心情無法那麼樂觀，但我會竭盡所能……那布麗姬娣呢？」

達穆爾用輕快的口吻問道。因為我知道布麗姬娣在會場上的情況，不由得提心吊膽地窺看她的臉色。眼神與我對上後，布麗姬娣立即垂下雙眼。

「……我因為父親大人亡故，曾一度取消婚約，恐怕無法找到新的對象吧。」

看見布麗姬娣僵硬的表情，我想為她做點什麼的心情又更強烈了。

在貴族門降落，要回到神殿時，法藍在非常精準的時機前來開門迎接：「歡迎諸位歸來。」

「法藍，你怎麼來了？我們明明沒有任何通知……」

「因為我看見有騎獸往貴族門的方向飛來。」

法藍說得一臉理所當然，但他多半一直留意著這個方向吧。簡直是侍從的表率。我抬頭看向法藍後，他跪下來與我水平對視。

「……羅潔梅茵大人，您的氣色看起來不太好。」

「是嗎？但我已經喝了斐迪南大人給的藥水，燒也已經退了喔。」

我摸向自己的臉和手確認體溫，斐迪南聳聳肩。

「比起妳說的，法藍說的一向更準確。法藍，讓她回去躺著休息吧。今天別再讓她做任何事。」

「遵命。」

就算我想插嘴，兩人也很快自己做出了決定。再這樣下去，我只能在強制下乖乖躺上床。法藍抱起我返回神殿長室，我趕緊拜託他。

「法藍，我想派使者去奇爾博塔商會。」

「請明天再派使者吧。」

法藍以斐迪南的指示為盾牌，搖頭拒絕。雖然身體狀況不太好是事實，但明明有事情要做，什麼都不做就糟了。

「是十萬火急的事情。養父大人要前往餐廳的日期已經決定了，我必須通知他們日期才行。」

「明日再通知也無妨。」

聽了法藍冷淡的回應，我嘛起嘴巴。

「那關於養父大人和父親大人會在前往餐廳前先來神殿這件事，我也明天再向法藍報告吧。」

法藍的肩膀抖動了下。不再事不關己後，他的表情充滿不安。

「法藍，你能預料到養父領主大人究竟會什麼時候來訪嗎？要是太過臨時，迎接的準備會來不及吧？」

「我明白了，現在就派使者去奇爾博塔商會吧。但是，只能寫信通知，會面還請節制……那麼，請問是預計何時來訪？」

「後天。」

法藍頓時慌了手腳，加快速度走回神殿長室。如果想確認茶水的喜好、準備點心，好得體不失禮數地接待領主，手邊現有東西的品質可能不夠好。

「羅潔梅茵大人，請您寫完信後，馬上躺下歇息。」

「嗯，我知道。」

得到了法藍的許可，我急忙寫信給班諾。先寫了餐會的日期與前去用餐的人數，再針對菜單補充幾點注意事項。然後拜託班諾，明天傍晚請派人來拿天然酵母。

「吉魯，不好意思你才剛結束工坊的工作，但能麻煩你幫我跑一趟奇爾博塔商會送信嗎？」

「遵命。」

寫完信後，我在莫妮卡的協助下換好衣服躺上床。連莫妮卡也叮嚀我，在用餐之前不能下床。

「莫妮卡，祭典當天孤兒院的情況怎麼樣？孩子們玩得還開心嗎？」

「是的，今年葳瑪也一起丟了塔烏果實喔。而且多虧了羅潔梅茵大人向青衣神官們下達命令，神的恩惠也相當多，所以不像去年那樣要一直煮湯呢。」

我躺在床上滾來滾去，聽著莫妮卡述說我不在時發生的事情，不久送完信的吉魯帶著回信回來了。

「班諾先生說他們已經準備好了，儘管隨時放馬過來！……然後明天傍晚，萊昂會來拿天然酵母。」

吉魯一邊說著，一邊遞來班諾的回信。聽了很有班諾風格的可靠回覆，我安下心來，打開信紙。上頭寫著，公會長和芙麗妲也會以共同出資者的身分出席餐會，然後要我預先告知領主，兩人也知道梅茵與羅潔梅茵是同一個人。

隔天因為身體狀況依然不佳，法藍既不准我去院長室，也不准我去圖書室，只能躺在床上。我不屈不撓地與法藍交涉，表示自己沒有書就無法休息，最後成功地讓他從圖書室為我拿來了一本書，一整天都躺在床上看書度過。真是幸福的一天。

傍晚妮可拉向我報告萊昂來拿天然酵母，已經交給他了。法藍也在神殿長室內忙進忙出，想必在準備接待齊爾維斯特和卡斯泰德吧。

依照我原本聽說的，齊爾維斯特與卡斯泰德預定在餐會當天的第三鐘響後帶著護衛前來，但大概是期待得不得了，齊爾維斯特一臉興奮難抑，在第三鐘都還沒響之前就跑來了。正和羅吉娜在練習飛蘇平琴的我，與領著一行人前來的斐迪南全垮下了臉，表情完全同步。

「養父大人，請您遵守說好的時間。」

「羅潔梅茵說得沒錯。我說過多少遍了，也考慮一下我們這邊的情況！」

「知道了、知道了，只要遵守前往餐廳的時間就好了吧。」

齊爾維斯特簡單一句話帶過，卡斯泰德則按著額頭說：「我已經盡量阻止他了。」在兩人身後，還有艾克哈特和柯尼留斯。因為卡斯泰德也要同桌用餐，所以需要其他人負責護衛，一開始便決定好了要由艾克哈特擔任護衛同行。但是，還未成年的柯尼留斯應該沒有預計要過來才對啊。

「柯尼留斯哥哥大人，您也一起來了嗎？」

「因為我也是羅潔梅茵的護衛騎士啊。」

柯尼留斯雙手扠腰，微微挺起胸膛，一本正經地說，但我總覺得他臉上寫著「這麼有趣的事情怎麼能把我排除在外」。

我傷腦筋地看向艾克哈特，他卻用看好戲的眼神低頭看著柯尼留斯，說：「因為護衛要輪流吃飯，他好像也兼作與我交接的人員。」看這樣子，應該是柯尼留斯自己硬要跟來的。

「來了就算了，在這裡款待他們吧。羅潔梅茵，他們可是妳的家人。」

「養父大人也是神官長的家人吧？」

我要求至少把齊爾維斯特接走，斐迪南沉著臉低頭看我，說：「……我餐後會負責招待。」

在法藍泡茶的期間，齊爾維斯特和哥哥大人們參觀起了房間，我沒有搭理他們，立即寫信給班諾。必須告訴他護衛的人數有更動。雖然食材都會多做準備，只是增加一個人應該沒關係，但若能事前通知一聲，更能作好完整的心理準備吧。我再補充了大家大致上的穿著打扮，拜託他也代為轉告公會長和芙麗妲。最好統一一下著裝標準，否則如果只有自己一個人格外突兀，會覺得坐立難安吧。

「羅吉娜，幫我把這封信交給來接妳的人。」

「遵命。」

羅吉娜要擔任樂師，在餐會期間負責演奏飛蘇平琴。奇爾博塔商會會在第三鐘派來馬車，載羅吉娜先前往餐廳。我委託班諾為了今天而買的淡水藍色服裝十分適合羅吉娜。

「羅潔梅茵大人，那我先走一步了。」

在第三鐘響起之前，羅吉娜便留下優雅的微笑，逃離了滿是上級貴族的房間。雖然事前已經接到通知，但看到領主和騎士團長雙雙做為客人前來，妮可拉還是有些陷入恐慌，羨慕地看著羅吉娜離開。

「妮可拉，為客人端出餅乾吧……麻煩在試吃之後，挑選出最好吃的吧。」

「是！請交給我吧！」

聽到試吃，妮可拉笑容滿面地走進廚房。我一邊為此苦笑，一邊走向品嘗著法藍泡的茶的齊爾維斯特。

明明快要吃午餐了，但齊爾維斯特吃了妮可拉端出來的餅乾後，竟然一邊說著「這真好吃」，一邊一口接一口地不斷塞進嘴裡。因為擔任護衛工作，必須站在後頭不能進食，只見柯尼留斯用充滿怨念的眼神看著齊爾維斯特。

第四鐘即將響起前，奇爾博塔商會派來的馬車到了。我、斐迪南、齊爾維斯特和卡斯泰德坐一輛；兩位哥哥大人、達穆爾和布麗姬娣坐一輛；法藍和斐迪南的三名侍從坐一輛。以三輛馬車的大陣仗，浩浩蕩蕩前往餐廳。

「這輛馬車是怎麼回事?!」

和貴族區的馬車不同，平民的馬車搖晃得非常厲害，齊爾維斯特為此橫眉倒豎。

「平民區的馬車都是這樣子唷。貴族區的馬車會使用魔導具吧？道路也十分筆直平坦。」

「羅潔梅茵，不能用妳的知識想想辦法嗎？在做書之前先改造馬車吧。」

「……但是我對馬車一無所知，根本不知道該怎麼改造。」

對於自己從沒搭乘過的馬車，我對其構造更是沒有產生過興趣。雖然記得曾在哪裡看過一篇文章，說車廂懸吊型的馬車可以減輕搖晃程度，但我的記憶並沒有清晰到可以要求約翰做出來。

「不過，平民區的味道還是一樣這麼臭。」

曾穿過平民區去森林打獵的齊爾維斯特皺起臉龐說。卡斯泰德和斐迪南也厭惡得臉龐僵硬，內心八成是一樣的想法吧。

「既然您這麼認為，請您為平民區的衛生管理撥點預算吧。」

「撥了預算就有辦法解決嗎？」

卡斯泰德興味盎然地看向我。但那麼充滿期待的眼神讓人有些傷腦筋。

「……只要設置自來水和下水道，就能大幅改善。但是，具體做法我不清楚。」

「妳就只會做書嗎?!妳的知識根本沒什麼用嘛！」

齊爾維斯特對我怒吼。就算說我的知識沒什麼用，但我的興趣從以前到現在一直都沒有變過，書永遠是第一順位。其他事情如果有多餘時間才會考慮。

「對於沒有興趣也沒有必要的事情，怎麼可能記得清清楚楚呢。養父大人也不可能什麼事情都記得住吧？」

「這種工作我交給斐迪南了。」

……這不是該沾沾自喜說的話吧?!

我在抵達前就已經感到疲累，看向養父大人。

「養父大人，先向您報備本日將出席餐會的成員。」

我報告了公會長和芙麗妲也會參加餐會，而且兩人在洗禮儀式之前便認識我，也說明了是班諾要我事先告知。

「嗯，對利益很敏銳的商人嗎……知道了。等見過他們，我再決定怎麼處置。」

談著這些事情，馬車也抵達了義大利餐廳。大家都收起私底下才會展現的表情，閉上嘴巴。餐廳坐落在城市北邊，店面頗大，但有六層樓高這點還是與周遭的建築物相同。單看外表，很難想像內部仿造了貴族宅邸的裝潢吧。

首先由侍從們提著行李下車，接著是護衛們。店門前已經打掃乾淨，讓人可以安心行走。卡斯泰德和斐迪南也下了馬車，我再由卡斯泰德抱下去，領主齊爾維斯特是最後一個下車。

由於同時停了三輛馬車，我們形成了四下往來行人的矚目焦點。就算不知道我們的身分，但一眼也能看出是非常有錢的人家吧。隔著一段距離圍觀我們的居民越來越多。

「養父大人，我們快點進去吧。」

進了店裡關上大門，便幾乎聞不到外面的臭氣，也阻絕掉了那些充滿好奇的眼光。我吁口氣轉過身，只見以班諾與馬克為首，公會長、芙麗妲和侍者們全都聚集在此迎接。全員跪在地上，在胸前交叉手臂。

好久沒有見到芙麗妲了，但因為我已經不是梅茵，所以沒辦法對她說聲「好久不見了呢」。我帶著有些落寞的心情，聽著班諾做為代表說出的長長問候語。

「在場是義大利餐廳的全體工作人員。在這火神萊登薛夫特威光輝耀的吉日，得以在諸神的引導下與您會面，願能蒙受您的祝福。」

「賜予你祝福。」

上次來義大利餐廳，內部裝潢甚至還沒有完成。但如今裝上了圖案精美豪奢的門扉與窗框，也點綴了地毯與掛毯，還用花卉與繪畫增添了色彩，看起來彷彿是另一家店。玄關大廳準備了長椅和幾張單人椅，也兼作等候室，擺有羅吉娜與法藍精挑細選過的家具。

「此處是諸位護衛用餐的房間。因為沒有預想到要接待貴族，所以本日只能準備這般簡陋的房間，還望見諒。」

那個房間雖有椅子和比一般尺寸稍大的桌子，但十分簡樸。是用來讓侍從輪流吃飯，還有主人下令迴避時供侍從待命的房間吧。因為沒料想到會用來接待客人，所以雖然對於今日要使用的護衛來說太過簡陋，但也無可奈何。

「此處是用餐區。」

「哦……裝潢很像是中級到下級貴族的宅邸嘛。真想不到這裡是平民區。」

「能聽到您這麼說真是光榮。」

聽到領主這麼說，班諾的臉部表情稍微放鬆下來。對於花費了大把金錢與時間的餐廳，領主給出了及格的評語，看得出來班諾如釋重負。

現在刻有複雜花紋的護牆板已經裝在牆上了，屋內還擺著有相同雕刻的裝飾櫃，上頭擺放了價格不菲的盤子和水壺等餐具，還有我做的繪本以及很久之前送給班諾的喜鶴。桌面擦得光可鑑人，依照人數放有餐巾與本日菜單。桌子中央還放了高度偏矮的花瓶，好讓客人可以看見坐在對面的人，花瓶中插有當季花卉。呼叫侍者用的手鈴也準備了非常可愛的款式，我滿意地點點頭。

「那麼這邊請。」

帶著眾人在餐廳內參觀到心滿意足為止後，班諾帶領我們入座。護衛艾克哈特站在門的內側，布麗姬娣站在門外，達穆爾和柯尼留斯先前往護衛的等候室用餐。

「那麼，為您介紹這間餐廳的共同出資者。首先，是領主大人的養女羅潔梅茵大人。本日的菜單也是由羅潔梅茵大人所設計。然後，這兩位是商業公會的公會長谷斯塔夫及其孫女芙麗妲。兩人為侍者和廚師的教育貢獻良多。」

班諾依序為領主介紹將一同用餐的人。我這時候才知道，原來公會長的名字叫作谷斯塔夫。

「就是你們嗎？」

齊爾維斯特目光銳利地看向知道羅潔梅茵與梅茵是同一人物的公會長與芙麗妲。在我記憶中那麼趾高氣揚的公會長，此刻卻縮起了整副身軀，在胸前交叉雙手。

「谷斯塔夫，還有芙麗妲，我聽說你們十分優秀，懂得見機行事，為自己牟取利益……那麼，你們應該也明白自己該怎麼做吧？」

「這是當然，我們自當全力配合協助。」

「嗯。那麼今後我的養女將開始推動一項大事業，你們也要多給予支援。」

齊爾維斯特拐著彎下令，要他們別過問太多，多為班諾通融關照。看這樣子，應該是不打算對公會長做出其他處置。公會長雖然是有賺錢機會就不放過的人，但畢竟算是我的救命恩人，所以能夠保持現狀，我鬆了口氣。

領主的叮囑說完後，芙麗妲好像也沒那麼緊張了。眼神與她對上後，我們對彼此微微一笑。芙麗妲說過她成年後會住在貴族區，我想建立起一定的友好關係。

班諾在做介紹的時候，法藍與斐迪南的侍從也從帶來的行李中拿出餐具，開始進行準備。至於班諾他們的餐具，由侍者們動作利落地準備著。我在侍者中看見了萊昂的身影。餐點會盛在鍋子和大盤子裡，再搬到推車上運過來。然後由侍從和侍者當場分盛到盤子上，侍奉主人用餐。

今天由法藍負責服侍領主用餐，我則由薩姆負責服侍。因為從身分來看，必須最先服侍領主用餐，但要在第一次造訪的地方，用不同於平常的方式服侍領主用餐，任誰都會害怕失敗，感到畏縮。所以決定由有最多時間可以討論、又習慣我所構思餐點的法藍來侍奉領主，其他人在參考之後，再服侍其他客人用餐。

「哦……這是今天的菜單嗎？」

齊爾維斯特拿起桌上如同婚宴菜單的卡片，看得興致勃勃。因為上頭全是沒看過的料理，只見他笑得合不攏嘴。

萊昂為大家端上剛出爐的鬆軟麵包。麵包的香氣隨著熱氣一同竄起，引人食指大動，想要快點享用。卡斯泰德和斐迪南看到形狀明顯不同於以往的麵包，全都一臉驚訝，公會長和芙麗妲則是猛然轉頭看我。

法藍輕輕地在齊爾維斯特面前放下盤子。右邊是盛作圓球狀，加了手工美乃滋的薯泥沙拉；左邊是盛作月牙狀，淋了義大利沙拉醬的清蒸雞肉野菜沙拉。

「感謝司掌浩浩青空的最高神祇與分掌瀚瀚大地的五柱大神，惠予萬千事物成為我們的食糧，在此為諸神的旨意獻上感謝與祈禱，必不浪費這些食物。」

所有人面前都放好了盤子後，大家一起獻上飯前的祈禱文，我才拿起叉子。為了表示沒有下毒，招待者必須第一個吃。

……嗯，真好吃。

我還在咀嚼著嘴裡的食物，就看見齊爾維斯特立即動起刀叉。他不是先吃外觀相當熟悉的野菜沙拉，而是第一次見到的薯泥沙拉，由此可以清楚看出他喜歡嘗試新事物的個性。和首先就吃外觀比較熟悉的沙拉的斐迪南大不相同。

我定睛望著齊爾維斯特，好奇他會有什麼反應。他吃了一大口薯泥沙拉，咀嚼了一會兒後，瞪大眼睛看向我。

「……羅潔梅茵，這是什麼？我第一次吃到這種東西。」

那雙深綠色眼眸燦爛生輝，看來是相當喜歡薯泥沙拉。

「這個叫作『薯泥沙拉』。是把考夫薯燙熟後，搗成泥狀，再加入其他蔬菜，用『美乃滋』攪拌而成的沙拉。還合您的口味嗎？」

「我還是頭一次吃到，但味道不錯。嗯，味道不錯。」

看來齊爾維斯特十分中意。這麼說來，在路茲家第一次做美乃滋的時候，他們家幾個兄弟也都歡天喜地。他們說因為有些青菜完全沒有味道，不然就是有點苦，這下子終於可以津津有味地吃青菜了。順便說，我成為梅茵以後，從來沒有自己做過。因為攪拌美乃滋醬得費九牛二虎之力，在沒有手持攪拌器的情況下，我沒辦法自己做。

看見齊爾維斯特對野菜沙拉置之不理，只顧著吃薯泥沙拉，卡斯泰德也吃了口薯泥沙拉，咀嚼了幾口後點點頭。

「……這道菜餚我確實也是頭一次吃到，但味道不錯。」

觀察了兩人的反應後，斐迪南才挖了極小口的分量放進口中。雖然幾乎沒有什麼表情，但看他下一口分量變多了，應該是很滿意味道。

班諾和我一樣，一直觀察著三位上級貴族的反應，這時才放鬆下來，稍微鬆開肩膀，吃起自己盤子裡的食物。班諾、公會長和芙麗妲都吃過廚師們練習時烹煮的餐點，所以雖然露出了覺得好吃的表情，但並不感到驚訝。

「養父大人，請您也嘗嘗看另一款沙拉吧。」

看到齊爾維斯特想再來一份薯泥沙拉，我對他這麼勸道。齊爾維斯特都還沒碰過清蒸雞肉沙拉。八成是不太喜歡青菜，他有些厭惡地皺起臉，又了口沙拉。發出了清脆的咀嚼聲後，齊爾維斯特眨了幾下眼睛，又吃了一口。

「羅潔梅茵，這道沙拉也很好吃嘛。淋了什麼醬汁？」

「那是『香草油醋醬』。這次是用植物油、鹽巴、柑橘類果汁和食用藥草調配而成，但只要改變添加的材料，可以做出各種風味。」

這裡的醬汁主要都是以熬煮的方式製作，所以多數都使用了肉汁，把類似肉汁醬的醬汁淋在蔬菜上。好吃歸好吃，但吃的時候，表面通常都會浮著一層凝固後的白油，我不太喜歡。

「青菜上面這個白色的東西是什麼？我猜是雞肉，但特別柔軟，味道也不一樣。」

「您猜對了。這些雞肉在事前準備上花了不少工夫，吃起來很美味吧？」

似乎不太喜歡青菜的齊爾維斯特，也滿意地吃完了所有沙拉，打算要法藍再盛一盤來。

「養父大人，這時候如果吃得太飽，會吃不下其他餐點唷！」

「唔，這倒是。」

為了讓其他人也能開始吃，我拿起鬆軟麵包撕了一口。撕開了還相當溫熱的麵包後，剛烤好麵包的特有馥郁香氣便隨著熱氣瀰漫開來。接著我把麵包放進口中，不只是令人垂涎的香氣，柔軟的口感與溫暖的甘甜滋味更一起在嘴巴裡擴散。

……啊啊，是雨果的味道。

雖然是一樣的麵包，但拿捏得極其精準的火候與熟悉的味道，仍然與艾拉做的麵包有所不同，讓我忍不住綻開笑容。視野中，只見芙麗妲接著立即拿起麵包。看來她一直在等著我先試吃。

芙麗妲一拿起還相當溫熱的麵包，立刻吃驚地看看我又看看麵包。大概是驚訝於麵包的柔軟度，她輕輕捏了捏麵包，確認柔軟的觸感後，才撕了一口放進嘴裡。咀嚼麵包期間，她一直用右手摀著嘴角，雙眼也微微睜大。茶色眼眸裡的光芒越來越強烈，看也知道她正在腦海內進行計算。

「羅潔梅茵大人，這種輕柔又鬆軟，不需咀嚼也具有甜味的麵包，我還是生平第一次吃到呢。請務必讓本餐廳販售這款麵包。」

不出所料，芙麗妲馬上對這款麵包發動攻勢。因為我只是提供了已經做好的天然酵母，也沒有告訴雨果他們怎麼製作，所以一定非常渴望得到吧。那麼，該怎麼拒絕才好呢？我正這麼思索，齊爾維斯特咧嘴一笑。

「妳是芙麗妲吧？很遺憾，這不可能。這款麵包，是今年冬天要用來在貴族間造成轟動的秘密武器。」

齊爾維斯特那雙深綠色眼睛朝我看過來，發出利光，要我這麼回答。我本來就打算利用鬆軟麵包來鞏固自己的地位，所以對此沒有異議。

「養父大人說得不錯。今天是因為養父大人和父親大人都來此用餐，我才特別請人製作，但我預計在冬季的社交界才要推廣這款麵包。」

「這樣呀，真是可惜呢。」

芙麗妲微微一笑說，又吃了口麵包。今天的廚師陣容當中應該沒有尹勒絲，所以她一定在想，真希望也讓尹勒絲吃吃看吧。

「這個麵包固然好吃……」

卡斯泰德拿起補上的第三個麵包，撕了大半塊放進嘴裡，「唔嗯……」地皺著眉頭發出沉吟。

「但太軟了，總覺得沒吃到東西，感覺十分空虛。好像怎麼吃也吃不飽。」

因為藉由咀嚼，才能產生滿足感與飽足感，所以也會有這樣的感想吧。我在腦海裡記下來，「父親大人喜歡硬一點的麵包」。照卡斯泰德吃的速度，如果吃鬆軟麵包要吃到他有飽足感為止，伙食費恐怕會很驚人。

「這道是法式清湯。」

放著大湯鍋的推車一推進用餐區，吸引了所有人注意力的氣味便飄散而來。湯鍋中盛有精心細細熬煮、濃縮了各種美味精華的法式清湯。沒有任何青菜也沒有其他配料，湯是清澈見底的琥珀色。在這個會把青菜先煮過、再理所當然地把煮菜湯頭倒掉的地方，絕對品嘗不到這樣的湯。

「味道真香，但湯裡怎麼什麼東西也沒有？」

看著法藍倒好的湯，齊爾維斯特張大眼睛。這裡的湯一定都會添加燙到軟爛的蔬菜，我從未見過沒有任何配料的湯。

「因為不加配料，更能品味湯的味道。我想會好喝得讓各位大吃一驚喔。」

我稍微把臉龐湊向清湯，輕吸口氣感受香味。香味濃郁得讓人口水直流，琥珀色的液體也一眼便能看出小心翼翼地過濾過了無數次。接著我把湯匙放進湯裡，表面一陣晃動，香氣更是四溢。然後，把湯匙放進嘴裡，倒入清湯。我在舌尖上慢慢地轉動著各種美味濃縮後的精華，細細品嘗。明明味道濃郁又充滿層次，餘韻卻不可思議的清爽，香濃清湯的滋味美妙到我忍不住發出感動的嘆息。雨果顯然是使出了渾身解數。大概是經驗的差距吧，老實說，比艾拉煮的法式清湯要好喝好幾倍。

「那我也來嘗嘗吧。」

齊爾維斯特喝了一口後，瞪大眼睛，很快再喝了一口，這次雙眼發出精光。又喝了一口之後，他邊歪著頭邊品嘗嘴裡的清湯。

「這到底是什麼味道？」

「這裡面包含了肉類和許多蔬菜，是濃縮了各種美味精華的湯喔。也可以用來為各種餐點調味。」

斐迪南也無法理解似地深深皺眉，喝著法式清湯。雖然單看表情，看起來好像覺得湯很難喝，但從他動湯匙的速度來看，應該是覺得好喝吧。

「斐迪南大人，您的表情很沉重呢，還合您的口味嗎？」

「嗯？……嗯，我認為這道湯很美麗。」

不是好喝，而是美麗。我一下子意會不過來斐迪南的評語。於是他用餐巾輕輕擦拭嘴角，為我說明：

「嗯，實在美麗極了。只喝一口，便喝得出當中使用了各式各樣的食材，才能達到層次如此醇厚的滋味。喝得出各種美味的精華，彼此也互相襯托，濃縮在了這碗湯裡。儘管如此，湯裡頭卻沒有添加任何配料，透明得足以見底。所以，這道湯有著臻至完美的美麗。」

雖然美麗是有點讓人不太能理解的形容，但我也沒想到斐迪南居然會這麼滔滔不絕地說明。可以斷定他相當喜歡法式清湯吧。

「讓各位久等了。」

這句話響起的同時，推車也推進來了。這次端出來的是主菜之一的焗烤麵。先把焗烤麵放在用陶瓷做成的小烤皿裡烘烤，再把烤皿放進附有把手的木頭容器裡，就能夠用手拿取。

「這個褐色的容器非常燙，請小心千萬別用手觸摸。吃的時候，請用手扶著外側的木頭容器吧。」

我想所有人都能一眼看出焗烤麵才剛從烤爐裡拿出來。因為熱騰騰的白醬還在咕嘟咕嘟冒泡，撒在上頭的起司也在不停跳動。帶有焦香的起司香氣隨著白色熱氣一同四溢瀰漫，真是讓人欲罷不能。

因為這裡沒有中間挖空的通心粉，所以我請人手工自製了蝴蝶麵。蝴蝶麵不但也很適合搭配白醬，也不會不小心被藏在通心粉裡面的白醬燙到舌頭。太完美了。

「羅潔梅茵，這道是烤起司嗎？」

「感覺很類似呢。吃的時候請小心別燙到舌頭喔。」

在貴族區也有幾道餐點是往雞肉和蔬菜撒上起司再拿去烘烤，我也吃過類似番茄肉醬的食物。但是，我從來沒有吃過白醬。不知道是這裡沒有，還是只是我剛好沒有吃到。

我先用蝴蝶麵捲起一些加熱後變得黏稠的起司，輕輕吹氣，放進口中。濃醇的滋味讓我覺得彷彿有幸福在嘴裡融化開來。因為和原本使用食材的味道都不太一樣，所以完成後的味道當然也不太相同，但這是麗乃那時候母親的食譜。

「羅潔梅茵。」

齊爾維斯特吃了一口後，用力皺起眉頭，瞪著我說：

「這哪裡是類似的東西了？和烤起司根本是完全不一樣的食物。」

「但都是撒上起司再放進烤爐裡烘烤，這部分很類似吧？」

「除此之外完全不同。這個濃稠的白色醬汁又是什麼？我喜歡這個。」

今天為了齊爾維斯特，我特別挑選了貴族區裡沒有的，而且還盡可能專挑小孩子應該會喜歡的兒童餐款菜色，看來是選對了。齊爾維斯特的深綠色雙眼熠熠生輝，朝我舀起白醬。我輕聲笑了起來。

「這是『白醬』。是使用奶油、牛奶和麵粉製作，再用鹽調味。」

看來這裡果然沒有白醬。卡斯泰德吃了一口焗烤麵後，放下叉子。還以為他是不喜歡這道菜，我轉頭看向他，他一臉認真地回望我。

「羅潔梅茵，妳住在我家的那段期間，我雖然吃過幾種聽說是妳手下廚師所做的罕見點心，但除了洗禮儀式外，我從沒吃過任何餐點。這也是妳手下廚師做的嗎？」

聽到罕見點心，齊爾維斯特「嗯？」地抬起頭來，但我予以無視，回答卡斯泰德。

「母親大人豈會那麼粗心大意，馬上就讓我才剛帶到宅邸的廚師烹煮餐點呢。我是在做好並且提供了好幾次的點心以後，才取得母親大人的信任，最近好不容易開始在交換點心的食譜了。至於餐點，要一步一步慢慢來吧。」

「原來如此，一步一步慢慢來嗎……」

艾薇拉是以能在茶會上端出的點心食譜為優先，所以幾乎還沒有交換到餐點的食譜。我也聽說洗禮儀式上，艾拉主要多是負責製作甜點。雖然我什麼東西也沒有吃到就暈過去了。

「我前來交接護衛的工作。」

先吃完飯的柯尼留斯一臉非常滿足地走進來。因為要輪流用餐，護衛騎士必須盡快吃完，但今天應該也提供給了護衛一樣的餐點。從柯尼留斯笑容滿面地摸著肚子這點來看，他想必大快朵頤了一番。艾克哈特一直是靜靜望著大家用餐，臉上表情毫無變化，快步走出用餐區。達穆爾應該也在門外和布麗姬娣交接。

艾克哈特才剛走，推車又推進來了。第二道主菜是肉。

「我想各位也許想吃點肉，所以準備了這一道，這是『燉煮漢堡排』。」

我猜齊爾維斯特應該會喜歡。果不其然，他看到肉，雙眼都發亮了。

事實上如果想在這裡製作漢堡排，連要把肉切成絞肉也得依靠人力，非常辛苦。和只要買回家就好的麗乃那時候大不相同。但是，雨果他們非常努力。他們不停用菜刀把肉剁碎，做出了絞肉，還完成了切開後會有起司流出來的漢堡排。

先把名為普瑪，有著番茄味道的黃色蔬菜去皮，切丁後加入法式清湯熬煮，接著再把表面已經煎得焦黃的漢堡排放進鍋裡，繼續燉煮。

我和芙麗妲因為已經吃得很飽了，所以漢堡排只有其他人的一半大。我用刀子切開盤子上小小圓圓的漢堡排，透明的肉汁便流出來，一秒之後，更接著流出黃色的濃稠起司。

「有什麼東西流出來了?!」

「這是起司。」

移動刀子後，流出來的濃稠起司還隨之微微晃動。然後我讓切成一口大小的漢堡排裹滿普瑪醬與起司，放進嘴裡。

「嗯嗯～真是美味。」

使用了上好法式清湯熬煮的普瑪醬真是好吃得不得了。大概是等不及了，齊爾維斯特立即切了口漢堡排放進口中。瞪大眼睛後，連連點了好幾下頭。

「噢噢噢噢……這道菜真美味。是我目前為止最喜歡的。」

「我就在想養父大人應該會很高興。您喜歡真是太好了。」

卡斯泰德和斐迪南一言不發地吃著漢堡排。卡斯泰德是大口一口接著一口，斐迪南是以流水般的優雅動作操作刀叉，吃得從容不迫。但是，兩人盤子裡的漢堡排都消失得很快。

「斐迪南大人，您覺得如何呢？」

「這個醬汁使用了剛才的清湯吧？味道濃郁深厚，真是美妙。居然可以用這種方式應用……」

斐迪南真的很喜歡法式清湯吧，口若懸河地訴說起法式清湯的美麗。

……啊，嗯。是很美麗呢。嚼嚼嚼，漢堡排真好吃。

吃完主餐，齊爾維斯特已經露出了無比幸福的表情，但這還不是結束。最後還剩下甜點。

……雖然我也很飽了，但點心是另一個胃。沒問題，我還能吃。

「為各位送上點心。」

侍者們忙著收下盤子，準備茶水時，萊昂推著第一個推車走進來。推車上是一排點綴著當季水果的奶油蛋糕，切成了寬約五公分的四方形。鮮紅發亮的樂得樂沛就擺在隆起的雪白鮮奶油中心，看起來根本像是草莓蛋糕。

其實要成功烤出海綿蛋糕非常困難。因為要調節烤爐的溫度並不是易事，一直很難烤出非常成功的味道。雖然要是成功了，就會很好吃，但從今天蛋糕的大小和切法來看，想必這次是邊緣烤得太焦，蛋糕都變硬了，所以只切下好吃的部分送過來。

第二個推車進來了。這次是為了預防海綿蛋糕烤失敗，預先做好的另一款蛋糕。基於我的喜好，做了千層蛋糕。只要在可麗餅皮間塗上薄薄的鮮奶油，再堆疊起來便大功告成。為了讓外觀更加美麗誘人，還使用了芬里吉尼這款柑橘類的水果果汁，加入砂糖熬煮成果醬，塗在最上層的餅皮上製造光澤，也順便增添了夏季特有的清新果香與風味。

最後推進來的推車上，是專為不太那麼愛吃甜食的男性所準備，有添加了大量蒸餾酒的和加了茶葉的磅蛋糕。這兩款磅蛋糕都是由尹勒絲事先烤好，放置了一天後，想必味道沉澱得更加濃厚，變得更好吃了。

「請選擇您喜歡的甜點。」

負責服侍的萊昂將推車排成一排，詢問齊爾維斯特想要哪款點心。齊爾維斯特瞪著每個推車上的蛋糕，認真地煩惱起來。他一定正在心裡吶喊：「全部，全部都給我！」如果他願意直接說出來，萊昂也能照做，但客人若沒有開口拜託，侍者絕對不能出聲攀談。眼看茶水都準備好了，齊爾維斯特卻還無法做出選擇，萊昂一臉傷透腦筋，於是他投來視線向我求助。

「養父大人，您不必那麼煩惱，請儘管選擇您有興趣的點心吧。因為已經預先切作小塊，即使每樣都選，也都能盛進盤子裡。」

「是嗎！那每樣都來一份。」

齊爾維斯特說得意氣風發，滿意地哼了一口氣。

……嗯，只要養父大人回答了「全部都來一份」，那麼有興趣的其他人，也就可以放心全部都嘗一遍，偶爾那種和小學男生沒兩樣的個性也能派上用場呢。

我因為不久前才請艾拉做了奶油蛋糕，所以今天依照預定，選了千層蛋糕。斐迪南和卡斯泰德也是每種各一份，班諾選擇了兩款磅蛋糕，公會長和芙麗妲選擇了奶油蛋糕。

然後一邊喝茶，一邊慢慢品嘗蛋糕。在不會過膩的甜味中，芬里吉尼的香氣令人心曠神怡。因為我和班諾他們在試吃時已經吃過各種點心和餐點，所以我們之間瀰漫著用完餐的慵懶氣氛，並且共享著難以言喻的滿足感，與另外三人截然不同。齊爾維斯特是一個個品嘗比較，閉上眼睛享受；斐迪南是表情有些嚴肅，一口一口慢慢吃著蛋糕；卡斯泰德是轉眼間就全部吃完了，要求再來一份。真是好吃呢，首次登門光顧的客人能夠滿意，真是太好了呢……我們之間瀰漫著這樣的成就感。

吃完了所有點心，喝完了茶，齊爾維斯特露出心滿意足的笑容。

「本日的午餐確實意義非凡。說句實話，我本來不以為平民區的餐廳能夠端出什麼餐點來，但完全美味得超乎我的預期。」

「感激不盡。」

一味收到無理要求的班諾回應道，語氣感慨萬千。公會長與芙麗妲也因為成功完成了與領主一同出席餐會這樣重大的活動，臉上浮出滿意的笑容。

「我很期待這間義大利餐廳往後的發展。」

說完，齊爾維斯特的表情一下子變得嚴肅。大概是察覺到了氣氛有所轉變，全員不約而同挺直背脊。

「班諾，那接下來報告前陣子的視察結果吧。讓其他人迴避。」

領主話聲一落，班諾便指示侍者和侍從們離開。擔任樂師演奏音樂的羅吉娜也抱著飛蘇平琴，離開用餐區。接下來總算輪到他們吃午飯了。

緊接著，班諾一瞬間露出了煩惱的表情，再轉向公會長與芙麗妲。雖然與孤兒院的視察無關，但往後要成立羅潔梅茵工坊孤兒院分店時，絕對需要他們的協助。

「芙麗妲小姐，還請妳移步。公會長，希望你能留下來一起聽。」

「……班諾，為何要讓他留下來？」

「谷斯塔夫是商業公會的公會長。比起我，與其他大店更有往來，既然今後要從這座城市推動新的產業，事先讓他有所了解，我想應對上也能更加即時。」

換句話說，下次領主再提出無理要求時，為了能夠百分之百也把公會長拖下水，才要讓他留下來吧。看來公會長不得不鞭策自己年邁的身軀，努力工作了。

……真是可憐。不過，看起來還很老當益壯，應該是沒問題吧？

「嗯，好吧。艾克哈特，由你守在門前。其他人守在門外，別讓任何人靠近。」

領主向成排站在門前的護衛騎士下令後，只剩下艾克哈特留在用餐區內，其他三人和芙麗妲走向門外。接著換馬克走進來，站到班諾身後。

房門「啪噹」關上，屋內旋即悄然無聲。雖然我們已經預先設想了各種無理要求，演練好了對策，但對方可是齊爾維斯特，誰知道他會不會天外飛來一筆。在洋溢著緊張感的氣氛中，斐迪南看向班諾說了。

「那開始報告吧。」

於是，班諾開始向領主報告已經對斐迪南講述過的內容。諸如孤兒院的情況及其四周環境的經濟狀況，也表明了負責文官的態度若持續不變，擔心這起計畫有可能失敗。齊爾維斯特似乎已經聽斐迪南說過了，聆聽的時候並沒有露出訝異的表情。現在的報告只是形式所需，而且也要說給公會長聽。

「嗯。羅潔梅茵，那妳認為該怎麼做才好？」

聽完班諾的報告，齊爾維斯特看向我問。我一瞬間與班諾對視，再重新轉向齊爾維斯特。

「我認為即使要花費時間與金錢，也有必要建造新的孤兒院和工坊。因為我想讓大家在工坊遵照我的做法，而且要與鎮上的有權人士交涉也很麻煩。」

我接著說明了神殿與城鎮孤兒院的不同。齊爾維斯特催促我說下去：「所以？」

「現在神殿裡的青衣神官很少，灰衣神官卻剩下很多。所以，我打算派幾名灰衣神官和灰衣巫女去新的孤兒院和工坊，在工作和生活這兩方面上，把我的行事原則教給那邊的孤兒們。也因為這樣，我很希望可以順便附設小型的禮拜堂，我才能夠出入那裡去察看情況，也能提供住處給灰衣神官。」

如果想防止鎮上的有權人士找麻煩，保護孤兒們，也為了讓孤兒們可以依照這邊的規矩做事，使得生活與工作都能無礙進行，最好是蓋一間新的孤兒院。而且我們也希望能爭取到更多時間進行準備，才能擴大印刷業。我說出了已和班諾討論過無數次的結論後，齊爾維斯特瞄了眼班諾。

「那如果蓋了工坊，工具能馬上備齊嗎？」

預想到齊爾維斯特有可能要求在蓋好新的孤兒院之前，至少借個場地當工坊，所以班諾早已經訂好工作用具，做好了準備。他重重點頭。

「幾乎已經準備就緒。但是，考慮到孤兒的人數與年齡，他們力氣不足，恐怕無法進行印刷。」

「所以要讓那裡的工坊負責做紙嗎？」

「是的，養父大人，正是如此。畢竟如果想要印刷，需要大量的紙張。」

我也對班諾的意見表示贊成，給予聲援。齊爾維斯特「嗯……」地摸著下巴，緊接著卻揚起了令人發毛的笑容。

「我明白了。那麼，就照羅潔梅茵的要求，建造工坊和孤兒院，以及附有禮拜堂的小神殿吧。」

「感激不盡。」

想不到齊爾維斯特這麼輕易就答應了我的請求。接下來得趕快討論要委託給哪間建築工坊、訂單要怎麼分配──我和班諾對彼此點了點頭，齊爾維斯特卻突然指名斐迪南。

「斐迪南，由你來吧。」

「我是無妨，但守護的魔力您打算怎麼辦？」

「這部分交給羅潔梅茵就好了。」

兩人逕自討論著某些我完全無法理解的事情。我頭頂上冒出問號，斐迪南卻是輕笑一聲，點頭應道：「遵命。」然後，他拿出了紙和筆，用不需要墨水的魔導具筆開始振筆疾書。因為往前傾身不是優雅的行為，所以我乖乖坐在原位，但實在好想探頭去看到底在寫什麼。

「羅潔梅茵，工坊的大小要與神殿的相同嗎？孤兒院的房間需要多少間？」

「工坊的大小我希望與神殿的一樣大。至於孤兒院的房間，我想就算今後孤兒還會增加，也只要有神殿的一半就夠了。」

「嗯，我想也是。考慮到鎮上的人口，一半就夠了吧。禮拜堂也不需要太大。小神殿的構造會有男舍與女舍，也是和神殿的孤兒院一樣嗎？」

斐迪南「嗯嗯」地點頭，不停在紙上寫東西。我完全不知道他在寫什麼，又在想什麼。

「男舍與女舍都需要有用來貯藏食物和放置商品的地下室。男舍的底樓會設為工坊，女舍的底樓會設為廚房，女舍的一樓則是食堂。」

「那麼，男舍一樓便設為禮拜堂，走廊與階梯在這裡。男女舍的房間則設在二樓。羅潔梅茵的房間會需要進行魔力登記，平常要關起來才安全。那麼，妳的房間就從禮拜堂出入吧。畢竟妳的侍從有男也有女。」

發現事態好像越來越超出自己的掌控，班諾和馬克的臉色變得越來越難看。我也搞不清楚現在究竟是怎麼一回事。但是，我只知道，現在不是要把建造工作委託給平民區的建築工坊，而是由斐迪南來主導。

「嗯，大概就這樣吧……如何？」

斐迪南迅速寫完，把紙遞給領主。齊爾維斯特很快過目後，滿意地勾起嘴角。

「你的速度老是這麼快。」

「因為是以神殿為基礎，不需要花什麼心思。」

「那走吧。艾克哈特，把護衛們叫進來。」

齊爾維斯特立即起身，斐迪南和卡斯泰德也跟著站起來。班諾與公會長接著起身，艾克哈特打開房門，喚來護衛們。我慢了大家一拍，滑下椅子。在沒有侍從的情況下，根本沒辦法優雅地下椅子。

「養父大人，您到底要去哪裡呢？」

「當然是建造小神殿的哈塞。」

「現、現在嗎？」

看著護衛騎士們走進來，並排站在門前，齊爾維斯特點一點頭。

「等一下由斐迪南領頭，卡斯泰德負責殿後與護衛所有人。羅潔梅茵由我來載，你們讓那三個人與你們共乘騎獸。」

「是！」

因為是領主的命令，騎士們全反射性點頭，但也是一臉納悶。太好了，對於齊爾維斯特突如其來的舉動，不是只有我感到一頭霧水而已。

「艾克哈特，你載班諾。柯尼留斯，你載谷斯塔夫。達穆爾，你載那名侍從。布麗姬娣負責護衛奧伯的騎獸。動作快！」

卡斯泰德迅速地下達指示，同時齊爾維斯特已經走向大廳。感覺他有可能會遺忘我的存在，把我拋在原地，所以我也急忙快步跟上。

「礙事，退下。」

領主用充滿威嚴的話聲一喝，在大廳待命的侍者和侍從們全手忙腳亂地飛快退到牆邊。我知道芙麗姐朝我看過來，希望我能說明，但我也不明白這是怎麼一回事。

「斐迪南，走吧。」

「是！開門。」

聽到命令，侍從們用力將對開門扉打開，與之同時，斐迪南的白色騎獸也在原地突然出現。店裡的人全倒抽口氣，極力摀著嘴巴以免大叫出聲，但斐迪南看也不看他們一眼，乘著長有翅膀的白色獅子蹬上天空。

緊接著，齊爾維斯特變出了地獄三頭犬般有著三顆頭的獅子騎獸，把我抱起來後飛身跳上去，再從店裡往外衝出。路上行人看見突然間從店裡衝出來的騎獸，全都大聲尖叫，往後飛退。對不起、對不起——雖然我試著開口道歉，但因為騎獸的速度比野獸還快，又是以魔力為動力，所以一眨眼就從大家旁邊竄過去，行人們大概無法聽見吧。

「養父大人，怎麼突然要去哈塞，未免太倉促了。」

因為不能在領主面前驚慌失色，我想起了剛才不只公會長瞪大了眼睛僵硬不動，班諾和馬克的嘴角也在抽搐。

……會談期間，公會長臉上一直帶著無法跟上事態變化的表情，真教人擔心。現在又要搭乘騎獸，希望不會因此害他心臟麻痺。

「哼，這早在我們的計畫之中。不只你們討論過，我們也同樣討論過了。」

我們穿越過驚慌失措、指著騎獸尖叫的人們頭頂上方，接著越過外牆。越過農地，再越過小森林，就抵達哈塞了。路茲和吉魯說過搭乘馬車大約要半天的時間，但搭乘騎獸移動，一下子就到哈塞了。

「羅潔梅茵，怎樣的土地適合建造工坊？」

斐迪南停在哈塞上空，一邊來回察看一邊問我。我也同樣環顧四周，尋找適合設置造紙工坊的地點。

「最好是在能採集到木頭的森林附近，而且離河川也很近。」

「那麼就是那裡了吧。」

齊爾維斯特低頭看著下方說，指著一處水車磨坊附近。

「斐迪南，別影響到水車磨坊，保持點距離設在對岸吧。」

齊爾維斯特下達指示後，斐迪南掃視了四周一圈，點頭說「遵命」，開始讓騎獸下降。我還以為要這麼一大批人一起前往鎮上，威脅有權人士……更正，是去說服對方，卻只有斐迪南往下降落。

斐迪南在比森林樹木稍高的位置上停下騎獸後，齊爾維斯特開始與斐迪南拉開距離。

「所有人再離遠一點。」

遵從齊爾維斯特的指示，所有騎獸更是拉開距離。直到遠處的斐迪南看起來只有我的小指大小，大家才在上空停下來。

確認了我們這邊都停住不動後，斐迪南才取出先前看過的發光魔杖，接著另一手拿著某種發光粉末。他有如指揮家在指揮演奏那般，揮下魔杖，發光粉末便彷彿擁有自己的意識般開始飛舞。因為太遠了聽不見聲音，我也不知道他究竟在做什麼。但是，浮起的發光粉末形成了魔法陣，並且開始旋轉。

「養父大人，斐迪南大人在做什麼呢？」

「當然是在蓋小神殿，不然妳以為呢？」

「咦？」

偌大的魔法陣就這麼浮現在半空中，接著發出耀眼亮光，斐迪南朝著下方揮下魔杖。與之同時，魔法陣也朝著下方緩緩下降。從被魔法陣的光芒觸及的地方開始，森林的樹木逐漸變作了發光的白粉。先是最上面的葉子，接著是樹枝，最後壯碩的樹幹也消失無蹤。樹根旁的花花草草也和樹木一樣全都變成了白色粉末。魔法陣中，只有大量的白色粉末如漩渦般不停旋轉。

「那、那是什麼？」

「一般人幾乎沒機會目睹這幕光景。這是只有領主一族才能使用的魔法。成為領主養女的妳，日後也會在貴族院學到。仔細看清楚了。」

緩緩下降的魔法陣最終觸及地面。瞬間，土壤的顏色改變了。變作白色以後，甚至扭曲起來，宛如黏稠的液體般開始滑動。

斐迪南接著拿出剛才的紙張。紙張被風吹著飛進魔法陣中心，燃起金色火焰。然後在斐迪南的指揮之下，看來就像是會發光的白色水泥自己動了起來在改變形體。才剛看見地面上出現大洞，白色土壤便忽然間改變形狀，往上高高聳起，變幻成了粗壯的柱子，再如布幕拉起般往上填滿了柱子之間的空隙。

最終白色土壤靜止不動，下一瞬間，一道格外炫目的光芒亮起，眼前已經是一座完工的小神殿了。雖然沒有貴族區域，規模很小，但有著以雪白石頭砌成的熟悉外形，而且在與魔法陣同等大小的圓形範圍中，地面也鋪好了石板路。看到在森林與河川之間，冒出了一座美麗到不自然地步的雪白小神殿，感覺真是太不真實了。

「這下子馬上就能成立工坊了吧？」

齊爾維斯特得意地哼哼笑道。對照之下，班諾與馬克卻是臉色鐵青。有誰想像得到，新工坊居然在彈指之間就完工了呢。

齊爾維斯特騎著騎獸，開始往下降落。

「去裡面看看吧。走。」

「踩上去沒關係嗎？」

在小神殿前面降落後，我先用腳尖輕輕地踩了踩石板路。剛才還在扭曲蠕動的白色土壤，現在已經變成了在神殿和貴族區相當常見的白色石頭，踩上去也沒有任何事情發生，就只是普通的石頭而已。

小神殿一如外表，建造得非常完美。不知為何還嵌有窗戶，出入口也都有大門。但是走進去一看，裡面沒有家具也沒有門，是一片空蕩蕩的白。

「這裡就是禮拜堂，得擺上神像和地毯。什麼時候能完成？」

「神像據說需要三個月的時間。至於地毯，實在無法立即準備妥當。」

得到了身後馬克悄聲給予的資訊後，班諾回答。看來是因為我說過想附設禮拜堂，馬克早就先向藝術方面的工坊打聽過，製作神像需要多少時間和金錢。

……不愧是馬克先生，工作太能幹了。真讓人崇拜。

「要工坊趕在兩個月內做出來，否則趕不上收穫祭。」

「班諾，我記得神殿裡還有不少多餘的地毯，拿來這間禮拜堂使用應該綽綽有餘。就讓給小神殿使用吧，之後再過來拿。」

禮拜堂因為每個季節都需要不同的地毯，所以準備起來很耗時間。

「多謝神官長。願意把地毯讓給我們，真是幫了大忙。」

「羅潔梅茵，不用道謝。我只是把現有的讓給你們，做好的新地毯要交給神殿。」

……神官長這精打細算的傢伙！

不過，新地毯趕不及在收穫祭之前完成也是事實，就感激地拿現有的吧。

「裡面的門跟家具呢？如果沒趕在冬天之前準備好，孤兒們撐不下去吧。」

走上禮拜堂旁邊走廊的樓梯，就是男舍的房間。看著一整排都沒有門的白色空間，齊爾維斯特咕噥說道，斐迪南照著優先順序列出該準備的東西。

「如果要趕上收穫祭，首先必須要準備禮拜堂的門和祭壇。然後家具部分，要準備食堂的餐桌、椅子、餐具櫃，還有孤兒們的床鋪吧。」

班諾飛快把斐迪南列出來的東西一一寫在寫字板上。

「只要動員班諾、谷斯塔夫和我的專屬木工工坊，便能縮短工程時間。如果也把工作分配給這裡的木工工坊，讓他們也有收入，應該可以提升對神殿的好感吧。」

成為我專屬工坊的英格不只要改良印刷機，還要製作木板，供孤兒院的孩子們在冬天做手工活，但在收穫祭之前應該還有時間。

「這下工坊就能開始運作了吧。」

「養父大人，請別如此強人所難。這裡和已經打好生活基礎、也有人在生活、只要整頓好工坊的神殿孤兒院不一樣。」

在神殿的孤兒院，大家懂得遵從我以青衣見習巫女身分下達的指示，也會乖乖聽從年長灰衣神官的吩咐，認真工作，也知道要公平地分配食物與報酬。但是在這裡，還不知道大家能否馬上從事生產方面的工作。

「如果沒有準備好家具和生活用品，甚至無法在這裡生活。只是把工具搬進工坊，不代表能讓工坊馬上開始運作。」

「好吧。我可以再等一段時間，但既然已經蓋好小神殿，要盡量加快腳步。」

「遵命。」

大略參觀完一遍後，班諾、馬克和公會長聚在一起開始討論事情。大概是在討論工作的分配和交貨期限吧。我看向班諾他們，再看向齊爾維斯特他們。現在無論做什麼事都需要錢。雖然哈塞這裡的孤兒人數不多，但如果要在一無所有的狀態下從頭開始準備，初期花費勢必會大幅增加。記得斐迪南說過，這將是領主主導的事業，所以會有經費，不知道能不能提高補助金的金額。

「養父大人，初期投資需要您的補助。」

「已經在蓋小神殿上用完了，剩下的妳要自己籌措。」

結果別說提高補助金了，齊爾維斯特甚至是一口回絕。看來那些發光粉末非常昂貴。但想想也是，聽說商人用的魔法契約書也是價格高昂，那用來建造小神殿的魔導具自然也是所費不貲。但是，光要付給工坊訂金，就是一筆龐大的支出了。要我自己籌錢，我也茫無頭緒。

「但我不可能自己一個人籌到所有資金。」

「妳以為妳的身分做什麼用的？我是叫妳募集捐款。」

齊爾維斯特要我利用領主養女的身分，募集資金。原來如此，這樣也許能募到一些捐款吧。

「所以是要我拿著募款箱，在城堡裡到處募捐嗎？」

我想起了麗乃那時候在車站前面募款的人們，這麼問道。齊爾維斯特卻按著太陽穴，搖了搖頭。

「……唉。卡斯泰德，這件事交給艾薇拉吧。」

「那麼，為了讓艾薇拉可以實際指導妳該怎麼募款，妳就暫時住在我家吧。」

卡斯泰德溫柔地瞇起雙眼說道。關於貴族女性的募款方式，今後仍有可能派上用場，那最好在一開始就徹底學會吧。

「父親大人，謝謝……」

「不行。我會邀請艾薇拉進入城堡，讓她和芙蘿洛翠亞一起籌辦。畢竟這是領主主導的事業。」

我正想向卡斯泰德道謝，接受他的好意，齊爾維斯特卻立即否決。聽他這麼一說，確實這是領主主導的事業，那麼在城堡裡籌辦也許比較妥當。

我聽了，表示理解地點頭說「原來如此」。卡斯泰德卻加深了臉上的笑意，「不不不」地輕擺著手，往前站了一步。

「還請您考慮清楚。若要在城堡裡籌辦，誰能保證會不會有人在暗中阻撓，或是隔牆有耳呢？若要防止走漏風聲，在我家籌辦才安全。」

「不不不，你不是才說過，羅潔梅茵應該要學習怎麼保守秘密，也要學習如何時時對周遭的人保持一定警戒嗎？」

在我的頭頂上方，兩人雖然表情沉穩，雙眼卻亮著銳利精光，你來我往地僵持不下。真不知道這到底是怎麼回事。我悄悄後退一步，輕拉了拉正靜靜隔山觀虎鬥的斐迪南的袖子。

「我認為兩人的說法都很合理，但他們為什麼要彼此互瞪呢？」

斐迪南用手支著下巴，看向兩人，輕笑一聲。

「雖然兩人都言之有理，但爭論的焦點在於妳的廚師會住在哪裡吧。」

真是意想不到。雖然兩人都提出了表面上的理由在爭辯，但其實是針對我的廚師會住在哪裡在起爭執。我打從心底覺得這根本無關緊要。

「……嗚哇，真是麻煩。」

「是啊，關係到食物，這兩人確實非常麻煩。所以我建議，不如妳直接每天從神殿去城堡吧。無須搭馬車，只要與護衛騎士的騎獸共乘，花不了多少時間。」

「說得也是。兩邊都不去，才不會引發紛爭吧。」

真是好主意——我才拍了下掌心，齊爾維斯特與卡斯泰德雙雙伸出手來，從兩邊搭在斐迪南的肩膀上。

「斐迪南，不准捷足先登。」

……看來一臉若無其事又麻煩的人還有一個。

我悄悄迅速脫離了三人表面上看來溫和，但眼神一點也不溫和的紛爭，走向班諾他們。老實說，我不管要暫住在哪裡都無所謂，但不想被捲進無謂的紛爭裡。

「居然要在收穫祭之前趕出來？時間和錢根本不夠。」

「這實在出乎我的預料。班諾，你打算怎麼辦？」

我站在抱頭苦思的班諾與公會長之間，抬頭看向兩人。

「資金會由我向貴族們募款，但時間確實是無能為力呢。」

對於我無預警突然出現，班諾、馬克和公會長在倒吸口氣後，一致低頭往下看。然後，他們再移動目光，察看領主一行人的動靜。護衛騎士站在入口附近，領主三人則在討論什麼事情，但彼此之間隔著聽不見對方談話內容的距離。確認了這點以後，班諾才小聲問我：

「羅潔梅茵大人，您不與他們三位討論好嗎？」

「他們正在認真討論我接下來該暫住在哪裡。因為我會帶著艾拉一起移動，所以這好像才是他們的目標。」

也就是他們正在展開搶奪廚師大戰——我說完，馬克摸著下巴沉思起來。

「老爺，我們先別急著要馬上準備好孤兒院裡的所有東西，家具可以先往木箱和籠子裡塞東西來充數，而且依照現在的季節，就算躺在稻草被上睡覺也不會有什麼大礙，所以直到冬天來臨前，再慢慢把床搬進去吧。那麼，工坊的工具、最基本的生活用品與食材的搬運，還有神官們的進住，這些事情預計需要多久時間？」

聽了馬克的問題，班諾用力抓頭思索。

「就算我和老頭分工合作，至少也需要一個月的時間。」

「嗯，至少需要一個月吧。但說實話，我還希望可以更久。」

公會長也面色凝重地發出沉吟。既然兩人的意見幾乎相同，代表孤兒院如果要籌備好基本必備物品，至少也需要一個月的時間。說出了兩人自己得出的結論後，班諾與公會長瞥向齊爾維斯特，扶著額頭一臉苦惱。

「但不知道領主大人等不等得了這麼久時間。」

今天一天馬上蓋好了小神殿，還說「這下子就能成立工坊了吧」的人，恐怕沒有那麼多耐心願意等候。在寫字板上寫著字的馬克微微一笑。

「請交給我吧。我會爭取到一個月的時間與初期資金，並且讓對方沒有怨言。」

「這要怎麼做呢？」

我抬頭看向馬克，他露出了像在說這很簡單的表情微笑。

「也就是把客人想要的食譜賣給他們，用來爭取時間。」

馬克的提議是，現在因為直到秋天為止，必須傾注全力在整頓小神殿上，所以義大利餐廳必須延後一個月，視情況還可能要延後兩個月才能開張。這段期間，可以用付費的方式出借廚師，並且販售想要廚師傳授的食譜。

「因為即使不開店，還是需要支付薪水給廚師，只是請他們在其他地方工作而已。」

……貴族區和城堡可以說是其他地方嗎？

不過，這提議真不錯。在開幕之前，既能讓廚師先有去處，還能賺錢。而且也不用擔心被挖角，還能讓那三個人滿意。

從小神殿回到義大利餐廳，我表示「想介紹廚師」，請人喚來了雨果與陶德。

「這兩位便是製作本日餐點的廚師。是能夠做出我所構思食譜的珍貴人才喔。」

我笑吟吟地介紹完，以齊爾維斯特為首的三人全雙眼發光。因為散發出來的氣息相

當猙獰，看得出被貴族看上的兩人都嚇得一抖。

「其實呢，本日的餐會結束之後，原本是預計要立即向各間大店的老闆寄去邀請函，然後讓義大利餐廳正式開幕。然而，現在必須盡快整頓好小神殿吧？所以，開幕的時間必須稍微延後了。」

「……那麼就算來這裡，不也無法用餐嗎？」

齊爾維斯特不滿地瞪我。接下來只要繼續激發他想吃的渴望就好了。只要想到餐廳不開幕，就算想吃也吃不到，一定會更想要吃到。

「本日的侍者，因為是從各家店借來人手，所以即使義大利餐廳暫時歇業，還是能回到原本的工作崗位上，但是廚師並沒有。因此在義大利餐廳能夠正式開幕之前，我們願意以付費的方式出借廚師。」

齊爾維斯特的手指抽動了下，斐迪南朝我看來，卡斯泰德則是愉快地彎起嘴角。看得出來三人上鉤了，我瞄向馬克。馬克始終面帶著溫和的微笑，輕輕點頭。

「因為我所構思的食譜有些特殊，需要有人能教導正確的步驟。為此，廚師們的出差費用，一人一個月是五枚大銀幣。此外他們所傳授的食譜，每一種都必須支付一枚小金幣。包括今日的餐點在內，食譜最多有三十種。」

「一種食譜要一枚小金幣？這太貴了吧？」

卡斯泰德一臉吃驚，摸著鬍子說，但我故意張大眼睛，表現出意外的樣子。

「哎呀？太貴了嗎？可是，我把磅蛋糕的做法賣給芙麗妲，簽訂一整年的獨家專賣契約時，收取的金額可是五枚小金幣唷。芙麗妲還表示比預想的便宜，當場決定簽約呢。」

這次考慮到並不是獨占契約，大家又都是我的監護人和親人，我自認為已經算得很便宜了呢。」

我一邊說著，一邊看向公會長與芙麗妲。芙麗妲露出了談生意時的職業笑容，開口說道：

「羅潔梅茵大人的食譜確實具有這樣的價值唷。各位大人在生活周遭經常能夠接觸到品質上等的物品，應該能夠理解本日的餐點多麼具有價值吧。個人倒是希望能把那款麵包的做法賣給我呢，我願意出八枚小金幣。」

芙麗妲非常自然地順便主張了自己想要的品項，真是太可靠了。我忍不住輕聲笑起來，班諾也提供了與我簽約的內容，為我幫腔。

「我等奇爾博塔商會向羅潔梅茵大人購買的髮簪做法以及專賣權，也是高達一枚大金幣及七枚小金幣。不為人知的貴重資訊，價格自然特別高昂。」

雖然商人們紛紛為我佐證，表示這樣的價格很合理，但畢竟他們也算是我的自己人，所以無法全盤相信吧。三人都露出了在查探真偽的表情。

「……但在我家做的那些點心，並沒有為做法另外收費吧？」

「那是因為父親大人和母親大人，在宅邸、城堡和神殿這三個地方都為我準備好了房間，還幫我準備了洗禮儀式的衣服，幫我請了教師，投注了莫大的金錢與心意歡迎我，我才回報了我能回報的東西，但往後就需要付費了。」

我豎起雙手食指打叉，斷然拒絕表示「不行」。齊爾維斯特與卡斯泰德「唔」地發出悶哼，皺眉陷入沉思。我與兩人互相瞪視時，斐迪南一派從容地開口說了。

「我就支付妳所開的金額吧。反正這麼做，也是在為孤兒院籌措資金吧？食譜要妳剛才說的全部共三十種，廚師要在我這裡停留共一個月。等到廚師派來的當天我再付款。那麼，這兩個人是誰要來神殿？」

「由陶德，也就是從您看過來站在右手邊的那名廚師，進入神殿的廚房。」

斐迪南問完，班諾在馬克附耳悄聲說了什麼後才回答。只要稍微瞄一眼陶德，不難發現他在貴族們的注視之下，緊張得臉色都發青了。

「明天為了暫時關閉餐廳，需要進行諸多準備，也要整理這邊所要提供的食譜，所以預計從後天開始會派遣廚師過去。」

「很好。陶德，那你後天第二鐘來神殿。」

「是、是！」

陶德用拔尖的嗓音回應後，當場跪下來。斐迪南看著他，慢慢揚起嘴角，低聲說著：「那麼廚師還剩下一個人……」想要廚師的貴族共有三人，但能派去出差的廚師只有兩人。必須有其中一個人放棄。

「知道了，我付。羅潔梅茵，把廚師派來我家吧。」

「慢著，卡斯泰德。我……」

「在沒有文官的情況下，你沒辦法動用這麼龐大的金額吧？」

斐迪南用傻眼的表情看著齊爾維斯特。看來想動用經費的時候，需要文官在場。原來當領主也不輕鬆呢。

「但是，你也是等到廚師派來的當天才付款，並不是現在馬上要付錢吧。」

為了要由誰帶走雨果，齊爾維斯特與卡斯泰德開始爭論起來，所有平民全都臉色僵硬。班諾的表情很明顯在說「快點想想辦法」。我點了點頭，建議平民的所有人暫時離開。

「等到決定了雨果的去處，我再通知大家。請大家先離開一會兒吧。」

我說完，大家便優雅地，但也非常快速地離開現場。成了貴族爭奪目標的雨果面色蒼白，按著胃部，拉起陶德的手臂一同離開。

「羅潔梅茵，妳為什麼沒有三個廚師?!」

……咦咦？這樣說也太不講理了吧。

我看著簡直像是小孩子在鬧脾氣的齊爾維斯特，思考片刻。

「總之，我會把雨果出借給購買更多食譜的人……」

「我當然是全部都要買！」

……哎呀呀，實在是多謝惠顧。

齊爾維斯特也不遑多讓，決定購買，我個人倒是只要食譜能賣出去就好。

「我明白了。那麼，雖然還不確定養父大人能否動用經費，但先當作您也有購買的意願吧。等到養父大人確定可以付款的時候，我再派雨果進入城堡，父親大人也請派主廚前往城堡吧。讓雨果同時教授兩邊，這樣子如何呢？」

「……好吧。那廚師再麻煩妳安排了。」

「遵命。後天前往城堡的時候，我會帶他一起過去。」

就這樣，三人都決定要購買食譜了。還簽訂了白紙黑字的契約，明訂工作條件。我也順便告知三人，廚師們已經簽好了可以防止食譜外洩的魔法契約。

「倘若各位想強行逼問，我會馬上把他們帶回來，屆時也不會退還半毛錢喔。」

為了即將在宮廷廚師間工作的雨果，我事先稍微威嚇提醒。

募款的方式

屋外的燦爛陽光流瀉著灑落進來，優雅華麗的茶會正式開始了。包含羅吉娜在內的幾名樂師演奏著悠揚宜人的樂曲，在裝飾著季節花卉的屋內，貴族千金與夫人們「哎呀呀」、「喔呵呵」的尖細嗓音在半空中輕盈交錯。今天的主角是我。身為領主的養女，這是我第一次舉辦茶會，也是募款的重要社交場合。

「您好，非常高興能見到您。」

我極盡所能地表現得和藹討喜，掛著經過嚴格訓練的笑容，反覆與人寒暄。雖然身穿華服的貴族千金與夫人也帶著同樣親切的笑臉，接二連三地走來向我問候，但是實在很對不起，我根本記不得誰是誰。

以能夠認識領主的養女為誘餌，召開了本日的茶會。茶會上不只準備了最近最受歡迎的磅蛋糕，還擺出了艾拉與雨果做的蛋糕捲。中間夾有當季水果與奶油的蛋糕捲是今天的招牌點心。貴族夫人們第一次見到蛋糕捲，全都瞪大眼睛，艾薇拉與芙蘿洛翠亞微笑說道：「這是羅潔梅茵指示廚師做的點心唷。」

其實就是字面上的意思，完全是事實，但集結於此的夫人們，都逕自解讀成了是兩人為了鞏固領主養女的地位，設法在引領流行吧。因為母親擔心女兒進入女人世界後的地位是很普遍的情況，所以也沒有必要特別糾正。

「衷心感謝各位專程前來。」

我半機械式地打著招呼，艾薇拉與芙蘿洛翠亞站在我身旁，開口向前來參加茶會的人們攀談，希望她們能響應捐款。

「羅潔梅茵要開始推動新事業了，還請多多給予支持。」

「我們也都在為她加油。」

聞言，夫人們都看向我，圓瞪著眼睛輕呼「哎呀呀」，然後露出欣慰的笑容說：「羅潔梅茵大人身為領主的養女，真是努力呢。」從她們和善的笑容來看，多半以為這是為了讓領主養女的我建立起聲譽，但我本人並沒有做什麼事情吧。

「既然是芙蘿洛翠亞大人與艾薇拉大人的請求，自然要給予支持。」

「兩位也一直都很關照我呀。」

雖然大家都笑容可掬地這麼說著，捐款表示支持，但沒有半個人問我是要推動什麼新事業，也沒有人問及捐款將如何使用。只是因為至今承蒙照顧的艾薇拉兩人開口拜託，她們才願意捐款。

聽說今天到場的，都是隸屬相同派系的人，所以在領主的妻子芙蘿洛翠亞與艾薇拉的請託下，更是不會拒絕吧。

艾薇拉與芙蘿洛翠亞為我示範了貴族女性都是如何募款，兩人也理所當然地募到了捐款，所以我只是面帶著客套的笑容，就募到了目標金額。

如果只要成立一間孤兒院，其實這樣就夠了，但如果想在領地內設立更多工坊，只募款一次根本不夠。老實說，我覺得在貴族女性的茶會上募款這種做法，一點也不適合我。

「羅潔梅茵大人，斐迪南大人來訪。」

布麗姬娣一臉困惑地來到床前向我通報。茶會結束後，我已經躺在床上昏睡了兩天，不是能夠會客的狀態。而且，進入北邊別館基本上需要領主與首席侍從黎希達兩人的許可。既然斐迪南已經來到房門前，表示雙方都下達了許可吧。

「布麗姬娣，黎希達呢？」

「這……我沒有看見她。」

原本通報有客人來訪是侍從的工作，並不是護衛騎士該做的事。但是，因為布麗姬娣找不到黎希達，訪客又是領主的異母弟弟斐迪南，她才特意進來通報吧。

「哎呀，布麗姬娣，妳怎麼可以離開自己的工作崗位？」

「黎希達，這是……」

黎希達冷不防冒出來，布麗姬娣大概是嚇到了，一時間說不出話。黎希達推著準備好了茶水的推車走進來，接著放開推車，把手扠在腰上，打算開始訓話。見狀，我急忙阻止黎希達。

「黎希達，是因為妳不在，布麗姬娣才來向我通報。她說斐迪南大人來了，妳是因為這件事去準備茶水的吧？」

「沒錯，是我拜託了齊爾維斯特大人。」

原來是黎希達看到我竟然躺了兩天，急得跳腳，直接找領主投訴，要他把斐迪南叫來，並且帶藥水過來。明明我之前說過，要是我躺了三天情況還是沒有好轉，再去拜託斐迪南，但黎希達顯然是等不及了。我因為已經睡了兩天，體力已經恢復了不少，只要再躺一天應該就沒有問題。但既然現在藥水沒那麼苦了，我打算心懷感激地飲用，趕快徹底恢復體力。

黎希達脫下我的睡衣，再幫我罩上室內便服。是件可以繼續躺在床上的寬鬆休閒服裝。

「這樣就好了。布麗姬娣，讓斐迪南小少爺進來吧。」

打理到了可以會客的狀態後，黎希達才答應讓人進來，但是不知道為什麼，居然連艾薇拉和芙蘿洛翠亞也來了。

「哎呀，艾薇拉大人。連芙蘿洛翠亞大人也來了?!兩位有什麼貴事嗎？」

「我來找芙蘿洛翠亞大人，正打算在回去前來探望羅潔梅茵，想不到正巧黎希達也把斐迪南大人叫來了。」

來探望茶會後病倒的我並不是謊話，但艾薇拉的目的絕對是斐迪南。雖然她一臉憂心地說：「羅潔梅茵真是虛弱呢，居然會因為舉辦茶會就發燒病倒。」但整個人的感覺卻有些心不在焉，目光也固定在斐迪南身上，看起來真的很開心。

請訪客們坐下後，我也請黎希達幫我拉開椅子坐上去。大概是聽說了斐迪南要來，剛才跑去補妝、整理儀容的年輕侍從們紛紛不知道從哪裡跑回來，開始泡茶。雖然我覺得這幕光景令人莞爾，但我真希望大家不要同時跑得不見人影。今天休假的奧黛麗要是在場，肯定會氣得七竅生煙。

「聽說妳在辦完茶會後病倒了。」

斐迪南察看著我的臉色說。我先喝了一口茶後，一邊點頭，一邊也請大家喝茶。雖然茶會本身的時間不長，但從迎賓到送客，這些事情事前就需要籌備好幾天的時間。這次是艾薇拉和芙蘿洛翠亞為我做示範所舉辦的茶會，所以我基本上只是在旁邊看著而已，但有義務要從頭到尾觀看茶會是如何舉辦。

「但我覺得自己這次支撐得很久呢。居然一直到茶會最後，我都沒有昏倒。不覺得我強壯了不少嗎？」

「不，妳那樣還稱不上是強壯。」

覺得自己變強壯了的人好像只有我，誰也沒有贊同附和。斐迪南用無言以對的表情看著我。

「居然只是舉辦茶會就病倒，我看妳沒辦法進行社交活動吧？」

「哎呀，斐迪南大人，這可不是一句沒辦法就能帶過的問題呢。身為貴族女性，社交活動可說至關重要。」

本來斐迪南只打算來送藥水，卻被艾薇拉絆住了。斐迪南一時間無法逃脫。

「斐迪南大人，您覺得該怎麼做，羅潔梅茵才能夠出席社交活動呢？既然要協助領主大人推動事業，今後勢必需要繼續募款。」

這次的募款雖然成功了，但都是多虧了有兩人在。聽到艾薇拉用輕快的語氣對我說：「下次開始請試著自己開口拜託吧。」我真是一籌莫展。

「但是，要一味請他人付出美意太困難了。養母大人與母親大人能夠募到捐款，是因為與大家建立起了長年來的交情與信賴，但我什麼也沒有。」

「所以要從現在開始建立呀。」

基本上貴族女性間的募款都是你來我往、互相幫忙。大家都是說，因為平常很受照顧、因為您上次也捐款支持。如果這是這裡的做法，那我只能去適應。

「是的，我當然打算與大家建立起信賴關係。但是，考慮到現在拓展印刷業的速度非常快速，會變成是我一味在請大家幫忙，我卻沒有能夠回報給大家的東西。」

「那妳打算怎麼做呢？不是因為需要錢才募款的嗎？」

芙蘿洛翠亞眼神一怔地看我。看樣子在這裡，並沒有其他種募款方式。我本來想過要帶著募款箱，到處向人拜託，但這個方法馬上遭到反對。因為我是領主的養女，我的請求等同是命令。募款本該是承蒙對方的好意，不能讓對方完全無法拒絕。

「我認為需要其他種方法……既能夠帶來收益，又能讓大家心甘情願掏錢，而且這個方法最好還能夠與印刷業產生關聯。我希望大家不是基於對我的信賴，而是對印刷業這項事業捐款表示支持。」

股份公司這四個字一瞬間閃過腦海。但是，我對這方面並不是很清楚，沒辦法自己從頭開始創辦。有沒有什麼投資以外，又能讓人捐款的好辦法呢？我「嗯……」地沉思，然後想起了幼稚園舉辦過的義賣。

「對了，『義賣』怎麼樣呢？把不需要的東西搜集起來，便宜賣給大家。」

「但生活中沒有多少不需要的東西吧？況且東西若不需要了，都是往下分送呀。」

妳在說什麼啊——聽到她們這麼說，我不由得抱頭。常識的隔閡太巨大了。與消費文化盛行的麗乃那時候不同，這裡的文化是所有東西都用到不能用為止。不需要的東西，首先根本不會買。雖說是貴族，但因為孩子成長速度很快，穿別人給的二手衣也是家常便飯，多少有些破損，也是修補後繼續穿。等到真的不能用了，再分送給下面的人。幾乎不會有不需要的東西。

「呃……那麼，舉辦『慈善音樂會』如何呢？」

「那是什麼呢？我從來沒有耳聞過呢。」

芙蘿洛翠亞輕輕用手托著臉頰，微側過頭說。

「是一種把收入全部做為捐款的演奏會……斐迪南大人，您能用飛蘇平琴彈奏幾首樂曲嗎？」

想到洗禮儀式上女性們對他的狂熱，我想門票應該可以火速銷售一空。順便要是能活用印刷技術，做些周邊產品來販賣，更是再完美不過。但這裡沒有照片，連簡單幾種顏色的印刷也還無法印好，所以大概沒辦法販售周邊商品吧。

「為何是我要彈？」

「因為在我認識的人當中，斐迪南大人的飛蘇平琴彈得最好。」

因為感覺可以賺錢——這句真心話我則是吞進肚子裡，但好像被看穿了。斐迪南用力皺眉，露出了打從心底厭惡的表情。

「我拒絕。對我既無任何益處，我也沒有理由要協助妳。」

「……我想也是呢。」

斐迪南不可能基於好心協助我。斐迪南的好心，有一半以上都是因為在策劃某件事。所以我也不以為意地答道，打算放棄，卻發現艾薇拉的眼中亮起了精光。她正用眼神向我強硬下令：「一定要想辦法舉辦演奏會！」

真是失策。我只是臨時起意，結果讓不得了的人覺醒了。在艾薇拉笑容可掬的瞪視下，我拚了命地動起腦筋。有什麼東西對斐迪南來說有益處，他又想要呢？基本上斐迪南是個什麼都不缺，還十項全能的人，我一時間實在想不出來他會需要什麼。目前為止我擁有的，斐迪南又想要的東西，就只有兩樣而已。

「斐迪南大人，我會提供新的樂曲給您，請您彈奏飛蘇平琴吧。」

斐迪南的眉毛挑動了下。這表示雖然引起了他的興趣，但還不足以讓他上臺演奏。緊接在音樂之後，我再拋出食譜當誘餌。

「呃，然後再加上連艾拉也不知道的食譜。」

斐迪南默默別開視線。看來是心動到了不得不別開視線的程度。只要再加把勁，提供更多誘餌，應該就能讓他答應了吧。但傷腦筋的是，我已經想不到其他東西了。

然而，我又從艾薇拉那裡感受到了莫大的壓力，她像是在說「只差一點了，加油！」但不管我怎麼絞盡腦汁，就是想不到可以繼續打動斐迪南的事情。雖然我總是被斐迪南操控在掌心間任他擺布，但要我說動斐迪南，根本是不可能的事。我緩緩搖頭。

「……不行，我想不到其他東西了。」

「那麼，這件事就到此為止。」

斐迪南的話聲中夾帶著些許安心，果斷結束對話，我看見艾薇拉大受打擊到了全身都在微微顫抖。對不起，我失敗了。我抱著想哭的心情低垂下頭，這時卻有人從我旁邊大步往前一站。

「小少爺！說什麼到此為止呢！」

黎希達魄力十足地挺胸站立，雙手扠在腰上，完全準備開始說教。

「真是受不了斐迪南小少爺！您怎麼能這樣子欺負病才剛好的年幼大小姐。」

「但是，黎希達……」

「大小姐已經盡己所能在幫您設想了吧?!提供給小少爺的不是完全沒有必要的東西，而是您喜歡的東西。這我可是一清二楚！」

不給斐迪南插嘴的機會，黎希達堪比連珠炮般地開始說教。斐迪南用苦悶到了極點的表情環顧在場成員，接著緊緊閉上眼睛，好像在說「絕望了」。因為艾薇拉只是雙眼閃耀著期待的光芒，芙蘿洛翠亞則是稀奇地看著難得遭到訓斥的斐迪南，而我看見黎希達這麼充滿魄力的樣子，只是愣愣張著嘴巴，所以誰也阻止不了黎希達。

「不要這麼小氣，不過幾首曲子而已，彈一下有什麼關係！」

「黎希達，我……」

「既然這是由齊爾維斯特大人主導，羅潔梅茵大小姐也參與其中的事業，不由斐迪南小少爺來當大小姐的後盾怎麼行?!就算對象是這麼年幼的大小姐，齊爾維斯特大人還是會想也不想就拋下工作喔！」

不愧是齊爾維斯特的奶娘，對他真是了解。大概是無法否認，斐迪南扶著額頭，深深嘆氣。

「小少爺，回答呢?!」

「……我彈就是了。」

「很好。」

在黎希達的壓倒性勝利下，慈善音樂會計畫正式啟動。

我只負責彈飛蘇平琴，其他可是什麼也不做——斐迪南沒好氣地說完這句話後就回去了。一直努力維持著貴婦形象，盡可能不表現出情感的艾薇拉這才一口氣爆發。

「羅潔梅茵，演奏會要什麼時候舉辦呢？」

她的烏黑雙眼熠熠發亮，還大幅往前傾身。

「艾薇拉，妳真的很喜歡斐迪南大人呢。」

「哎呀，芙蘿洛翠亞大人也一樣欣賞吧？」

「我主要是因為同樣受過婆婆大人的迫害，所以同伴意識更為強烈呢。但畢竟斐迪南大人的容貌十分俊俏嘛。」

兩人咯咯笑著，開始擬定計畫，我則回想了神殿的各種儀式活動。

「夏末與初秋分別有成年禮和洗禮儀式，秋季中旬又必須前往收穫祭，秋季尾聲又有可能接到來自騎士團的請求。所以雖然相當緊急，但我想最好在夏季期間舉辦。」

至於真心話，其實我主要是想在過冬準備開始之前先準備好資金。更主要是一旦進入繁忙的時期，斐迪南很可能會找各種藉口推託掉這件事。

「那麼，必須盡快發出邀請函才行呢。」

「母親大人，請別發邀請函，改為販售『門票』吧。」

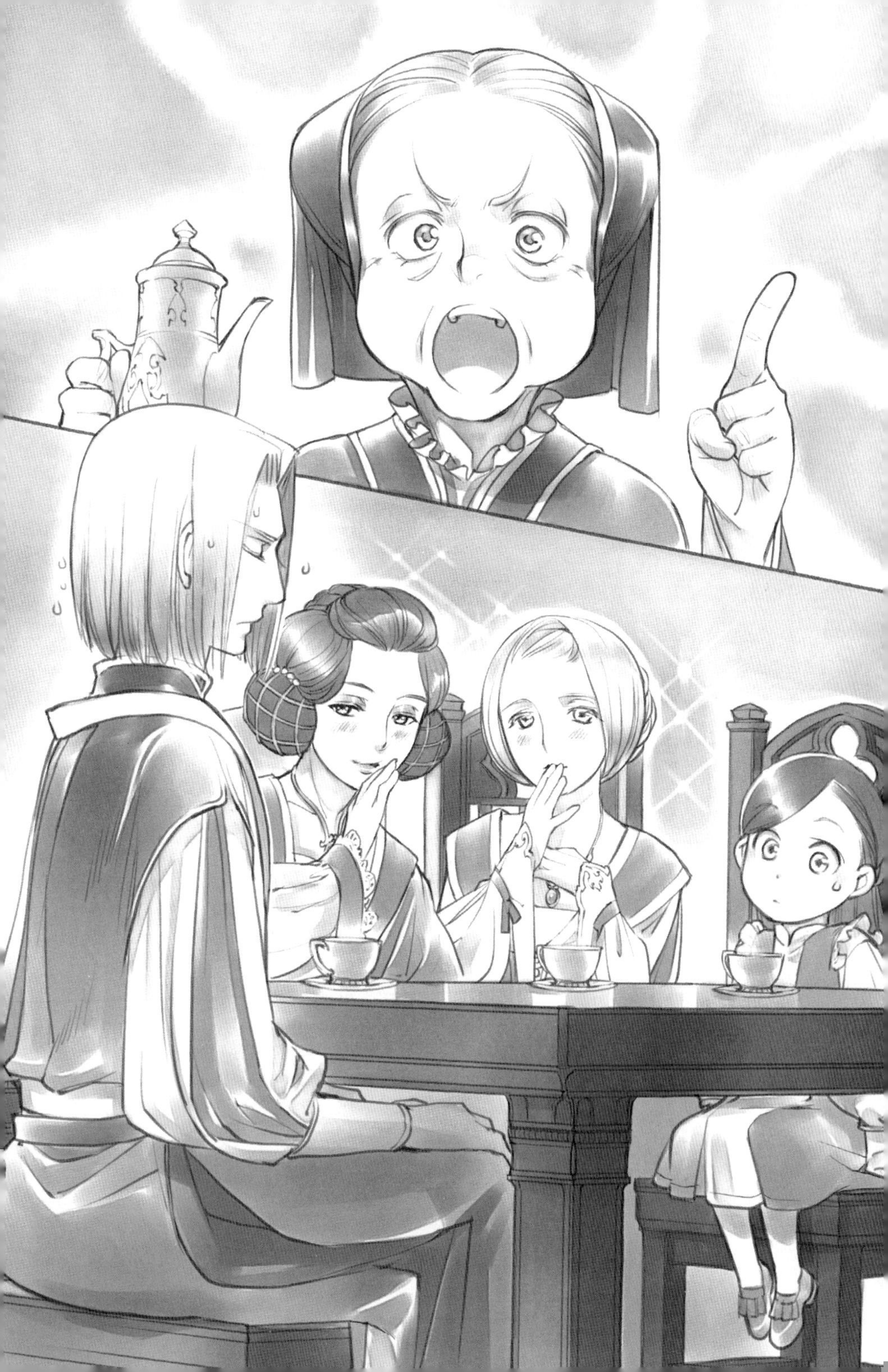

難得要舉辦音樂會，靠賣票來賺錢是最基本的。但是，這裡似乎沒有門票這種東西，艾薇拉一臉不明所以。

「羅潔梅茵，妳說的『門票』是什麼呢？」

「和參加演奏會所需的邀請函是類似的東西，上頭寫有座位，而且必須付費購買。」

我從桌子裡拿出紙和墨水，畫下簡單的會場圖。

「因為前些天來參加茶會的人共有二十二位，那麼假設預計邀請三十位吧。這樣一來，便需要五張圓桌吧？斐迪南大人將在這裡演奏，那麼母親大人，您會想坐在哪個位置上呢？」

「當然是這裡。」

艾薇拉立即指向正中央最前面的那個位置回答。看她臉上的表情，即使沒說出口，也知道她絕對不會把這個位置讓給任何人。

「是的。所以像這邊可以清楚看見斐迪南大人的座位，票價會比較高，這邊相對看不清楚的座位，票價便比較低。」

「哎呀？但這樣一來，就不是按照身分的高低入座吧？」

芙蘿洛翠亞眨了幾下藍眼睛問道。

「因為這不是茶會，而是欣賞斐迪南大人的聚會，所以我想不需要規定得那麼嚴格。如果有人只是想和大家一起感受氣氛，也想聽聽飛蘇平琴的演奏，但對於斐迪南大人並沒有興趣，也許會想坐在這邊比較便宜的位置上。」

「那麼我買便宜的門票，把價格較高的位置，讓給想近距離欣賞斐迪南大人的人吧。這樣一來，其他人若想購買便宜的門票，也比較不會有壓力吧。」
芙蘿洛翠亞咯咯笑著，看著艾薇拉說。原本該由領主的妻子，芙蘿洛翠亞坐在最好的位置上。但是，只要芙蘿洛翠亞以實際行動來表示，其實不需要硬是購買價格高昂的門票，便會有人追隨效仿吧。
「接下來……便是賣票的時候，依據身分高低各別詢問，讓對方指定自己想坐的位置，這樣子如何呢？我想會對座位順序感到不滿的人，應該就會減少許多。」
「居然讓對方來決定，羅潔梅茵，妳是不是已經被齊爾維斯特大人的思考方式影響了呢？」
芙蘿洛翠亞憂心忡忡地看著我說。
……對不起，養母大人。這是我本來的個性。
接著，訂定門票的價格。最貴的票價是一枚小金幣，接下來是五到八枚大銀幣不等。最貴的門票已經賣出去了。
「那演奏會上的茶水與點心，就準備斐迪南大人愛吃的東西吧。」
買到了最佳位置的艾薇拉用雀躍不已的話聲提議。因為我的常識與這邊的常識不同，對於演奏會的認知也有差異，所以基本上我想全權交給幹勁十足的艾薇拉籌辦。我只是把一些做生意的概念，融合進這邊的演奏會裡。既然是音樂會，我想周邊商品會賣得最好，但現在無法立即準備。但是，如果是斐迪南中意的餅乾，只要由雨果和艾拉教會城堡裡的廚師怎麼做，就可以大量生產。
「如果要準備點心，可以預先多做一點，在最後拿出來販售，讓大家當作是演奏會的回憶。我想為斐迪南大人的琴聲深受感動的人，肯定會願意購買吧。」

「是的，我一定會買！」

已經出現預計要買的人了。看來可以賣得不錯。

芙蘿洛翠亞決定好要在哪個場地舉辦演奏會後，艾薇拉再思考桌子的配置，製作座位表，編排座位順序。

「販售門票的時候，請一定要在這張座位表上註明有誰買了、要坐在哪個位置上。這樣一來，便能避免掉一些當天會發生的混亂。」

我說明了有可能會發生的各種糾紛，例如門票的遺失與遭竊，艾薇拉表示理解地點點頭後，在座位表上清楚寫下自己的名字。

「對了，羅潔梅茵，妳說過想讓演奏會與印刷業產生關聯，究竟打算怎麼做呢？」

在討論製作門票該做的事情時，不同於因為要舉辦演奏會、高興得忘乎所以的艾薇拉，芙蘿洛翠亞十分冷靜，想起了這件事後詢問我。

「總之請交給我吧。我會傾盡全力，讓大家一眼便能明白印刷業的美妙。」

……我打算請葳瑪為斐迪南畫肖像，再做為封面印成節目單販售，應該能帶來出色的宣傳效果吧。唔呵呵。

初次魔法特訓

「門票請交給我來準備吧。」

由於艾薇拉展現出了前所未有的幹勁，我便把會場的設置、賓客的應對與茶點的準備等事宜，全面交給芙蘿洛翠亞和艾薇拉處理。

「艾薇拉，妳冷靜一點。不先確定日期，怎麼製作門票呢。」

「芙蘿洛翠亞大人，您不覺得越快舉辦越好嗎？」

艾薇拉在交握的手上使力，希望越快舉辦越好。對照下，芙蘿洛翠亞卻是露出了傷腦筋的微笑，以手托腮。

「我倒是希望多留點時間準備呢。因為這場演奏會不能失敗吧？」

因為要花錢購買門票、當場還會販售物品的演奏會是首次嘗試，芙蘿洛翠亞想要有更多時間可以準備。我也同意芙蘿洛翠亞的看法，希望多留點時間。這也是因為我不只要製作節目單，還要提供新曲和食譜給斐迪南，完全是要去地獄走一遭的工作。待在城堡裡的時候還算安全，但等我一回到神殿，我總覺得斐迪南會把說不過黎希達的怨氣全發洩在我身上。我想多爭取點時間，等他消氣。

……嗯？可是，神官長的記性很好，感覺上很久以前的事情都記得，還會一直懷恨在心，該不會是那種時間過得越久會越生氣的類型吧？該怎麼做才對呢？

我陷入苦思的時候，芙蘿洛翠亞手上已經拿著發光魔杖，低聲唸著「奧多南茲」，讓手環上的魔石變作傳話用的白鳥。

「演奏會預計在一個月後舉行，若有不便，請您另外指定一個日子。」

然後她揮下魔杖，白鳥便飛起來。正如先前幾次看過的，白鳥穿透了牆壁往外飛去。不一會兒白鳥回來了，揮動著翅膀在桌上降落，傳來斐迪南的口信。

「那就一個月後吧。不好意思，請幫我轉告羅潔梅茵，明天開始要進行魔法訓練。只要喝了藥，她應該就會恢復體力。」

斐迪南的冷冷話聲重複了三遍以後，白鳥變回了魔石。明明只有聲音而已，我卻不由得挺直了背，還瘋狂冒出冷汗，難道只有我一個人這樣嗎？

「……養母大人、母親大人，兩位不覺得斐迪南大人好像非常生氣嗎？」

「聲音聽起來是不太高興呢。」

「聲、聲音十分低沉迷人呢。」

雖然算是在稱讚，但艾薇拉的笑臉也帶了點尷尬。

「母親大人，這種時候請別說低沉迷人，應該說是讓人背脊發涼的聲音吧。」

因為照著傳言喝了藥，隔天我的身體完全恢復了活力。雖然很在意斐迪南有多麼生氣，但魔法訓練這四個字太悅耳了。究竟他會教我什麼事情呢？以前那些不讓我看的魔法相關書籍，現在可以讓我看了嗎？

……會有好多從來沒看過的書吧。果然會有拿來當作教科書，像是《基礎魔法》這類的書籍嗎？……啊！這下子說不定梅茵十進分類法終於能完成了?!

想起了我之前還很煩惱魔法方面的書籍要怎麼分類，我不禁無比興奮地等著斐迪南到來。

「大小姐，諾伯特通知斐迪南小少爺到了。請前往等候室吧。」

由黎希達帶路，我和四名護衛騎士一同前往本館的等候室。四名護衛騎士圍繞在我身邊後，我整個人也完全遭到埋沒，不禁有些哀傷。

「羅潔梅茵，早安。」

斐迪南坐在等候室裡，面帶著看不出情緒波動的撲克臉。雖然很難辨別他有沒有在生氣，但一看到他前面高高疊起的書堆，這種事立刻變得無關緊要。

「早安，斐迪南大人。這些書是為我準備的嗎？」

「嗯，沒錯。」

……來了、來了、來了！沒有看過的書！萬歲——！

我在心裡面高興地搖起沙鈴跳起森巴舞，但是現實中，我只是面帶笑容，注視著書堆。竟然能讓這樣的我忍住不撲向書堆，貴族千金教育真是太了不起了。

在我身後，柯尼留斯和安潔莉卡不約而同發出了厭惡至極的聲音：「嗚哇……」看來兩人都是不擅長看書的類型。居然無法了解這種喜悅，太遺憾了。

「黎希達，把這些書搬去房間吧。羅潔梅茵，走吧。」

「遵命，小少爺。」

因為要學習新事物，應該會先看書了解基礎，所以我非常雀躍地等待著，然而此刻卻還不能看，我眨了眨眼睛。我難過地望著被黎希達搬走的書本，詢問斐迪南：

「……請問要去哪裡呢？」

「去可以釋放魔力的地方。」

斐迪南在陽臺上變出騎獸，布麗姬娣也接著變出騎獸。基於安潔莉卡有可能無法支撐住我這個理由，所以是由布麗姬娣載我。

「好痛！」

一被抱上去坐在騎獸上，我的頭立即撞到了布麗姬娣的護胸。和討伐陀龍布時不同，平常騎士們並不是穿全身盔甲，而是比較簡便的盔甲。一般看到的，都是先穿上外形像連身裙，用似乎帶有魔力的纖細金屬編織而成的長衫，再罩上護胸、護手甲，和膝蓋以下的小腿護甲。布麗姬娣因為是女性，護胸會比斐迪南要往前突出，所以與她共乘騎獸時，我的頭會撞到護胸。

「羅潔梅茵大人，真是抱歉。那麼這樣子，您應該撞到也不會痛了。」

布麗姬娣伸手輕撫向護胸。於是下一秒，護胸忽然往下柔軟變形，就算撞到了頭也不會痛，反而有種軟綿綿的觸感包覆住了我，感覺非常舒服。我甚至想把頭往後壓，去享受那種觸感。

因為布麗姬娣說話的表情非常正經，所以肯定是為了我特地這麼做，我便沒有開口提醒，但老實說，胸部的形狀變得非常明顯。平常因為罩著護胸看不太出來，但原來布麗姬娣的胸部相當大。

……啊，柯尼留斯哥哥大人，我知道你現在正是非常好奇的年紀，但不可以一臉吃驚地看著這邊喔。快點學學達穆爾，把視線別開。

布麗姬娣載著我，移動到與城堡有一段距離的高大建築物。我看見已經抵達的斐迪南先走了進去。布麗姬娣把我放下來後，打算就這麼走進去，我急忙阻止她。

「布麗姬娣，妳可以把護胸變回原樣了。」

「啊，您說得是呢。」

布麗姬娣好像完全忘了這回事，這才很快撫過護胸，變回了原本堅硬有光澤的材質。這下子我就放心了。我點一點頭，也走進建築物裡頭。內部非常空曠，什麼東西也沒有，只是一棟雪白的建築物。

「這裡是什麼地方？」

我的嗚哇聲形成了回音，斐迪南回答我的問題。

「這裡是騎士們的練習場所，可以在此練習如何操控大量的魔力進行戰鬥，而且魔力不會外洩。我要在這裡教導羅潔梅茵怎麼操控魔力，你們去那邊做訓練吧。尤其是達穆爾，你現在正值成長期，魔力還在增加吧？在停止成長前多增加點魔力。」

斐迪南說完，護衛騎士們簡短應道：「是！」然後走向另一邊，開始進行訓練。不知道他們會做什麼訓練？我好奇地想探頭觀看，斐迪南卻輕敲我的頭。

「好痛！」

「別東張西望。」

斐迪南的眼神好恐怖。現在這裡既沒有黎希達，護衛騎士們也都在另外一邊進行訓練。沒有人能站在我這一邊，也沒有人能擋在前面保護我，完全是孤立無援。最好盡可能別惹斐迪南生氣。

「現在班諾正忙著整頓小神殿吧？所以我認為要趁現在先為妳進行魔法特訓。本來在前往貴族院之前，並不會讓人進行魔法方面的訓練，但因為妳已經會按照自己想出來的方法，自行操控魔力，所以為了讓妳多少學會正確的相關知識，我才擔任教師來指導妳。」

嘴上說是要進行魔法特訓，但看到斐迪南火大不耐的眼神，我只覺得他是因為要舉辦飛蘇平琴演奏會而在遷怒。

「妳因為還不是貴族院的學生，所以沒有思達普。」

「老師，我有問題。什麼是思達普？」

斐迪南說著「就是這個」，揮下手臂，變出了發光魔杖。原來據說貴族院學生都會有的發光魔杖，正式名稱是思達普。

「有了思達普，便能效率極佳地操控魔力。但就算沒有，還是有辦法操控。現在要盡快讓妳學會的，是如何用魔石製作並且騎乘騎獸。」

斐迪南一邊說著，一邊戴上薄薄的皮革手套，接著從掛在腰帶上的皮袋中拿出了和我拳頭一般大的透明魔石。那似乎是用來變化成騎獸的魔石，與騎士鎧甲手套上的、也與鑲在腰帶上的亮晶晶魔石是一樣的東西。

「妳要給予魔石魔力，使其變化成能夠移動的姿態，再照著自己的意志加以操控，讓它飛上空中。畢竟今年秋天可能又要討伐陀龍布，妳又無法長時間乘坐平民區的馬車，為了之後要前往收穫祭和祈福儀式，最好先學會這項技術。更重要的是，妳在搜集藥水材料時一定會需要騎獸。因為那些地方妳一個人沒有騎獸根本到不了。」

斐迪南說著，把魔石放進我的掌心。我用兩手包住魔石，以免它掉下去，卻發現手才一碰到魔石，魔力立刻被吸了進去。感覺到魔力正以令人感到恐懼的速度不斷被吸走，我慌忙釋放了封印在深處的魔力。

「老師，魔石在用好快的速度吸走魔力……」

「嗯，別擔心。首先必須讓魔石染上妳的魔力。為了能夠照著妳的意志去操控，這是必要的步驟。」

「那之前借我的戒指呢？我只有在使用的時候才會釋出魔力，但戒指並不會像這樣快速吸走魔力喔?!」

我雙手緊緊握著魔石說，斐迪南輕輕搖頭。

「使用魔石與使用魔導具不同，但詳細差別日後再說明，現在不重要……妳的魔力量果然豐富，染上的速度很快。」

聽說魔力較少的下級騎士，要在不會讓自己感到不適的前提下注入魔力，有時還會花上數天的時間。然後像這樣染上魔力後，他人就無法使用這顆魔石。正確說來是很難使用。如果魔力的顏色相似，要用也是可以，但與用自己魔力染成的魔石比起來，還是有著天差地別。聽著這些說明時，我手中的魔石好像已經完全染上了我的魔力，一度放出亮光。

「染上了魔力以後，接著練習如何讓魔石改變形體。妳已經習慣操控魔力了，所以應該很快就能進行操控。首先，往魔石注入魔力，一邊想像它膨脹起來的模樣，一邊用魔力使其變形。雖然必須讓魔石變化成自己想像中的形狀，但一開始先改變大小即可。」

我照著斐迪南的指示，慢慢注入魔力，像用指尖在推開魔力那樣，依著自己的想像把魔力推展開來。還以為要稍微經歷一番苦戰，想不到魔石很輕易地便照著我的想像膨脹變圓。

「哇，變大了耶，好像『氣球』喔！」

魔石照著我在腦海中想像的氣球，一點一點變圓變大。原本魔石只有我的拳頭大小，比網球還要小一點，現在已經和壘球一樣大了。

「現在妳一邊繼續注入魔力，一邊把魔石往下放，試著即使把手放開，仍能注入魔力。如果能夠做到這一步，就能接著練習變化成特定的形狀。」

「我知道了。」

我就地蹲下來，把包覆在兩手中的魔石輕輕往下放，再一根根放開手指，逐步減少與魔石接觸的面積。放開最後一根手指頭時，我瞬間擔心起魔力有可能中斷，所以在放開手指的同時釋出了更多魔力，就好像是把輸送魔力的管道加寬。雖然看不見魔力的流動，但感覺得出魔力仍繼續往外釋放。

「哦……」斐迪南感佩嘆氣，低頭看著慢慢變大的魔石。現在魔石的大小已經從壘球，再從躲避球，變成和海灘球一樣大了。我不由得漸漸感到不安。

……魔石不會破掉嗎？沒有問題吧？

「老師，我有問題。魔石會膨脹到多大呢？」

「直到妳停止注入魔力，或者讓它的形狀固定為止。因為要變大到妳能夠騎乘的大小，所以還能再變更大。」

我這才放心地呼了口氣，轉頭看向斐迪南。

「太好了。那就不會像『氣球』一樣突然『啪！』地破……」

突然「啪！」地破掉吧——我話還沒有說完，就聽見了劈哩的碎裂聲。

「笨蛋！」

斐迪南厲聲怒罵，同時掀起披風，把我護在披風底下。緊接著「啪！」的巨響，魔石氣球發出了和我想像中一模一樣的聲音破掉了。還能聽見裂開的魔石碎片啪啦啪啦地打在披風上，掉在地上發出了玻璃般清脆的聲響。

「我說過魔石會照著妳想像的模樣去變化吧，妳到底想了什麼?!居然在想像過程中想像魔石破掉，那魔石當然會破掉！妳這笨蛋！」

「對不起！對不起！」

「……真受不了，貴重的魔石都變成碎片了。」

斐迪南用筋疲力竭的嗓音說道，我不禁臉色刷白。對喔，魔石是非常貴重又高價的物品，這下糟了。我馬上看出掉在雪白地板上的那些是魔石碎片，慌忙把碎片聚集起來，一邊注入魔力，一邊唸著：「黏土啊黏土，快合起來變圓吧。」我把魔石當作是黏土，握在掌心中搓揉滾動。

「妳在做什麼？破碎的魔石無法恢復原狀。只能把碎片磨得更碎，用來當作是製作其他魔導具的材料。」

斐迪南傻眼地低頭看著我說，但我感覺到染上我魔力的碎片，在我手中逐漸改變了形狀。

「……沒問題的，黏土都是像這樣重新黏在一起……你看！」

我攤開掌心，展示變成了丸子狀的魔石，斐迪南一臉錯愕，不停來回看向我和魔石。然後他拿起我手中的魔石，舉到光線下檢視，再伸手用力按住太陽穴。

「簡直荒唐……」

「咦？」

「唉，算了。把所有碎片都撿起來，完成後今天的訓練就算結束了。」

斐迪南揮了揮手，像在說「隨妳高興」，再度按著太陽穴。我活力十足地應聲後，把魔石放在散落一地的碎片上開始滾動。像在用膠黏拖把掃地一樣，用魔石丸子黏起地上的碎片。收集起了一定程度的碎片後，再活用揉捏黏土的訣竅，注入魔力讓魔石變圓。

蹲在地上用魔石丸子滾了一段時間後，雖然撿完了所有碎片，但我的雙腳也麻到站不起來。

「妳要是在一無所知的情況下讓魔力失控就危險了，所以千萬別自行練習如何操控魔力。」

一回到房間，斐迪南立刻這麼叮嚀我。剛剛才讓魔石破掉的我垂頭喪氣，乖乖聽話。我也害怕若在房裡引發那種爆炸，波及到別人，所以完全不打算偷偷練習。

聽完我的回答，斐迪南點頭說著「很好」，把今天帶來的魔法相關書籍一一疊在桌上。

「這些是從城堡的圖書室拿來的，全是講述魔法基礎的書籍。」

「哇啊！多謝斐迪南大人。」

我正想把手伸向堆疊起來的書本，斐迪南卻說著「且慢」，按住我的手。

「黎希達，羅潔梅茵一旦開始看書，常常會專注到對周遭的人事物視若無睹，也聽不見別人說話，所以記得讓她保持規律的生活。」

「是、是，請交給我吧，小少爺。我已經習慣了。」

「還有，今天經過魔法特訓，她應該已經相當疲累，有可能又會身體不適。」

斐迪南瞥了我一眼說。聽到「身體不適」，黎希達立即板起臉孔。

「大小姐，那明天再看書吧。斐迪南小少爺說得不錯，您今天是第一次進行魔法訓練，若不早點休息，可能又要病倒了。」

「咦？那個，黎希達……」

眼看著堆在眼前的書一一被收走，就算我想伸出手，黎希達也會怒斥：「不行！」

「啊，對了，羅潔梅茵，明天記得來神殿。妳得把說好的新曲和食譜交給我。」

看著遭到黎希達訓斥的我，斐迪南愉快地勾起嘴角。

……這是報復！一定是為了飛蘇平琴演奏會在報復我！

先在我面前堆起一大疊我從來沒看過的書，再安排了一大堆讓我沒辦法看書的行程，甚至任命黎希達為監督人員，斐迪南的個性真是太惡劣了。

「斐迪南大人，您太過分了！」

「黎希達和我只是擔心妳的身體而已，一點也不過分。」

明明說話的表情那麼清爽痛快，任誰看了也知道，他一定是故意的。我兇巴巴地瞪向斐迪南，他卻只是哼笑一聲。

……好不甘心！這下子就別怪我不客氣了。

本來要請葳瑪繪製的節目單封面，會和繪本的神祇一樣採用剪影畫的方式，呈現出一個男人在彈奏飛蘇平琴的全身畫，頂多只能從髮型讓人聯想到斐迪南。虧我還心想，只要讓艾薇拉她們能感受一下氣氛就好了。但是，我不打算再客氣，也不會再節制了。在這個肖像權根本不存在的世界，尊重這種東西就揉成一團丟了吧。

……我絕對要在一個月內完成蠟紙！用首次完成的謄寫版印刷，直接照著神官長的五官畫成細緻又美麗的畫像，再老大不客氣地印在封面上！

製作蠟紙

在城堡裡生活時，除非受到召見，否則只有晚餐的時候才會見到領主一家人。早餐是各自在自己的房間裡吃，領主夫婦的午餐也多是與人聚餐，所以不會一起吃。因此，晚餐是唯一可以交流談話的時間。

「養父大人，我從明天開始會回神殿待一個月。」

「……餐廳那件事已經結束了吧？有什麼事情嗎？」

齊爾維斯特用探問的眼光看我。看得出那雙深綠色眼睛正在偵測是不是有什麼有趣的事情。

「為了提升印刷技術，我有很多事情必須與負責製作的人們討論。一旦完成了新的技術，會來向您報告。」

「嗯，知道了。」齊爾維斯特一本正經地點頭說，但我覺得他絕對會搬出視察或者要來察看情況等表面上的藉口，中途跑來神殿。

「養父大人，倘若您要前來視察，請一定要事先通知一聲。」

「我知道。」

你根本不知道吧──吞回吐槽，我吃完了晚餐。

道完晚安要回房了，我與韋菲利特一起走回北邊別館。

「羅潔梅茵，妳太奸詐了。」

吃飯期間一直悶悶不樂的韋菲利特，用像極了齊爾維斯特的深綠色雙眼往我瞪來。我不明白為什麼說我奸詐。

「……我哪裡奸詐了呢？」

「我說奸詐就是奸詐！」

這根本不算是回答，簡直莫名其妙。我傷腦筋地抬頭看向蘭普雷特，他也是一臉為難。看來是無法在這裡說明的事情。

「真是非常抱歉，韋菲利特哥哥大人。我接下來一個月不會在城堡，希望您過得安然愉快。那麼，請好好歇息。」

一抵達北邊別館，我立即上樓。雖然聽見韋菲利特在樓下大發脾氣嚷道：「妳根本不明白嘛！」但我予以無視，因為我忙得很。

回到房間坐在桌前，我條列式地把返回神殿期間必須完成的事情寫在紙上，再列出該帶回神殿的物品清單。

「……嗚嗚，好想要寫字板。這樣好浪費紙喔。」

我之前的寫字板做為梅茵的遺物，由家人帶回去了，路茲說現在是多莉在使用。但就算寫字板還在我手邊，那種只是用木頭削成、又沒有任何裝飾的寫字板，恐怕也不會讓我使用吧。思及有可能被視為是領主養女不該使用的物品而被處理掉，那留給多莉使用還比較好。但是，我還是好想要有自己的寫字板。

……雖然現在很忙，可能會不耐煩，但還是向班諾先生下訂單吧。

我下定了決心後，目光接著停留在黎希達收放書本的櫃子上。居然不能看還沒看過的書，真是太痛苦了。我用戀戀不捨的眼光緊盯著櫃子不放，黎希達假咳一聲。

「大小姐，今天請上床歇息吧。」

……好嘛、好嘛，我明天早上再早起看書。

隔天早上，我一大早便醒來了。本想立刻開始看書，卻發現櫃子上了鎖打不開。我愁眉苦臉地等著黎希達出現，她來了以後馬上斥責我休息得還不夠。再加上才剛吃完早餐，黎希達就把我趕回神殿。理由是：「大小姐一開始看書就會忘記約定吧？斐迪南小少爺已經提醒過我了。」

……可惡啊，神官長！

我用力嘛起嘴巴，懷抱著滿腔負面漆黑的情緒，坐上馬車前往神殿。布麗姬娣和達穆爾也與我同行，另外雖然乘坐不同一輛馬車，專屬們也隨我返回神殿。

「歡迎歸來，羅潔梅茵大人。」

「法藍，我回來了。」

我和前來迎接的法藍一起走回神殿長室。

「因為先前才說會在城堡暫住一段時間，昨天白天神官長告訴我羅潔梅茵大人要回來時，我還吃了一驚。」

「嗯，聽到神官長要我回來的時候，我也嚇了一跳。」

在沒能看到書的情況下就被迫出發，我的心情越來越煩躁。斐迪南帶來的是城堡圖書室裡的書，所以不能夠帶出城堡，我只能回到城堡以後再看。換言之，我得拖到一個月以後才能看書。

「羅潔梅茵大人，您似乎相當心浮氣躁，發生什麼事了嗎？」

「神官長害我要延後一個月才能看書了。我必須強忍著看書的渴望也要回來，看來神官長真的非常需要樂曲和食譜吧？」

我生氣地脫口抱怨，法藍訝異地瞪大雙眼。

「……是嗎？但是神官長吩咐我，因為已經募到了捐款，要我聯絡奇爾博塔商會，所以他們應該再過不久就會到神殿了。」

聽見法藍這麼說，我也驚訝地張大眼睛。現在確實是已經募到了捐款，我也想快點拿給班諾，但沒想到斐迪南已經幫我安排好了這件事。

「等您更衣完畢，請前往院長室吧。妮可拉已經準備好了點心在等您。」

「這樣呀，真教人期待。」

我輕笑起來後，法藍撫胸輕吁口氣。

在莫妮卡的協助下更衣完，再請法藍清點了募款籌到的金額，然後往孤兒院長室移動。果然熟悉的房間最讓人放心呢。我輕呼了一口氣，打開秘密房間的房門。

「莫妮卡，麻煩妳簡單打掃房間，再把紙筆墨水也拿進來。」

「遵命。」

法藍雖然表現得行若無事，但一看見秘密房間的房門，臉部還是有些僵硬，所以我把打掃等工作都交給莫妮卡。

「法藍，吉魯和葳瑪呢？」

「吉魯在大門等候迎接奇爾博塔商會。如果您有事找葳瑪，要喚她過來嗎？」

「我想拜託葳瑪畫圖，那等和路茲他們談完以後再說吧。」

聽著法藍向我報告我不在的期間發生了哪些事情，不久班諾和路茲來了。因為小神殿那邊該處理的工作太多了，馬克留在店裡負責指揮。

「路茲、班諾，這邊請。侍從就麻煩吉魯，護衛麻煩達穆爾了。」

走進秘密房間後，一關上房門，我立即撲向路茲。路茲大概已經預料到了，毫不驚訝地接住了我。

「路茲、路茲、路茲！你聽我說，神官長真的很過分！」

「……呃，我現在很忙耶。」

「我也很忙啊！之前養母大人和母親大人才幫我舉辦了募款茶會，我因為要一直假笑，結束後就發燒病倒，想出了更多的賺錢辦法以後，神官長卻還怒對我進行魔法特訓，甚至還欺負我，我真的快受不了了！」

我氣憤控訴，路茲用力皺起眉，表情變得嚴肅。

「神官長欺負妳什麼了？他對妳做了什麼嗎？」

「他故意在我面前放了一堆我從來沒看過的書，卻又安排了一堆行程給我，還請人負責監督，害我沒有辦法看書！很過分對吧？」

「……他還真有膽量耶。不知道是不要命，還是還不知道後果……」

路茲用不敢置信的語氣說，看著我臉頰抽搐。最常在近距離下看到我被人搶走書後有多麼失控的人，就是路茲了。他傷腦筋地低喊了聲後，摸了摸我的頭。

「忍耐這麼久辛苦妳了。嗯，了不起。」

「才不，我已經決定不要再忍耐了。因為太不甘心，我決定要把蠟紙做出來！」

「這一點關係也沒有吧！」

路茲大叫，但有沒有關係並不重要。重要的是我要把蠟紙做出來，狠狠反將斐迪南一軍。

「有什麼關係嘛，做吧！」

我抱著路茲要求他加入，班諾立即瞪大眼睛怒吼：

「妳這笨蛋！妳到底知不知道我們這邊有多忙啊?!」

「但是我如果想賺錢，無論如何都需要蠟紙啊！班諾先生又知道在貴族間要募款有多辛苦嗎?!」

我不甘示弱地怒吼回去，班諾嚇到似的睜圓了眼睛。我沒有錯過班諾的氣勢停頓下來的這一瞬間，立即乘勝追擊。暫時都不能看書的怒火，才不會因為被班諾怒吼就馬上消散。

「能夠賺錢的機會就只有一次而已。有沒有蠟紙，能夠募集到的金額也會有天差地別喔！總之，路茲借我用一個月吧。」

「喂，妳別擅自決定。」

我抱著路茲自行宣布，路茲用手指彈向我的額頭。我按著額頭，嘟起嘴唇說：

「我想的東西，都要由路茲來做吧？你要破壞這個前提嗎？」

「當然是不行啦……」

「我雖然很想把路茲借妳，但我們這邊現在也是水深火熱。」

班諾大力搔了搔頭，抱怨說他們沒有足夠的錢集齊必要物資。羅潔梅茵工坊的剩餘資金似乎已經不夠用了，他花了很多時間在與公會長討論誰該負擔多少。

「班諾先生，錢的話不用擔心喔。我已經募到捐款了，等一下再交給你。現在已經募到了初期資金的份。」

「……妳說什麼？」

怎麼籌錢對商人來說是最煩惱的問題。而他們現在的煩惱，就是如何分擔費用。聽見這個煩惱一鼓作氣解決，也難怪班諾雙眼瞪得老大。

「好，那路茲借給妳。只要有錢就能下訂單，也能很快買齊必要的物資。如果是為了接下來要募資，那就放手去做吧。」

班諾的雙眼精悍發光，看著我和路茲說。現在連班諾也下達了許可，我就毫不客氣地展開行動了。

「另外，這個是感謝妳為我們與上級貴族牽線的謝禮，妳應該用得到吧？」

班諾揚揚下巴，路茲便小心地從袋子中拿出了用布包起的某種四角形物體。接著他淘氣地咧嘴一笑，用裝模作樣的動作遞來布包。

「還請您笑納。」

我稍微與路茲拉開距離，接過他遞來的布包。摸到了堅硬的四角形物體後，我好奇地心想著「是什麼呢」，輕輕把布掀開。

「……哇啊！是寫字板！」

是添加了細緻雕刻，還塗上了類似亮光漆的東西產生光澤，豪華到了連貴族也能使用的寫字板。我看著新的寫字板看得目不轉睛，班諾輕笑起來。

「因為現在妳的寫字板是多莉在用，我才心想妳可能有需要，請人做了新的給妳。寫字板正面的圖案是參考羅潔梅茵工坊的徽章，背面是騎士團長的徽章，這裡則代替名字，刻有領主的徽章。」

班諾指著寫字板，為我說明每個圖案的涵義。路茲指向附在寫字板上的鐵筆。

「這支鐵筆是向約翰訂做了和以前一樣的東西，所以用起來應該一樣。」

「我剛好非常想要寫字板呢。班諾先生，謝謝你。也謝謝路茲。」

拿著大小恰到好處的寫字板，我呵呵笑了起來。在最剛好的時機收到最想要的東西，讓我高興得嘴角不住上揚。有人很重視自己、為自己著想，也讓我很高興。

「那妳募集到的捐款呢？」

「我交給法藍了，所以要出去才能拿。其實我還想再補充一點路茲的抱抱，但反正接下來一個月都會待在神殿，明天再補充吧。唔呵呵。」

得到了寫字板，讓我的心靈獲得了相當充足的滋潤。我心情絕佳地走出秘密房間，向法藍下達指示。因為離開秘密房間後布麗姬娣也在，所以必須擺出貴族應有的姿態。

「法藍，把捐款交給班諾吧。班諾，因為我還要向養母大人和母親大人報告這些捐款的用途，所以麻煩你要詳細寫成報告。」

有了詳細的報告，明白自己捐出的錢都用在哪些地方，也許有助於下一次募捐。

「班諾，要討論的事情都已經談完了，雖然整頓小神殿會很辛苦，但就麻煩你了。路茲、吉魯，我還想問問工坊的事情，先留下來吧。」

「感激不盡。」

班諾把裝有不只三枚大金幣的錢包收進懷裡，隨著莫妮卡離開。我接著坐在桌旁，了解工坊現在的蠟紙製作進度。

「吉魯，工坊的情況怎麼樣？可以做出當蠟紙用的薄紙嗎？」

「用快速成長樹可以做出相當薄的紙張，但用一般的紙實在沒辦法做得很薄。如果不找其他樹木試試看，恐怕很困難。」

現在用陀龍布可以做出相當薄的紙張，但如果要用陀龍布做蠟紙，價格會非常昂貴，實在無法輕易採用。在這一帶能輕鬆採集到的樹木中，佛苓不論價格還是砍伐量都是最理想的，但用佛苓做不成蠟紙。

這次如果只是要印斐迪南的肖像，就算用陀龍布做蠟紙，應該還是能賺錢。現在為了做出蠟紙，只能不惜成本了。我決定暫且先用陀龍布紙試做蠟紙。

「那用約翰做的熨斗，上蠟上得如何呢？即使嘗試了各種不同種類的蠟，還是沒辦法塗抹均勻嗎？」

「不只抹不均勻，我還試著在約翰做的鋼版上刻字，結果蠟卻碎掉，出現了裂痕，沒有辦法繼續使用。」

我想會出現裂痕，是因為蠟上得太厚，不然就是蠟太硬了。果然需要添加松脂那類的樹脂，增加柔軟度才行。

……不知道比例是多少呢？因為我記得不是很清楚，這裡蠟和松脂的成分也未必和另一個世界相同，又有很多雜質。

「羅潔梅茵大人，您之前為了保護葳瑪所畫的紙版，也曾經上蠟過。但那時候說過，就算表面有些凹凸不平，還有布的紋路也沒關係，那製作蠟紙時，有布的紋路也沒關係嗎？」

「絕對不行。」

麗乃那時候是使用烘焙紙，但在這裡我根本做不出來，也想不到替代品。我腦海中想到的，反而是蠟紙工匠使用的滾筒上蠟機。因為是用兩個滾筒夾著紙張上蠟，所以可以塗抹得又薄又均勻。

「我想最好的方法是用『滾筒』上蠟……但約翰做得出那種機器嗎？」

我雖然有辦法說明上蠟過程與原理，但不代表可以提供正確的設計圖。這項機器反而只能反覆實驗，用摸索的方式製造出來。對於需要精密設計圖的約翰來說，我也不知道他能不能反覆設計改良。

「路茲，我想和約翰商量事情，明天也把他叫來吧。還有，我想親眼看看現在可以做出多薄的紙張，接下來去一趟工坊吧。」

我站起來，理所當然地兩名護衛騎士也跟著移動。但是老實說，要是達穆爾和布麗姬娣跟來工坊，我會很傷腦筋。

「……因為關係到商品機密，能請兩位在這裡等候嗎？」

「萬萬不可。羅潔梅茵大人，不能沒有半名護衛跟在您身邊。」

布麗姬娣的主張我無法反駁，於是交互看向達穆爾與布麗姬娣。

「那麼，請達穆爾跟著我來就好了。因為我手中握有達穆爾的弱點，不管他看到什麼，我想他都能保持沉默。」

「……羅潔梅茵大人，您是不信任我嗎？」

對於布麗姬娣苦澀的話聲與苦悶的不悅表情，我輕輕閉上眼睛。

「我一直很感謝布麗姬娣喔。即使大家都嫌棄又髒又臭，拒絕來平民區，但妳還是願意過來，工作也表現得很好。但是，這兩件事不能相提並論。」

布麗姬娣一臉不太明白地看著我。我知道布麗姬娣有多麼重視家人，也想為她加油。但是，做生意不只要衡量利益得失，又會關係到貴族之間的牽制，所以我不能無條件地任由情報洩露出去。

「我當然信任妳，但布麗姬娣是擁有土地的基貝的家人。一旦知道了有可能賺錢的方法，妳是否能對家人三緘其口，這點我目前還無法判斷。就這點來看，達穆爾既不是擁有土地的貴族，家人又在貴族區，發生狀況時要進行箝制也比較容易。」

「……遵命。」布麗姬娣表示理解的同時，也用帶有著畏懼的表情看我。然後，向達穆爾投去了有些同情的眼光。

「羅潔梅茵大人，我的弱點是什麼呢？」

「現在還不能告訴你。呵呵！」

在全身瑟瑟發抖的達穆爾護衛下，我帶著路茲和吉魯前往工坊。一如既往，灰衣神官和孩子們正在做紙。

「不用行禮了，大家繼續做事吧。」

我說完，請吉魯拿來要做成蠟紙的薄薄陀龍布紙，仔細檢查。果然，陀龍布紙的成果很出色，和佛苓紙完全不一樣。

「……品質可說是天壤之別呢。沒辦法，就用陀龍布紙吧。」

我一邊說，一邊看向放置在工坊角落的塔烏果實，路茲瞥向達穆爾。

「沒關係嗎？」

老實說，很有關係。因為知道秘密的人越少越好。但是，如果護衛無論如何都必須跟在我身邊，以刪去法來看，達穆爾是危險性最低的人，至少比較安全。

「達穆爾，接下來你看見的事情，絕對不能告訴任何人。不管是父親大人、神官長，還是養父大人，誰都不能說。你能答應我嗎？」

達穆爾的目光猶疑搖動。

「你要是洩露出去，我可能也會不小心說出達穆爾非常重要、還會被養父大人欺負和捉弄的秘密喔。」

「咦？您是說、被奧伯．艾倫菲斯特嗎？」

祈福儀式期間，慘遭齊爾維斯特各種欺負，淪為了犧牲品的達穆爾，立刻露出了隨時要哭出來的沒出息表情。

「達穆爾，那你願意保持沉默吧？」

我笑吟吟地要求他給出答案。達穆爾緊緊閉上雙眼，像要把痛苦擠壓出去般緊皺著臉龐，然後當場跪下來，在胸前交叉雙手。

「我無法向您保證。因為我是騎士，倘若上司命令我，可能無法保守秘密。所以……請准許我閉上眼睛吧。」

只要不知道，便無法稟報，所以想和以前一樣繼續不知情。面對達穆爾痛苦的決心，我大力點頭。

「那麼，你千萬別離開工坊。祈禱你不會因為好奇心而自毀前程。」

「感激不盡。」

僅留下達穆爾和幾名灰衣神官待在工坊，我和路茲他們一起走到屋外。

斐迪南的肖像

路茲和吉魯帶了砍伐陀龍布用的刀子與籃子，帶著灰衣神官和孩子們往女舍的方向前進。我也一起移動，並對身旁的孩子們說：

「請派人去女舍叫葳瑪、戴莉雅和戴爾克過來吧。」

「是！我們馬上去！」

幾個孩子跌跌撞撞地跑進女舍。不久之後，抱著戴爾克的葳瑪和戴莉雅一起走了出來。戴莉雅的表情有些僵硬。

「戴莉雅，好久不見了。真高興看到妳精神不錯。」

「非常感謝您的惦記。我和戴爾克都過得很好。」

我開口攀談後，戴莉雅也露出了笑容。

「戴莉雅，戴爾克是身蝕。因為擁有魔力，那個蟾……不對，伯爵和神殿長才會盯上他。但因為伯爵現在還活著，戴爾克的主人仍然是伯爵。」

戴莉雅的臉色一下子變得慘白。為了追查賓德瓦德伯爵的其他罪行，再與伯爵所屬的領地亞倫斯伯罕進行交易，所以現在還讓他活著。領主正為政治上的交易費盡心思，我不認為他會想到要為身蝕戴爾克廢除契約。所以只要伯爵還活著，他與戴爾克之間的契約就不會廢除吧。

「戴爾克並沒有得到可以釋出體內堆積魔力的魔導具，所以為免他的魔力增加太多，要事先稍微減少。讓戴爾克拿著那個紅色果實吧。」

我說完，吉魯把塔烏果實拿給戴莉雅，戴莉雅再讓戴爾克拿在手上。因為戴爾克曾在春天的時候被神殿長吸走所有魔力，所以好像沒有增加多少，塔烏果實才剛開始冒出種子，便幾乎停止了成長。

「這樣一來暫時都不用擔心。戴爾克可以回去了。」

戴莉雅摸著戴爾克的頭說：「羅潔梅茵大人說已經沒事了唷。」只是過了一個季節而已，戴爾克便長大不少。加米爾肯定也長大了吧。想念的心情讓我差點要紅了眼眶，急忙輕輕甩頭，揮開想念的心情。

……不行不行，一想又會想回家。

為了不要一直想到家人，我把注意力集中在印刷上。得請葳瑪畫出封面用的圖畫才行。

「葳瑪，我有事情想拜託妳。我想請妳畫出神官長的肖像……」

「真是萬分抱歉，這我沒有辦法。因為我並不知道神官長的長相。」

一直對青衣神官抱有陰影的葳瑪，即使在齊爾維斯特和斐迪南來孤兒院參觀的時候，也盡可能不讓他們進入自己的視野當中，所以沒有仔細看過斐迪南的長相。

……葳瑪居然不知道神官長是什麼樣子！

雖然出乎意料，但想想也能理解。但理解的同時，我也臉色發青。

「那、那我邀請神官長來神殿長室，到時……」

「真是萬分抱歉，我現在仍然害怕走到貴族區域，所以這我辦不到。」

要葳瑪踏進可謂是青衣神官大本營的貴族區域，確實是強人所難吧。但是，如今我已經是神殿長了，我不認為還有青衣神官敢對我的侍從出手。

「葳瑪，如果我請人接送，讓任何人也不能接近妳，這樣也不行嗎？」

「真的是非常抱歉，羅潔梅茵大人……對了，能否請羅吉娜畫張素描呢？如果能有羅吉娜的素描當參考，我應該就畫得出來。」

葳瑪十分過意不去地說完，再提出了替代方案，我的臉龐立刻發亮。藝術巫女的愛好太厲害了。

「那我去拜託看看羅吉娜！」

葳瑪咯咯笑著，帶著戴爾克和戴莉雅一起回到孤兒院。

「那麼，大家準備好了嗎？」

「好了！」

我環顧拿著刀子，準備迎戰陀龍布的大家。要砍伐陀龍布的準備看來已經就緒。看見路茲大力點頭，我拿起吉魯手中剛才吸收了戴爾克的魔力後，成長到一半的塔烏果實。

緊接著我感覺到了自己的魔力往外流出，被吸往果實去。我注視著種子越變越多的塔烏果實。隨著種子啵啵啵地不斷增加，果皮也逐漸變硬，長滿了種子後，果實更是開始發熱。

「我丟囉！」

這次我準確地丟在了泥土地上。種子一飛散開來，灰衣神官立刻把我抱起來，移動到後方。我在後頭觀察著奮力砍伐的大家，發現大家的動作都變得比去年還要熟練，也更加利落利落精簡。

星祭時撿回來放在工坊泥土地上的塔烏果實共留有四顆，我讓它們全部長成陀龍布後，砍伐了樹枝。事先準備好的籃子已全部裝滿了陀龍布。看著因為成就感而臉頰通紅的孩子們，我微微一笑。

「那麻煩大家用這些陀龍布做紙，今年也一起過個溫暖又能吃到好吃食物的冬天吧。」

「是！」大家異口同聲地開朗回應後，我接著交給吉魯和路茲對他們下達指示，然後回到工坊，回收像是找不到容身之處的小狗，四處打轉的達穆爾。

「達穆爾，讓你久等了。我們回神殿長室吧。」

回到神殿長室後，我馬上詢問羅吉娜能否畫出斐迪南的素描。

「葳瑪害怕與男士接觸，確實不會仔細去看神官長的長相呢。神官長的肖像算是相當好畫的唷。因為他的五官立體端整，有著分明的輪廓。」

羅吉娜吃吃笑著，拿起筆迅速地畫出了斐迪南的肖像素描。畫功簡直了得。雖然只是用簡單的線條畫出斐迪南的正面與側臉，卻一眼就能看出是斐迪南。這根本不是用愛好就能形容的水準。

「好、好厲害！」

莫妮卡的深棕色雙眼閃閃發亮，入迷地看著羅吉娜的畫。

「莫妮卡，麻煩妳送去給葳瑪，請她參考這些素描畫出神官長的肖像吧。」

「遵命。」

莫妮卡把羅吉娜畫的素描抱在懷裡，走出神殿長室。同時，前去詢問斐迪南行程的法藍回來了。

「法藍，神官長接下來打算做什麼呢？」

「神官長現在臨時有訪客來訪。」

……讓我在不能看書的狀態下把我叫過來，現在卻有訪客？哦……

見到路茲、拿到了寫字板，本來有些消散的負面情緒又一鼓作氣湧上來。

「所以神官長說了，請羅潔梅茵大人一邊等他，一邊在圖書室閱覽珍貴的書籍。您意下如何呢？」

一聽到圖書室的珍貴書籍，我的負面情緒眨眼間煙消雲散。還沒看過的書是最重要的。我一骨碌站起來，笑容滿面地問法藍：

「現在馬上過去吧！法藍，珍貴書籍櫃子的鑰匙在哪裡呢？」

「就在這裡。」

於是我帶著法藍和護衛，踏著輕快的步伐前往圖書室。搬來神殿長室以後，我最高興的事情，莫過於圖書室變近了。

我用現在已經交給我來掌管的鑰匙打開圖書室，再走向放有貴重書籍的上鎖書櫃。終於要親眼目睹從未見過的貴重書籍的風采了。在門板後面，究竟是什麼樣的書被視為是貴重書籍珍藏呢？只是想像而已，心臟就不停狂跳。我緊張又期待地心跳加速，把鑰匙插入鑰匙孔。

喀嚓一聲，書櫃打開了。裡頭擺有五本外觀精美的大開本書籍。

「法藍，今天先看一本就好了。幫我拿到閱覽桌吧。」

約有六十公分高的大開本書籍我拿不動吧。我雙眼發亮，請法藍幫忙搬到閱覽桌上。

「……羅潔梅茵大人，這似乎不是書。」

擺在上鎖書櫃裡的，嚴格來說並不是書。是在仿造了書本外形的盒子裡，塞滿了大量信件。我拿起一封摺起的信件察看。和我們自己做的植物紙不同，是用類似羊皮紙的紙所寫的信。

打開一看，信上並未寫有寄件人的姓名。

「這個該不會是『情書』?!法藍，我真的可以看這些信嗎？」

「羅潔梅茵大人已經是神殿長了，我想您應該在看過信件上的內容後，再向神官長報告。」

既然會藏在這裡，說不定是與前任神殿長有秘密往來的對象。藏起來的信件數量還不少。怎麼辦？我心跳好快。

「那我馬上來看看吧。」

因為越底下的信年代越久遠，所以我把書盒倒過來，從以前的信開始看。

寫信給前任神殿長的這位無名女性，似乎是位出身良好的貴族千金，從小到大一直是接受繼承人的教育。然而，相差多歲的弟弟出生以後，卻因為弟弟的魔力相當高，繼承人變成了是年幼的弟弟。自尊心受到嚴重打擊，至今的努力又全盤遭到否定，她在信上用長長的篇幅傾訴了自己有多麼委屈。而她的父親因為擔心有她在，怨恨弟弟的她必然會掀起紛爭，便讓她嫁到他領。信上還寫著父親和母親眼中都只有弟弟，「我能仰賴的只有你了」。

……這位無名氏夫人，我想妳仰賴錯人了喔。

這位女性似乎在嫁到他領之後，依然頻繁寫信給神殿長。不具名的這位女性對前任神殿長來說，究竟是什麼樣的存在呢？既然會這麼慎重地藏起信件，我想是很重要的人吧。而且神官不能結婚，難道是暗中思慕的對象嗎？

……雖然我一直覺得前任神殿長很小氣，又是個貪得無厭的色老頭，但說不定其實也有過純純的愛……雖然完全無法想像就是了。

我接著繼續看信，莫妮卡為了找我來到圖書室。法藍拍了拍我的肩膀，我才驚醒過來般地抬起頭。

「羅潔梅茵大人，葳瑪有事情想拜託您。」

「怎麼了嗎？」

「她說她想親眼見見神官長，再為他畫肖像。」

和剛才的主張是一百八十度大轉變。對於葳瑪願意來我房間，這樣的進步讓我非常高興，但她居然是因為看了斐迪南的素描才想過來，真讓我匪夷所思。

「……算了，也好。那我去孤兒院接葳瑪吧。其實等一下神官長會過來。法藍，我和莫妮卡一起去趟孤兒院，你先回神殿長室，準備接待神官長吧。」

來到了孤兒院接葳瑪，她露出羞赧的微笑。

「真是萬分抱歉。因為看了羅吉娜的素描，我大吃一驚。我從來沒有見過五官配置那麼完美的人。」

「五官的配置……很完美嗎？」

「是的，從繪畫角度來看，五官端整秀麗到了教人吃驚的地步。如果是克莉絲汀妮大人，還會視作是創作與鑑賞的對象，想留在身邊吧。羅潔梅茵大人不覺得嗎？」

看來依照這裡的標準，斐迪南是個葳瑪想把他當成是人物畫的模特兒，之前的藝術巫女克莉絲汀妮還會想留在身邊觀賞的美男子。

嗯……我倒是看不太出來。

「我確實覺得神官長的五官很立體。但是，因為他大多時候都面無表情，給人的感覺又很冷漠，我偶爾還會覺得根本是尊雕像在移動呢。真要說的話，我倒覺得成為我的侍從以後，現在表情變得比較豐富的法藍，看起來還更爽朗、清新又溫文儒雅，比較像是活在現實世界裡的美男子。」

我猜法藍小時候，應該是那種可愛得像是女孩子的男生。雖然現在體格健壯，平常感覺不太出來，但他有時嚇一跳和笑起來的樣子，五官便顯得很稚氣。

「羅潔梅茵大人，您也太稱讚法藍了。」

「會嗎？雖然神官長的五官立體深邃，但比較喜歡哪一種類型，端看個人的感受吧……不過，比起神官長的侍從，絕對是我的侍從們更帥氣又更可愛，只有這點我絕對不會退讓。」

「哎呀……」

看著吃吃笑著的葳瑪和莫妮卡，布麗姬娣連連點了好幾下頭。

……啊，發現了無聲的同伴。看來我和布麗姬娣意氣相投。

「歡迎歸來，羅潔梅茵大人。」

回到神殿長室，只見羅吉娜臉上流露出了些許興奮難抑的心情，已經抱著飛蘇平琴在等我了。此外，斐迪南也同樣帶著飛蘇平琴。法藍在斐迪南的座位旁邊準備了桌子和紙筆，以便他編寫樂譜。

「羅潔梅茵，抱歉有客人臨時來訪，讓妳久等了。」

「不會，完全沒關係，因為我看到了非常有趣的東西。等我全部看完，可以借給神官長喔。」

我拜託法藍，請他也為葳瑪準備紙筆和墨水，同時笑著回應，斐迪南也輕笑說道「是嗎」。

「那麼，提供新的樂曲給我吧。」

斐迪南拿好飛蘇平琴。我斜眼看著葳瑪開始在紙上揮筆，一邊思索要唱什麼歌。可以讓斐迪南自彈自唱又覺得有趣的歌曲，究竟有什麼呢……

……神官長缺少了愛和體貼，那就跟愛與勇氣結為朋友吧。

我挑了一首知名的動畫歌曲，哼唱出來。哼唱了一小段後，斐迪南便會稍微抬手制止，然後行雲流水般地彈奏出主旋律，再加上自己的改編。一直躍躍欲試看著的羅吉娜輕輕舉起手來。

「羅吉娜，怎麼了嗎？」

「神官長，請問這樣彈您覺得如何呢？」

羅吉娜加了自己的改編彈出樂曲後，斐迪南佩服地摸著下巴，在樂譜上補充寫了些什麼。

「如果要合奏，這樣也不錯。」

隨後羅吉娜與斐迪南踴躍地提出彼此的意見，逐漸完成了樂曲。因為難度太高，我完全搞不清楚發生了什麼事。佩服地看著兩人的侍從們和兩名護衛騎士，我想應該也不明白這是怎麼一回事。一群人當中只有葳瑪眼神無比認真，在紙上揮舞著筆。

「對了，羅潔梅茵，這首歌曲的內容在唱些什麼？」

斐迪南的提問讓我心臟陡然一跳。

「呃、呃……類似是想知道妳的幸福、不想在什麼也不了解的情況下結束，還有就是需要愛與勇氣之類的……吧。」

「嗯，是求愛的歌曲吧。」

……不是！完全不是！

我差點噗哧笑出來，但拚命忍住，保持若無其事的表情。這是貴族千金教育的成果。誰想像得到，在小朋友間大受歡迎的動畫歌曲居然變成了情歌呢。

羅吉娜與斐迪南討論並決定了怎樣的歌詞適合這首曲子，最後已經變成了與原曲截然不同的歌曲。

「那就這樣吧。」

說完，斐迪南自彈自唱了一遍。「鐙」的琴聲響起，明快卻又沉穩的旋律流瀉進空氣中，斐迪南用他低沉又悅耳的嗓音，唱起了生命之神埃維里貝獻給土之女神蓋朵莉希的情歌。因為是生命之神埃維里貝在一見鍾情後，追求起土之女神蓋朵莉希，訴說著「我想知道妳的幸福」，所以是以神話為基礎，但仍然算是情歌。

斐迪南的天籟美聲彷彿慢慢滲透進了耳朵裡，明明我知道原曲是什麼，卻還是忍不住全身竄起雞皮疙瘩。忘了是什麼時候，我曾想過斐迪南要是開口唱了情歌，女孩子一定手到擒來，現在正好證實了這件事。

葳瑪都忘了要畫畫，微微睜大眼睛，注視著斐迪南。羅吉娜因為是在音樂上能夠互相理解的對象，從一開始就對斐迪南抱有好感，現在更是露出了完全為之沉醉的表情。莫妮卡與妮可拉也臉頰泛紅，布麗姬娣也始終一臉驚訝地看著斐迪南。

而且崇拜地看著斐迪南的，不只是在場女性而已。連法藍和達穆爾也一臉深受感動地望著斐迪南。

……神官長的飛蘇平琴演奏會，該不會其實是非常危險的活動吧？

看見了經過葳瑪腦內濾鏡畫出來的美麗斐迪南素描，我不禁感到非常擔心。舉辦演奏會真的沒問題嗎？

約翰與薩克

隔天，路茲帶著約翰和一名少年來到了孤兒院長室。因為與約翰年紀相仿，所以我不太確定該稱為男子還是少年，總之對方的一頭紅髮剪成了短短的平頭，灰色雙眼散發出了好強不服輸的感覺。

與充滿幹勁的他呈現對比，約翰一臉茫然。今天我穿著神殿長服。他一直以來都以為自己的資助者是與奇爾博塔商會有關係的富豪千金，卻在星祭之後，成了平民區居民口中議論紛紛的年幼神殿長，所以相當不知所措吧。這也難怪。

「早安，羅潔梅茵大人。」

路茲以面對貴族該有的態度行禮後，茫然失神的約翰也急忙跪下。

「早安……呃，羅潔梅茵大人？」

約翰對於名字不同了似乎感到非常疑惑，歪著頭看我。我搬出了和路茲及班諾討論過的說詞。

「約翰，不好意思突然把你叫過來。如你所見，我現在已經就任成為神殿長了，所以沒辦法再隨意外出。今後可能都得麻煩你過來……」

「不、不會！沒關係的！我願意過來！怎麼能讓您過來工坊呢！」

約翰的個性忠厚老實，好像已經解讀成了我之前會在外走動，是因為還是青衣見習巫女才偷溜出去。看到事情照著我和班諾及路茲討論過的方向發展，我鬆了口氣。

「真是太謝謝你了。路茲，那這位是？」

「他是費爾德工坊的薩克，說是想接受羅潔梅茵大人的資助。」

路茲接著詳細說明，之前在鍛造協會要求剛成年工匠所提交的作業中，約翰的金屬活字得分最高，其次是薩克。聽說「古騰堡」的稱號還對評價結果帶來了很大的影響。

「在評量開始之前，約翰甚至沒有半個資助者，也沒有得到任何評價，現在突然就獲得這麼高的評價太奇怪了。這一定是因為羅潔梅茵大人不認識其他工匠。我認為古騰堡的稱號更適合我，請讓我和約翰較量。」

「……就如他所說的，薩克無論如何都想成為古騰堡，所以我才直接帶他過來，想問問羅潔梅茵大人的意見。」

路茲臉上帶著看好戲的表情補上這一句。他的眼神明顯在說，這傢伙真是怪人。看來薩克是個對自己的技術很有自信，還視約翰為競爭對手的鍛造工匠。就我個人而言，若有這麼充滿幹勁的工匠想加入古騰堡，自然是舉雙手歡迎。能力優秀的工匠是越多越好。

「那麼，首先來看看薩克的技術如何吧。往工坊移動吧。」

「是！」

薩克精力充沛地應道，再一臉得意洋洋地看向約翰。

我帶著路茲、法藍和達穆爾前往工坊。吉魯今天帶著孤兒們去森林，所以不在。現在守門士兵已經認得他們了，即使沒有路茲和多莉，孤兒們也可以自己去森林。

在僅有數人在工作的空曠工坊內，我走到角落的作業檯前，請人準備了紙張和墨水，然後開始說明。

「我接下來想訂做的東西，是用來製作蠟紙的『滾筒』。」

「蠟紙是什麼？」

不只是為了第一次接觸到工坊相關工作的薩克，也為了讓首次進入工坊的約翰能夠理解，路茲一邊展示上了薄蠟的紙張、約翰做的鐵筆和印刷機，一邊說明製作流程與必要工具。

「……所以，如果要做到謄寫版印刷，首先要在這種薄到幾乎可以看見另外一邊的紙張上，塗上一層又薄又均勻的蠟，為此我們才想要訂做滾筒。」

「滾筒……和我以前做過的滾筒一樣嗎？」

「不，不一樣。」

我搖搖頭，看向路茲。路茲代替我，看著小抄說明構造。

「羅潔梅茵大人想要的上蠟機器有兩個金屬滾筒，滾筒底下有托盤。把蠟放在托盤裡頭，更底下還有能點火加熱的地方，就可以融化蠟……就像是這樣。」

路茲把我簡略畫出來的機器圖拿給兩人看，更是說明作業流程。

在底下有火加熱的狀態下，轉動兩個滾筒，讓兩個滾筒受熱後，便會沾附上融化的蠟。然後把紙放進兩個滾筒之間，先稍微轉動滾筒，等紙張從另外一邊跑出一截來，再用牙籤般的細小樹枝，從兩端勾起緊黏在滾筒上的紙張。成功用樹枝勾起了紙張兩端後，一個人負責一鼓作氣轉動握把，另一個人負責勾起牙籤，把紙從滾筒之間抽出來。這樣一來便能塗上非常薄的蠟，甚至在紙張飄進空中的那短暫瞬間就乾燥了。

「真是不好意思，全是不清不楚的說明，也沒辦法畫出詳細的設計圖。但是，因為我也不記得詳細的構造。」

約翰表情凝重地看著我畫在植物紙上的圖，聽著路茲的說明。薩克則是聽得興致勃勃，雙眼發出亮光，看著圖問：

「如果能做到羅潔梅茵大人的要求，那改變機器的形狀也沒關係嗎？」

「是的，當然。因為最重要的是能夠又薄又均勻地上蠟。」

最終敲定了三天後，兩人要畫好大致的設計圖帶來，再由我來決定要採用誰的設計。

「我絕對會成為古騰堡。」

薩克挺起胸膛說，燃燒著熊熊鬥志的灰色雙眼看起來幾乎要變成銀色了。在對方充滿敵對意識的銳利注視下，約翰卻是一臉厭煩地後退一步。

「……我不希望失去資助者，所以我想完成能讓羅潔梅茵大人高興的工作。不過，稱號就不需要了，讓給你吧。薩克，麻煩你一定要加油。」

跟稱號沒有關係，只想完成委託者能滿意的工作——我覺得說出這些話的約翰，更適合擁有古騰堡的稱號。希望他能繼續秉持著這樣謙虛又耿直的工作態度，把印刷業推廣到各地。我這麼說後，路茲卻在背後嘀咕說：「約翰那麼說才不是因為謙虛。」

在約翰與薩克完成設計圖之前，這三天我決定用來與斐迪南一起挑選要在演奏會上彈奏的曲目，製作節目單。我不請自來，跑到神官長室請斐迪南幫忙。

「節目單？那是什麼？」

「是印有演奏會彈奏曲目的印刷品。既然演奏會的目的是為了印刷業募集捐款，我打算在現場販售印刷成品。節目單會印在一張紙上，我預計正面印圖，背面印上曲名與每首歌曲大概的歌詞內容。」

這次要做的節目單，類似於看電影時會拿到的小手冊，想要的人可以買回去當紀念。聽完我的說明，斐迪南用力按著太陽穴。從他的表情，看得出來情感上他想說沒有這個必要，但理性上又覺得如果要宣傳印刷業，最好還是印製節目單。

「……節目單完成以後，要先拿給我過目。」

「我知道了。」

……節目單正面還是印剪影畫的全身畫吧。因為要是蠟紙沒有成功做出來就傷腦筋了。

「那麼，要優先選擇客人熟悉的歌曲，再安排一、兩首新的曲子嗎？」

「不，比起熟悉的曲子，我更想彈奏新曲。」

於是以斐迪南的意見為主，決定全部共演奏五首曲子，先是三首改編了古典音樂的樂曲，中間穿插休息時間，再彈奏兩首動漫歌曲。

「真是的……妳要發誓，再也不利用黎希達。」

「我並沒有開口拜託黎希達喔。是黎希達為了主人著想，主動跳出來幫我說話。其實在我提出誘餌，也沒能讓神官長點頭答應的那個當下，我就已經放棄了。」

我當時既沒想到黎希達會跳出來聲援，更沒想到斐迪南真的答應了。

「妳是主人，妳不阻止黎希達，誰還能阻止她？」

「但黎希達的氣勢連神官長都阻擋不了，我又怎麼可能阻止得了她呢。我如果制止得了她，早在來神殿之前就把那些書看完了。那神官長為什麼要答應呢？」

我鼓起臉頰抗議，斐迪南裝傻地別開視線。

「……雖然是因為遭到黎希達逼迫，但一旦答應的事情，我便會負起責任完成，這點妳不必擔心。」

「這一點我倒是非常相信神官長喔。」

回到神殿長室，羅吉娜正在彈奏與斐迪南一起改編的曲子。她好像非常滿意兩人一起改編完成的曲子。羅吉娜那像是戀愛中少女的模樣固然可愛，但老實說，我已經聽膩了。真希望她彈點其他曲子。

「那我去孤兒院討論節目單的事情了。」

為了防範蠟紙沒有完成，也為了讓斐迪南的注意力都放在節目單上，我想請葳瑪把彈奏飛蘇平琴的全身畫做成剪影畫。我這麼拜託後，葳瑪的亮褐色雙眸發出光芒。

「請交給我吧。我現在完全抑止不了想要作畫的渴望，彷彿得到了藝術女神袠朵季爾的庇佑呢。羅潔梅茵大人說過想要神官長的畫像，請問是需要哪一種呢？」

葳瑪說她畫好了很多張畫放在房間裡，邀請我們前往她在孤兒院的房間。我讓兩位男性達穆爾和法藍留在食堂，帶著莫妮卡與布麗姬娣移動到葳瑪的房間。

「哇啊！葳瑪！妳好厲害！」

「這些畫太出色了。」

一走進房間，莫妮卡和布麗姬娣立刻發出驚呼。我環顧房間，愣然張著嘴巴。葳瑪的房間裡堆積著數量驚人的斐迪南肖像畫。她會說彷彿得到了藝術女神裘朵季爾的庇佑，我完全可以理解。

「因為腦海中不斷浮現想畫的構圖，一畫便停不下來呢。」

為斐迪南神魂顛倒的葳瑪的創作欲真是教我吃驚。我送來讓她畫素描的紙張上，幾乎一大半都畫上了斐迪南。而且雖然說不上是美化了好幾成，但都畫得非常美麗。怎麼看我都覺得經過了葳瑪腦中的少女濾鏡美化。斐迪南才沒有這麼閃亮耀眼，也不會笑。葳瑪和我明明看著同一個人，但在彼此眼中好像是完全不同的樣子。

……神官長在彈琴的時候，確實表情會稍微柔和一點，但才沒有露出這麼溫柔的笑容。他絕不可能露出這種笑容。

雖然我只預計在演奏會上販賣斐迪南的肖像畫，但和羅吉娜一起彈奏飛蘇平琴的俊男美女圖也非常賞心悅目。此外，葳瑪還畫了唱歌的我與彈奏飛蘇平琴的斐迪南。我的閃亮程度也增加了三成左右。感覺上是斐迪南的閃閃發亮蔓延到了我這裡來。

「要以剪紙畫的方式，繪製神官長彈奏飛蘇平琴的全身畫吧？我馬上可以完成……請明日下午過來取吧。」

我第一次見到葳瑪這麼神采奕奕的樣子。居然能讓嚴重不信任男人的葳瑪變成這樣，斐迪南太可怕了。飛蘇平琴演奏會上，肯定會有不少女性當場暈厥或是失去理智。看來不只要準備醫務室，最好也動員騎士團擔任維安人員，負責把女性抬出會場，遏止場面失控。

葳瑪正如她所說的「馬上完成」，真的在隔天就完成了紙版。她照著要求繪製了全身畫的剪影畫，老實說，我覺得繪製得比繪本的插圖還精美用心。

「羅潔梅茵大人，您覺得如何呢？」

葳瑪頂著明顯睡眠不足的憔悴臉孔，但眼中滿溢著完成任務的成就感。

「我認為非常出色喔。請神官長過目後，一旦徵得他的許可，我馬上拿去工坊開始印刷。」

我提交了葳瑪的剪影畫後，斐迪南似乎很滿意畫的精美與細膩度。「這樣可以。」他點點頭，同意了節目單的印製。我想斐迪南的滿意，很大部分是因為成品是全身畫的剪影畫，頂多只能從髮型和感覺看出來這是斐迪南吧。

然後，到了約翰與薩克帶來設計圖的日子。因為是請他們直接來工坊，所以我和達穆爾、法藍一起來到工坊等候。

在我們身後，已經開始印製節目單了。圖畫是按照以往的印刷方式，但這次首度加入了金屬活字。因此灰衣神官緊皺眉頭，拿著排字盤檢字，以相當不熟練的動作努力組排活字。

「羅潔梅茵大人，我帶奇爾博塔商會的路茲和兩名鍛造工匠過來了。」

「吉魯，謝謝你。那馬上讓我看看設計圖吧。」

約翰侷促不安地垮著腦袋，拿出木板。他畫出的機器和我畫的差不多，雖然照著要求畫好了設計圖，但好像連自己也沒什麼信心。即使可以照著設計圖完美地做出成品，但要在了解客人的需求後具體畫成設計圖，卻是約翰不擅長的領域，現在這張設計圖正好如實呈現出了約翰的弱點。

對照之下，薩克一臉得意地拿出了好幾張畫有設計圖的木板。看得出來薩克費了很多心思，想出了好幾種不同造型的設計。看著這樣的成果，可以理解他為何能招攬到那麼多資助者，對自己那麼有信心。

「好厲害喔。」

「對啊，我根本沒辦法想出這麼多設計。」

也難怪約翰垂頭喪氣。比起我畫的，薩克帶來的設計圖全是以能夠具體實踐為前提。因為前提是以薩克的技術能夠完成，所以比起約翰依著我所提供圖案而畫出來的設計圖，看起來更有可能成功做出來。

「薩克，如果要你推薦，哪張設計圖你最有信心呢？」

「我想這張設計圖的性能會最好，但如果真的要做，我會選這張。」

我看著薩克的設計圖，問：「那約翰覺得呢？」約翰眼神認真地比較起薩克的設計圖。注視了好一會兒後，他拿起薩克剛才說過性能會最好的那一張。薩克的眼神立即變得兇惡，瞪向約翰。

「那張不可能！這個部分很複雜，很難做得出來！」

約翰再細細打量起設計圖，緩緩搖頭。他在腦後綁成一束，宛如一條短尾巴的橘色小馬尾也跟著晃動。約翰的雙眼盈滿鬥志與熱情，發出強烈的光芒，一臉確信地用力點頭說：「可以。」

薩克不高興地眼尾上揚，想要極力反駁，但我拍了一下掌心制止他。在有可能成為資助者的人面前，必須避免表現出自己的醜態。薩克馬上回神，身體定住不動，放下緊握的拳頭。

「那請兩位把自己選擇的設計圖實際做出來吧。因為印刷工坊還預計做其他東西，所以能夠使用的機器就算有兩臺也沒關係。但是，不能用的東西我不會出錢。」

就用實際成品來一較高下吧。現在再怎麼各說各話，沒有成品也沒意義。薩克的雙眼帶有著強烈的競爭意識，瞪著約翰；但約翰沒有看他，反而是瞪著設計圖。

「如果零件完成了，可以帶到工坊來組裝，但切記一定要由路茲帶你們來工坊。吉魯，工坊有地方可以放置機器嗎？」

吉魯挺胸指向一處寬敞的空間。

「沒問題，已經收拾好了。」

「嗯，謝謝你。那就麻煩各位了。」

正心想這件事算是告一段落了，這時路茲在剎那間露出了調皮的笑容後，拿出一封信。我接過信，仰頭看向路茲。

「本店的髮飾工藝師為羅潔梅茵大人製作了新的髮簪，希望能拿來請羅潔梅茵大人過目。請問您是否方便呢？」

是多莉！可以見到多莉了！我開心地大力點頭。

「請明天下午拿到孤兒院長室來吧！」

看我隱藏不住激動的心情，路茲像在取笑我般輕笑起來，勾起嘴角說：「遵命。」我努力克制著臉上的表情，帶著法藍和達穆爾離開工坊。背後傳來了路茲按捺不住的大笑聲。

回到房間，我立即看起寫有家人近況的信。現在加米爾已經會翻身了。母親因為髮飾副業的關係，日積月累地賺了不少錢，所以直到加米爾再大一點為止，都不用為了出去工作而把加米爾托給吉兒達，可以自己在家裡照顧加米爾。對於加米爾不用托付給基本上對孩子們是放任不管的吉兒達，我真是打從心底鬆一口氣。

父親寫著自己當上士長以後，守門工作變得很忙，還經常看到班諾和公會長出入城市，也提醒我說「別使喚他們過頭了」。多莉也寫著「我會帶新的髮簪去看妳」。可以在近距離下見到面，我期待得不得了。

我立刻寫了回信。告訴大家斐迪南故意欺負我、不讓我看書；星祭的時候，很高興大家跑來神殿看我；貴族區的星結儀式也非常順利地圓滿完成；現在正在神殿努力開發印刷技術。

摺起寫好的回信，我把信放進為了多莉而預留下來的繪本裡。然後再把拜託羅吉娜畫好的東西，一同束起來收好。

「羅潔梅茵大人，您太沉不住氣了。」

法藍露出苦笑，提醒我說。我理性上也知道自己應該要更有貴族千金的樣子，但太久沒有見到多莉，實在壓抑不了興奮的心情。

「羅潔梅茵大人，我帶來了本店負責製作髮飾的工藝師。」

多莉與必恭必敬的路茲一起走了進來。雖然我好想和以前一樣，喊著「多莉」衝上去抱住她；雖然因為太久不見，差點要哭出來，但現在我們已經不能以家人的身分呼喚彼此了。多莉也一臉想哭地看著我。她的嘴唇微微動了動，但最後把無聲的呼喊吞了回去。

「這是用新的編法做成的髮簪，謹獻給羅潔梅茵大人。」

說完，多莉從我以前在用的托特包中拿出用布包起的髮簪。她把我教會路茲怎麼做的明膠自行調配成了糨糊，用來製作花蕊，還做了花瓣具有立體躍動感的大花。

「好漂亮……我一直非常喜歡使用妳所做的髮簪。既然收到新的髮簪，這是我給妳的回禮。希望能對妳的未來有所幫助。」

我送給多莉內容講述了水之女神眷屬神的第二本繪本，以及在貴族區洗禮儀式上觀察到的貴族服裝的素描。以提供新曲作交換，我請羅吉娜幫我畫了素描。希望能在服裝設計上為多莉提供更多參考。

「感激不盡。」

多莉也在奇爾博塔商會學習了面對貴族該有的言行舉止吧。看到多莉的談吐變得和以前不一樣，可以看出多莉有多麼努力。

「……孤兒院這裡也有小寶寶。最近才剛開始學會爬行，負責照顧他的人還抱怨過很辛苦呢。請告訴我妳知道的小寶寶是什麼情況吧。」

多莉稍微想了一下，眼神游移，然後輕笑起來。

「那如果您不嫌棄，我可以分享我弟弟加米爾的情況……加米爾最近經常盯著黑白繪本看。雖然我不明白黑白繪本的樂趣在哪裡，但他常常一個人很安靜，看得目不轉睛，所以我母親總是在床上把繪本攤開來，靠在牆上立著。」

多莉還說，最近加米爾可以稍微自己握住我做給他的白兔搖鈴布偶了。自己抓在手上後，目光還會追逐聲音的來源。

「……羅潔梅茵大人，如果我做好了新的髮簪，可以再拿來給您嗎？」

「是，當然。我很期待。」

互相給予物品、交談、微笑。無法碰觸彼此的悲傷越來越強烈的同時，多莉的笑容也填滿了我的心靈。

艾薇拉與蘭普雷特的來襲

「吉魯、路茲，這個要印在節目單的背面。」

與多莉見面的隔天，雖然心靈好像得到了滿足，但寂寞的感覺也更加滋長，所以我在秘密房間裡緊緊巴在路茲身上不放。房內只有吉魯和達穆爾而已。我遞出葳瑪做好的紙版，讓工坊負責印刷。

「妳要印幾份？」

「呃，因為預計準備三十個座位……目標是一個人各買三份，分別用來觀賞、收藏和傳教，所以要印九十份吧？」

「啊?!這也太多了吧?!」

路茲瞬間抬高音量，低頭看著我怒吼。雖然路茲覺得太多，但我甚至覺得再多印一點也不成問題。雖然只是我的直覺而已。

「因為要是蠟紙沒有成功做出來，能在演奏會上販售的印刷品就只有這個而已，所以我想一定賣得出去。」

「妳有根據嗎？沒有的話會白白浪費這麼多紙喔？」

不准妳浪費錢——路茲露出和班諾越來越像，十足十是商人的眼神瞪著我說。看到路茲順利地成長為了一名商人，我感到可靠的同時，也說明自己的根據。

「根據就是葳瑪她們神魂顛倒的樣子喔。我想沒能參加演奏會的人，事後也一定會想要，而且就算有賣剩的，這可是用凸版印刷第一波印出來的成品，所以不久之後……大概在數十年到一百年之後，價格和價值就會一路水漲船高，所以你放心吧。」

「數十年後?!這根據太不可靠了吧！」

在我心中這可是非常有說服力的根據，但顯然路茲無法理解。不過，我還是要堅持印九十份。

「總之要印九十份，不然就是乾脆印一百份，選一個數量來印吧。」

「為什麼還增加了?!」

路茲生氣怒吼，但我個人覺得一百份都嫌少了。看我完全沒有退讓的意思，吉魯拍拍路茲的肩膀。

「路茲，現在的羅潔梅茵大人你再怎麼說服也沒用。」

「我知道，只是試試看而已。」

這天因為達穆爾休假，所以我不能進入孤兒院的秘密房間，也不能去工坊。於是我帶著法藍和布麗姬娣，前往神官長室幫忙處理公務。因為神殿長的工作幾乎都交由斐迪南負責，所以正確來說，我只是稍微做點自己本來該做的工作。

「……春天到夏天之間的支出好像減少了很多呢。雖然收入也稍微減少了。」

「當然是因為換了新的神殿長。」

斐迪南頭也沒抬，一派理所當然地回答了理由。可是，只是神殿長換了人當而已，會有這麼大的差距嗎？

「……那位神殿長究竟把錢都花在哪裡了呢？」

「因為他沒辦法把神殿的錢和自己的錢區分開來。至於他沒有報告，暗中花掉的部分，連我也無法全盤掌握，所以不清楚。」

斐迪南稍微抬起頭回答後，視線又投回到了手邊的資料上。斐迪南說他開始管理神殿的財務，也不過是這兩年的事情而已。前任神官長前往中央，由他接下這份職務時，他還為神殿的財務狀況之糟感到頭暈目眩。一邊是在神殿長大，所有事情都敷衍塞責的青衣神官，一邊是在貴族院學習過，還是領主得力助手的斐迪南，很多方面上都有著天壤之別吧。

「……神官長真是辛苦呢。」

「我打算趁著妳當神殿長的期間，更加明確地編列預算。」

斐迪南這麼說話時，奧多南茲從窗外飛了進來。白鳥拍打著翅膀，在屋內飛了一圈，然後降落在斐迪南的桌上。

貴族之間都是利用這個奧多南茲互相聯絡。聽說這項魔法很簡單，去貴族院以後不到一年就能學會。而如果有事要聯絡尚未進入貴族院就讀的年幼孩子，都是寄給孩子的監護人。以我為例，我在城堡時是寄給黎希達，在神殿是寄給斐迪南，在老家是寄給艾薇拉。

「斐迪南大人，我是蘭普雷特。萬分冒昧，但還請准許我與羅潔梅茵會面。關於韋菲利特大人，我有些話想跟她說。」

蘭普雷特這些話重複了三次後，奧多南茲便從鳥的形狀變回魔石。這麼說來，在我回神殿之前，韋菲利特曾對我說「妳太奸詐了」，是要談這件事吧。除此之外我想不到其他事情。

「羅潔梅茵，妳何時方便會面？」

如果要談事情，其實我隨時都可以，但貴族麻煩的地方就在於沒辦法說「您現在就可以過來」。向斐迪南提出會面請求時，他回覆的時間一向是在三天之後。

「我想想……三天後應該最妥當吧？」

「是啊。那麼，對著它回覆吧。」

斐迪南取出思達普，輕敲魔石唸道「奧多南茲」。魔石一陣扭曲，變成了白鳥的形狀。我開口對白鳥說話。感覺好像在對電話留語音訊息，不禁有些緊張。

「蘭普雷特哥哥大人，我是羅潔梅茵。我會在三天後的下午等您到來。」

斐迪南讓奧多南茲往外飛出，我正心想著「這樣就好了」，奧多南茲卻很快又回來了。

「麻煩請改在上午談話吧。平常很少有機會能見到妹妹，之後我想一邊談天，一邊共進午餐。母親大人也說她想共進午餐。」

飛回來的奧多南茲用慌張的語氣指定了時間。看來說要討論韋菲利特的事情只是藉口，真正的目的是午飯。

「多半是卡斯泰德或柯尼留斯向他們誇耀了在義大利餐廳吃到的餐點吧。」

斐迪南一臉看好戲地彎起嘴角。這麼說來，艾薇拉雖然吃過艾拉做的點心，但並沒有吃過餐點，蘭普雷特更是兩者都沒吃過。主廚目前也還在城堡裡向雨果學習新食譜。於是現在能夠吃到餐點的地方，就是身邊帶著專屬廚師艾拉的我這裡了。

「那麼我會準備父親大人和兩位哥哥大人吃過的餐點。」

這麼回覆以後，蘭普雷特便用鬆了口氣，又因為被看穿而感到害臊的聲音回道：

「嗯，麻煩妳了。」

然後到了會面當天。難得艾薇拉要來訪，我便在神殿長室準備了一份兩面剛印好圖文的節目單，讓她親眼確認成品，還選了幾張葳瑪畫的肖像畫。

午餐由艾拉和妮可拉使出渾身解數。這陣子因為也要教導即將前往新孤兒院的人員做菜，所以有男性人手。有人能幫忙需要力氣的工作，我就放心了。

「嗨，羅潔梅茵，妳看起來精神不錯。這麼突然真是不好意思。我一直很擔心妳會不會累壞身體。」

由法藍為艾薇拉與蘭普雷特帶路，三人走進神殿長室。蘭普雷特帶著對午餐充滿期待的明亮笑容走進來，艾薇拉則是因為我在神殿的監護人斐迪南已經在場等候，所以從一開始便眉開眼笑。

「羅潔梅茵，真高興看到妳氣色不錯。一定是因為斐迪南大人十分用心在照顧妳吧。真是感激不盡。」

接著相互寒暄說了貴族特有的長長問候語後，邀請兩人坐下，我再吩咐法藍準備茶水。妮可拉神色緊張地端來盛有茶點的盤子，小心翼翼放在桌上。我輕輕把盤子推到都快要往前傾身的蘭普雷特面前，先試吃了一片。貴族都必須試毒。

「這款是叫作貓舌餅的點心。雖然吃起來沒有什麼飽足感，但因為稍後便要用午餐，還請小心別吃太多。」

由我先試毒並說明完，蘭普雷特立即朝貓舌餅伸出手。與柯尼留斯看見點心時的表情一模一樣，我險些噗哧笑出來。

蘭普雷特吃了一片貓舌餅後，微微睜大眼睛。

「柯尼留斯吃了這個點心嗎？」

「不，這款餅乾是今天首次端給客人享用，所以柯尼留斯哥哥大人也還沒有品嘗過。」

「是喔……」

蘭普雷特沉浸在優越感中。斐迪南喝了口茶後，開口問起他今日來訪的表面理由。

「蘭普雷特，關於韋菲利特你要談什麼事情？」

蘭普雷特緩緩點了頭，用貴族特有的委婉措詞開始說明。斐迪南點著頭聆聽，但我完全聽不懂。

「對不起，蘭普雷特哥哥大人。您說得太難了，我不太能明白。」

「咦？呃……」

該怎麼說明才好啊？蘭普雷特也相當為難地垂下眉尾。我看向斐迪南。

「聽起來是韋菲利特覺得妳都不用學習，太奸詐了。」

斐迪南說明，韋菲利特因為比較喜歡活動身體，成天只想著要怎麼樣逃離教師的監控，所以看我非但沒有指派半名教師跟著，還溜出了城堡，才覺得我很奸詐。

「蘭普雷特，你應該好好訓斥韋菲利特，要他別無理取鬧。羅潔梅茵怎麼可能不用學習。這是因為她早已在神殿接受過我的指導，住在卡斯泰德那裡時也受過教育，現在只等著韋菲利特學會所有文字。」

據說是齊爾維斯特認為有競爭對手在，對於好強的韋菲利特更能起到激勵作用，所以打算等到韋菲利特學會所有文字，我再和他一起學習歷史和地理。

「我完全不介意學習一整天，反而想看書想得不得了呢。請代替我向韋菲利特哥哥大人說，希望他快點學會所有文字。」

聽了我的回答，蘭普雷特抱頭喊道：「你們兩個絕對合不來！」我想也是。韋菲利特一心只想著要逃離學習深淵，但我別說是一天了，甚至想好幾天都窩在房間裡看書，我們兩人絕不可能合得來。現在的我甚至有一疊書暫時都不能看，在我看來韋菲利特才奸詐呢。

「學習這件事領主大人也已經吩咐過我們了，韋菲利特大人也只能接受。但如果可以的話，希望能找一天讓羅潔梅茵和韋菲利特大人一起學習，讓他了解到兩人間顯著的差距……」

「我們沒有那種時間。」

蘭普雷特提出要求，希望我能幫忙，卻被斐迪南一口回絕。

「羅潔梅茵還有更多要優先處理的事情。諸如魔法特訓、採集材料、神殿長的工作，還要管理孤兒院及工坊，再加上也要管理身體。韋菲利特的事情，應該由他自己和他身邊的人去設法解決。這不是羅潔梅茵的工作，是你們這些近侍的職責。」
負責控管我平日活動的斐迪南說完，蘭普雷特的嘴巴張張合合了好幾次。
「斐迪南大人，羅潔梅茵未免太忙碌了吧？她才剛受洗完而已，那些根本不是一個孩子該做的事……」
「所以我說了，別再丟給我們更多無謂的工作。」
斐迪南從頭逐一列出了我該做的事情以後，聽起來我好像很忙。但是，因為我通常都是照著斐迪南的指示在行動，自己也不能動手做事，經常很多事情都是丟給身邊的人去做。而且不同於在城堡裡，在神殿這裡又有法藍能夠管理我的身體狀況，所以我也不會突然病倒，其實感覺並不怎麼忙碌。
「況且我很了解羅潔梅茵的個性，如果想讓她獲取知識，只要在她面前堆好一疊書，她便會自行開始閱讀，所以閒暇時間再讓她看書就夠了。」
「咦咦?!看書這件事請多幫我保留點時間，我不要只有閒暇時間而已！」
對於我的抗議，斐迪南只是哼一聲就打發，完全沒打算考慮的樣子。好過分！
「除了學習，韋菲利特大人覺得羅潔梅茵奸詐的，還有用餐時間，都只有她在與自己的父親說話。」
在城堡共進晚餐的那段時間，會聊到那天一整天的行動，但韋菲利特常常不是偷溜就是逃跑，所以來自母親的責備便占了對話的一大半，父親往往一句話也沒說就結束了晚餐。我猜是因為齊爾維斯特從小也做過一樣的事情，所以沒立場對兒子說教，也沒辦法鼓勵他再大膽一點，所以只能保持沉默吧。完全想像得到。

「但我是在報告和新事業有關的事情，所以才會與養父大人說到話。是不是也讓韋菲利特哥哥大人做點工作比較好呢？」

換作平民區的孩子，現在早就開始在做學徒的工作了。只要能把一些簡單的工作交給他處理，也許能多少培養出責任感。

「可是，這樣子不會太慢嗎？商人的孩子在受洗前就已經能讀能寫，也會簡單的計算，現在連孤兒院的孩子們也會了……不該因為是領主的兒子就放縱，等到受洗後才學習，應該從更小的時候就開始學習吧？」

「因為太小的時候教也記不住，所以齊爾維斯特在視察時才會大吃一驚。」

這麼說來，齊爾維斯特看到歌牌和繪本時露出了十分驚訝的表情。原來當時並不是對繪本和歌牌感到吃驚，而是驚訝於孩子們在冬季期間就能看懂了。如今已經證實了歌牌和繪本只要邊玩邊背，馬上便能記住，只是玩耍時需要比賽對手，或者說是需要玩伴。

「雖然可能會增加侍從的負擔，但也為韋菲利特哥哥大人準備一份歌牌吧。」

「妳沒必要為韋菲利特操心。我不是才說了別增加額外的工作嗎？妳真是……」

斐迪南沉下了臉，但韋菲利特要是還不識字，也很讓人傷腦筋吧。而且我也希望能快點開始學習，才能夠看書。

第四鐘響便是午餐時間，斐迪南丟下一句「接下來你們一家人自己談天吧」，返回了神官長室。

蘭普雷特以驚人的速度吃完了午餐。艾薇拉也說：「真希望主廚快點回來呢。」所以口味上應該相當滿意吧。

午餐過後，和艾薇拉一起討論演奏會的事情。聽說現在門票完全不夠。艾薇拉說她本來只打算詢問她們自己派系的女性，結果連其他派系的女性也表現出了興趣。

「明明她們以前一直對斐迪南大人表現出毫無興趣的模樣，現在對他的看法卻突然一百八十度大轉變呢。」

艾薇拉十分憤慨，但如果想明哲保身，不去接近被領主母親視為眼中釘的斐迪南也是無可厚非。那些害怕領主母親的人們至今都對斐迪南敬而遠之，也很少在公開場合上擁戴他吧。換言之，現在領主的母親不在了，壓抑至今的情感才爆發出來。

「……那要增加多少個座位呢？」

「這個呢……因為幾乎所有貴族女性都會前來，可能要先重新挑選場地吧？」

現在住在貴族區的貴族約有三百人，而且這是已經受洗過的人數。假設有一半都是女性，那麼約莫會有一百五十人參加。當中肯定也有人對斐迪南不感興趣。但是，一旦上級貴族傾巢而出，下級貴族自然也要跟隨。我想對很多下級貴族來說，門票的費用會是一筆負擔。

「母親大人，座位請再增加三十席左右，除此之外設立站席吧。這樣一來，得站著觀看便能當作是拒絕購買門票的藉口，而且只要把站席的價格壓低，勉強自己購買昂貴門票的下級貴族也會減少吧。」

只要設立站席，大家既能進入會場聆聽，受邀前來的上級貴族也能保住顏面。節目單又是分開販售，對荷包來說也比較沒有負擔。

「站席嗎？我從來沒有過這種想法呢。不過，門票確實十分高昂，給大家一個能夠拒絕的理由也好呢。」

接著，再報告我已經和斐迪南決定了要在演奏會上彈奏的曲目，再拿出完成的節目單請艾薇拉過目。雖然是剪影畫，但因為至今沒有人做過這樣的東西，所以艾薇拉仍然看得十分陶醉。我在寫字板寫下節目單還要加印一百份，並告訴艾薇拉說：

「這份節目單會與門票分開販售，收入也會做為捐款。」

「那當然要買呀。購買節目單等於是捐款，算是在行善助人呢，對吧？」

艾薇拉的黑色雙眸璀璨發亮。很輕易便能想像到艾薇拉會以行善助人為藉口，把斐迪南的肖像畫全買下來。

……父親大人，對不起。

「話說回來，羅潔梅茵妳居然可以一直想出這麼多主意。」

明明已經吃完了午餐，正值發育期的蘭普雷特還不斷把貓舌餅塞進嘴巴裡，用佩服的口氣說。看到蘭普雷特，我才想起了維安問題。

「對了，蘭普雷特哥哥大人，我希望當天能在會場部署騎士團，請問這件事該拜託誰呢？要拜託父親大人，還是養父大人？」

既然現在人數增加了，更需要維安人員。

「要在演奏會現場部署騎士團嗎？哎呀，這是為何？」

「因為我擔心在情緒激動下，當場暈倒或是失去理智的人恐怕會絡繹不絕。而且也需要準備醫務室。」

「慢著，羅潔梅茵。這只是飛蘇平琴的演奏會吧？」

看著滿臉狐疑的蘭普雷特，我回答說「沒錯」。如果沒有看過在彈奏飛蘇平琴的斐迪南與周遭人們的反應，我也不會這麼擔心。但是，連葳瑪和羅吉娜都變成了那副模樣，原本就很崇拜斐迪南的艾薇拉，更是不知道會有多麼激烈的反應。

「與其用嘴巴說明，讓您親眼看看應該比較快。」

我站起來，從抽屜裡頭拿出了一張先向葳瑪借來的肖像畫，攤開舉到空中。

「哎呀——！那是什麼？快讓我看看。」

艾薇拉霍然起身，踩著大步飛快走來。雖然動作很優雅，但氣勢驚人。我輕輕地把肖像畫遞給艾薇拉，再轉頭看向蘭普雷特。

「倘若一百個人以上都是這種反應，我認為需要出動騎士團。」

「……我問問看父親大人吧。醫務室的話，應該能夠借用大禮堂旁邊的休息室。其他還需要什麼事情嗎？」

「為了不讓人靠近演奏中的斐迪南大人，我希望能像洗禮儀式和星結儀式那樣設置舞臺。」

我一邊在腦海中回想偶像演唱會的情景，一邊與蘭普雷特討論若干注意事項和安全上該準備的東西。期間，艾薇拉一直發出讚歎聲，如痴如醉地望著肖像畫。

「羅潔梅茵，這張畫像可以給我嗎？」

「等到蠟紙完成，要以這張畫做為原畫印出複製品，所以請購買當天印好的畫像吧。倘若蠟紙沒能完成，我再把這張畫讓給母親大人。」

「我明白了。」

艾薇拉依依不捨地放開手，把畫還給了我。但因為她的目光完全沒有從畫上移開，我便把一份節目單送給她。

「印刷業的作用，便是像這樣可以同時大量印製一模一樣的節目單。現在節目單已經印好一百份了。我打算再印更多，還請母親大人多多向大家宣傳，當天記得帶荷包過來。」

……為了讓演奏會成功，請多多加油吧，母親大人。

最近約翰與薩克都把零件帶到工坊來，上蠟機正在一點一點慢慢成形。我在秘密房間聽完報告後，決定在上蠟機完成之前，也請路茲和吉魯做蠟。要稍微加入松脂，增加蠟的柔軟度。

「請問稍微是指多少？」

吉魯問，路茲拍了拍他的肩膀。

「要每次都少許改變分量，或是使用不同種類的蠟，同時做好幾種以後再來測試。以前梅茵在做紙時也一直是這樣做，才調配出了剛剛好的比例。」

「真的假的……」

至今一直都是由他人教自己怎麼做，對於要研究與開發比例，吉魯露出了疲憊無力的表情，和路茲一同前往工坊。

目送兩人離開後，我前往圖書室看完了神殿長的所有秘密信件。不只純愛信件，其他書盒裡還塞滿了無數非常可疑的信件。有類似與其他貴族的秘密契約、賄賂的往來明細、捧花的委託等等，可以說是五花八門。

「格拉罕子爵果然和神殿長有很深的交情呢。」

祈福儀式時我得戴上面紗打招呼的那些貴族，幾乎都與神殿長有所往來。我以這些充滿了犯罪氣息的信為依據，列出了需要小心留意的人物清單。

「這些東西最好拿給神官長過目。法藍，請聯絡神官長，把這些搬過去吧。」

「遵命。」

今後也許在政治方面上，能為領主齊爾維斯特和斐迪南帶來幫助。但唯獨那些純愛信件，我不由得想繼續保密，所以放回了原來的書櫃裡。

「神官長，我有東西要給你。」

請法藍幫忙搬運看來像是四本書的書盒，我造訪了神官長室。斐迪南看著法藍搬來的書，一臉不解。

「那是什麼？既然妳會帶過來，表示不是一般的書吧？」

「這些書放在只有神殿長能打開的書櫃裡，但只是假裝成書，其實全是盒子，裡頭塞滿了寫有奸計及可當作證據的信件。用來補足你和養父大人的陰謀如何呢？」

我打開法藍搬來的其中一個書盒，斐迪南用力皺眉，拿起其中一兩封信，確認了寄件人後，露出邪惡的笑容。

「哦……數量還真不少。」

「裡面的信全部交給神官長，但盒子希望可以給我。因為我最喜歡這種東西了。」

我指著綴有皮革與寶石的華美書盒，斐迪南受不了地揮揮手。

「把裡面的東西給我就好，盒子隨妳高興吧。把盒裡的東西拿出來。」

「多謝神官長。」

斐迪南的侍從開始將信件裝進一個木箱裡。大概是工作剛好告一段落，斐迪南把筆放下來。

「羅潔梅茵，妳接下來沒有其他事情了嗎？」

「是的。今天已經聽完吉魯和路茲的報告，也下達完指示了。聽說哈塞的孤兒院也開始在慢慢進行整頓……有事情需要幫忙嗎？」

我主動表示後，斐迪南搖搖頭，開始收拾桌面。

「不，現在該優先進行魔法訓練。再不快點做出騎獸，會趕不上收穫祭。往城堡移動吧。」

「那我去換身衣服。」

回到房間，從神殿長服換上貴族服裝，綁上腰帶。腰帶是斐迪南給我的，聽說貴族都需要繫腰帶，用來懸掛魔導具。我把之前染上了自己魔力的球狀魔石放在鳥籠造型的金屬飾品裡，和斐迪南他們一樣掛在腰帶上。

「羅潔梅茵大人，走吧。」

由布麗姬娣載著我，前往城堡的魔法訓練場。這次我一定要做出自己的騎獸。

騎獸與蠟紙的完成

抵達城堡的魔法訓練場後，達穆爾和布麗姬娣受命去另外一邊訓練，我則轉向斐迪南。魔法特訓開始了。

「那麼，先複習上一次的訓練，試著改變魔石的大小吧。要小心別再想像魔石破掉的模樣。」

斐迪南提醒我上次的失誤，我從鳥籠飾品中拿出魔石，握在掌心裡以免掉下去。這次我不再想像成氣球，而是想像了保齡球那樣堅固的球體，改變魔石的大小。斐迪南立即說「可以了」，表示過關。

「接著練習固定魔石的形狀。首先要釋出魔力，直到魔石變成了妳想要的大小再停下來。因為只是要靠自己的意志停止釋放魔力，對妳來說應該不難。」

因為向神具奉獻魔力時，我也是照著自己的意志在釋放與停止，所以斐迪南說得沒錯，對我來說並不困難。我操控自如地讓魔石從乒乓球的大小，變成了足以玩滾球遊戲的大小時，斐迪南又說「可以了」。

「接下來練習改變形狀。」

我試著讓圓形魔石變成各種形狀，有三角錐、立方體，還像海膽那樣布滿了刺，再變成書的形狀、筆的形狀。

除了第一次改變形體花了比較多時間外，習慣以後，魔石馬上就能照著我腦海中的想像改變形狀。斐迪南用又佩服又傻眼的語氣稱讚我說：「妳的學習速度真的很快。」真是難得。

「羅潔梅茵，這是最後一步。什麼也別多想，在腦中想像妳能騎乘的動物吧。」

說到能騎乘的動物，我最先想到的，就是遊樂園裡的動物遊樂設施。就是那種投入百圓硬幣後，可以搖晃三分鐘的玩具車。

「形狀確定後，再中斷魔力固定形……這是什麼東西？」

「呃……這是『熊貓』造型的玩具車。」

因為只供一人乘坐，相當迷你。比起遊樂園裡的玩具車，看來更像是給幼童跨坐在上面，用雙腳自己划動前進的學步車。這樣實在是太小了。連我也覺得自己失敗了，斐迪南更是用非常可疑的眼神，低頭看著熊貓玩具車。

「這東西能飛上天空嗎？」

「……我想有點難。」

「在我看來可不只有一點而已。」

斐迪南按著太陽穴，嘀咕說：「雖然學習速度快，思考卻異於常人。」明明我是照著他的指示做出能騎乘的動物，卻說我思考異於常人，真讓人不服氣。

「我知道了。那我接下來再變得更大，讓它更像是可以騎乘的動物。」

「不，比起大小，先確定外形吧。妳變得出這樣的獅子嗎？」

斐迪南只是輕摸了一下魔石，便變出了自己的騎獸。因為自己試著挑戰過，更能體會到他的動作有多麼純熟。要達到那種程度，需要相當大量的練習吧。

「艾倫菲斯特的徽章圖紋是獅子，領主的騎獸也是有三顆頭的獅子。基本上領主的孩子都會騎乘獅子，但當然並非強制……」

我還以為是齊爾維斯特的個性使然，他的思考方式又跟喜歡一團混亂的小學男生沒兩樣，才選擇了長得像地獄三頭犬的獅子乘坐，但原來是有意義的。而身為領主養女的我，也可以選擇獅子當作騎獸。

「知道了，我試試看。」

斐迪南的騎獸太逼真了，十分可怕，所以我希望自己的騎獸是頭可愛的獅子。我想像了自己能夠騎乘的獅子造型後，點一點頭，往魔石注入魔力。

這次我讓魔石變成獅子的形狀，大小也變大了許多，確實是遊樂園裡乘坐設施的尺寸了，然而斐迪南卻露出非常厭惡的表情。

「妳的審美觀簡直無可救藥。我明明叫妳變出獅子，為何會出現這麼奇怪的東西?!」

「咦？很奇怪嗎？我覺得很可愛啊！」

我照著指示做出了獅子造型的玩具車，但Q版造型好像不被接受。

「這能乘坐嗎？」

「我試試看。嘿咻。」

坐上去後，我不是握住轡繩，而是握住背上突起的握把。直到這裡都沒問題，但坐上來以後，卻沒辦法如我所願移動。不，不對。是只能照著我想像的移動。我的獅子只是嘰嘰嘰地移動四肢，動得非常緩慢。因為我非常明確地想像了遊樂園裡的玩具車，所以我的騎獸想飛上天空根本是不可能。

但是，這真是傷腦筋。說實話我在想像可以飛上天空的乘坐設施時，對於動物卻想像不出精密的細節。我一點也不覺得它飛得起來。

「我既可以乘坐，還能飛上天空的獅子……」

雖然這不是貓，而是獅子，但我還是試著變成巴士造型。如果根據電影裡巴士在電線上飛快奔馳的模樣，應該就能飛上天空吧。感覺會很快，還能在空中飛來飛去。

但實際上變出來以後，大概是貓巴士的想像影響太深，眼前的獅子巴士看來只像是貓咪頭上戴了鋸齒狀的洗髮帽。但算了，就這樣吧。

「這又是什麼？」

「如你所見，是『獅子巴士』喔。」

我往前一站，車窗便如同我的想像變大變寬，形成了入口。看到巴士真的照著我的想像變化，太有趣了，我興高采烈地走進去。

上車後，內部有方向盤，還有駕駛座。這部分大概是想像了車子的構造。因為麗乃那時候我有駕照，所以相較於外觀，駕駛座一帶的細節倒是十分明確。順便說，我駕駛的是自排車。車內既有能安穩坐下的座椅，還有保障安全的安全帶。這樣一來既不用擔心掉下去，冬天也不會感到寒冷。

「現在這樣太浪費魔力了，再變小一點。」

斐迪南的聲音從外頭傳來，我試著只是改變大小。獅子巴士從小巴士的大小，變成了供一人乘坐的車子尺寸，但外觀還是留有獅子的形狀。

「羅潔梅茵，這騎獸的造型還真奇特，它真的能動嗎？」

「我試試看。」

我坐上駕駛座，繫好安全帶，握住方向盤，然後慢慢注入魔力，踩下油門。獅子的腳動了起來。

「好厲害！動了耶！」

我像在駕駛訓練班開車一樣，用慢吞吞的速度在魔法訓練場裡開車，然後一邊心想著「飛起來吧」，一邊抓住方向盤上緣，往自己傾斜拉近。獅子的頭部於是往上仰起，身體像飛機起飛時那樣往後倒在座位上，巴士慢慢升空。

「哇啊！飛起來了！」

我的獅子巴士好像只要改變方向盤的角度，就能飛上天空，於是我一直往上飛到了魔法訓練場的天花板附近。

「斐迪南大人，怎麼樣啊？看起來很不錯吧？」

我跳下獅子巴士，「唔呵呵」地得意挺胸，斐迪南卻不以為然地板起臉孔。

「妳真的打算騎乘這種東西嗎？」

「是的！」

一人乘坐的時候可以變小，注入魔力後還能變大。從一人座到小巴士，可以自由自在地變換大小，還不用擔心掉下去，安全度一百分。比起斐迪南那逼真又可怕的獅子，我覺得我的獅子性能更好，也更可愛。

「那麼，把妳的騎獸換成其他動物吧。我不想看到妳把代表艾倫菲斯特的獅子圖紋，應用在那麼奇怪的東西上。」

「咦？明明很可愛耶？」

我看著獅子巴士說，斐迪南仍舊眉頭深鎖，看著獅子巴士斷然批評道：「一點美感也沒有。」

「是嗎……那難得都做好了，我再設計得可愛一點吧。」

「我的意思是審美觀異於常人的妳，不需要再考慮可愛。」

只是美感和大家不太一樣而已，這麼說真過分。聽到斐迪南這麼說，我更想設計得可愛一點了。

「……這個又是什麼？魔獸嗎？簡直像是變大的窟倫。妳倒不如換成蘇彌魯，大家還比較能接受。」

「蘇彌魯是什麼？我沒看過，沒辦法變出來。而且這個不是窟倫，是『小熊貓』喔。你不覺得這憨厚的臉龐和圓滾滾的尾巴很可愛嗎？」

「完全不覺得。」

這裡似乎有與小熊貓外形相似的魔獸，但我無法接受把小熊貓和那麼可怕的生物混為一談。斐迪南毫不理會我的抗議，瞪著小熊貓巴士瞧了老半天後，指向尾巴說：

「那麼長的尾巴太礙事了，至少要縮短一半。」

「我不要！居然要我切掉小熊貓的尾巴，這太殘忍了！」

「這只會無謂浪費魔力，沒有也無所謂吧？」

彼此瞪視了好一會兒後，最終我只好把尾巴的長度縮短至一半，但我十分堅持要維持車子造型，所以最後我的騎獸就決定是小熊貓巴士了。

「那麼，馬上乘坐妳的騎獸回神殿吧。」

在室內練習過後，接著搭乘我的騎獸返回神殿。因為擔心會摔下去，所以我以低空飛行的方式駛離貴族區。

「羅潔梅茵，現在速度太慢了。」

「是！……嗚呀?!」

我試著注入更多魔力，踩下油門，巴士瞬間急速加快。我慌忙放開油門，但魔力好像也因此停止了輸送，巴士像踩了煞車般倏然停下。

「呀嗚?!」

因為是用魔力在運作，與開車完全不一樣，想不到魔力調節起來相當困難。我再慢慢注入魔力，但在我可以依著一定的速度安全駕駛之前，就已經抵達神殿了。

為了避免小熊貓巴士對旁人造成困擾，也為免自己受到波及，兩名護衛騎士都拿著發光的思達普，保持著些許距離跟在我身後。眼見平安到達神殿後，兩人才消除了思達普與自己的騎獸。

「因為妳的魔力相當豐富，所以在騎乘騎獸時，恐怕得花不少時間才能習慣如何調整細節，但也只能慢慢適應。收穫祭之前妳都要反覆練習，直到能操控自如。」

「……是。」

操控上太不順利，我不禁沮喪地垮下肩膀，斐迪南輕咳一聲。

「咳！妳學會的速度比我預期中快，這幾天應該可以安排一點看書的時間吧。」

「真的嗎?!」

之後我每天的生活，都忙著練習搭乘騎獸、整理圖書室、與羅吉娜一起練習飛蘇平琴，還有練習夏季成年禮及秋季洗禮儀式的祈禱文。

不時也會收到奧多南茲，召開以討論演奏會為名義的午餐會。演奏會的總負責人艾薇拉、演奏會的維安負責人艾克哈特，以及堅稱因為是我護衛的柯尼留斯，都會在午餐時間出入神殿長室。卡斯泰德因為會在城堡和領主一起用餐，所以吃得到雨果做的餐點，但騎士宿舍的三餐是由其他廚師製作。蘭普雷特也一樣只要休假的日子，便會跑來神殿吃午餐和點心。

主廚再不快點結束新食譜的研習，我的侍從便無法徹底放鬆。看見面對貴族緊張萬分的妮可拉，我不禁有些心生同情。

距離斐迪南演奏會還有五天的那天傍晚，我正在圖書室裡一邊製作目錄，一邊整理資料，忽然吉魯臉龐發亮地跑了進來。

「羅潔梅茵大人，薩克的上蠟機完成了。請您過來看看！」

我立即放下做到一半的目錄，很快收拾完畢，與吉魯及達穆爾一起火速前往工坊。指示灰衣神官們繼續工作後，我出聲呼喚正看著機器在討論事情的路茲與薩克。

「薩克，你好啊。聽說上蠟機已經完成了。」

「就是這個。」

作業檯上是一臺大到成年人可用雙手搬起的機器。路茲已經做好了融蠟的準備，旁邊也放好了陀龍布紙待命。我再一次為馬克的教育之嚴謹感到敬佩，同時探頭看向機器。

「羅潔梅茵大人，現在已經點火了，所以很燙，請小心別伸手觸摸……這臺機器是在這裡融化蠟，再像這樣轉動這個部分上蠟。」

路茲抬起頭來，以面對貴族該有的態度行禮後，用過分恭敬的語氣說明起機器。雖然他一副正經八百的表情，但絕對是覺得很有趣。

「那麼，請把紙張裁切成和我的寫字板一樣的大小，試著上蠟吧。」

路茲與吉魯分工合作，開始將陀龍布紙裁切成A6左右的大小。

在準備工作完成之前，我走向在不遠處默默工作著的約翰。他所做的上蠟機比薩克的又大又複雜。但是，看得出來機器正照著先前看過的薩克的設計圖，一步一步逐漸成形。如果要照著設計圖製作物品，果然還是約翰的技術最好。

「約翰，你做的機器進展如何呢？」

「啊，羅潔梅茵大人。呃……我想還要再花幾天的時間。但是，我認為應該可以做出能滿足羅潔梅茵大人期待的成品。薩克的設計太了不起了。」

約翰用熱切的眼神這麼說，認真地組裝著帶來的零件。知道約翰正全神貫注在自己的工作上，所以我立即離開，不要干擾到他。

「羅潔梅茵大人，準備已經就緒。」

先把紙夾進滾筒中，然後不是用握把，而是直接用手滾動滾筒，為紙上蠟。因為中心是木頭，所以就算外層的金屬滾筒滾上了熱燙的蠟，握住的部分也不會覺得燙。

「我認為照這間工坊紙張的大小，這臺機器就很夠用了。」

薩克瞥向約翰正在製作的上蠟機說。因為薩克做的上蠟機必須自己手動轉動，所以要是做得太大，會重得無法轉動吧。但是也確實如薩克所說，目前這間工坊為了製作繪本，統一都是使用A4大小的紙張，所以也不需要製作太過大張的蠟紙。小一點的機器，滾筒也比較小，也不需要融化太多的蠟就能上蠟。

「那一一試抹上路茲和吉魯做的蠟，找出最完美的比例吧。」

吉魯和路茲已經準備好了他們截至今天為止做好的蠟，還標上了號碼。松脂的添加分量分成三階段，蠟則各有三種，所以合計做好了九種蠟。

「嘿……」

想必已經實驗過很多次了，路茲和薩克用熟練的動作轉動機器上蠟。上好了兩張後，清掉上面的蠟，抹上另一種蠟。

上好了蠟的蠟紙遞來到我眼前。我的工作是要檢查成品，下達最終判斷。吉魯在我面前準備好了鋼版與鐵筆，我試著在做好的蠟紙上刻字。

「這個勉強可以用……這個不行，很難刻字……這個也不行，會出現一些裂痕……啊，這個感覺倒是不錯。」

用滾筒以包夾的方式上蠟後，果然蠟的厚度也十分平均，外觀也很漂亮。而且因為加了松脂增添柔軟度，所以也成功做出了刻字後，紙面上不會出現裂痕的蠟紙。最後決定製作當中最好刻字的那一種蠟。

「路茲，那請按照這個比例做蠟……麻煩你們先做好和繪本同樣大小的二十張蠟紙吧。明天我會叫葳瑪過來，請她刻字，然後用謄寫版印刷印畫。」

「遵命。」

把後續工作交給路茲和吉魯，我抬頭看向薩克，燦爛一笑。

「薩克，多虧有你，上蠟機終於完成了。基於這份功績，我認同你為古騰堡的一分子，以後和大家一起拓展印刷業吧。」

「是、是！謝謝羅潔梅茵大人！」

薩克的臉龐發亮，當場跪下來。但下一秒，他像是意識到了什麼似地抬起頭，看著我問：「……羅潔梅茵大人，請問大家是？」

「當然是所有古騰堡的同伴呀。鍛造工匠有約翰和薩克，墨水工匠有海蒂和約瑟夫，木匠有英格，奇爾博塔商會有班諾和路茲，還有馬克也是唷。此外在羅潔梅茵工坊裡工作的所有人，也都是一同推廣印刷業的古騰堡同伴。」

薩克朝約翰投去要求說明的眼神，約翰卻是垂下頭說：「果然我還是逃不了嗎……」薩克方寸大亂地來回看著我和約翰。

「等、等一下，咦?古騰堡並不是賜給最優秀工匠的稱號嗎?!」

「這個稱號是賜給一起為印刷業努力的人喔。從今天開始，薩克也可以自稱是古騰堡了。」

我可不會放過優秀的人才喔。對滿頭問號的薩克這麼說完，我便離開工坊。身後傳來了路茲對薩克的訕笑：「所以我早說了，這稱號根本沒有什麼了不起。」還聽見單純的吉魯非常開心地說：「我也是古騰堡耶！」

……嗯嗯。大家加油喔。

回到房間，我請莫妮卡向葳瑪轉告明天的行程。終於要嘗試謄寫版印刷了。我在木板寫下刻字的順序與注意事項，等待明天的到來。

「羅潔梅茵大人，早安。」

因為葳瑪表示比起工坊的工作檯，孤兒院食堂的桌子更方便作業，所以一早便把鋼版和鐵筆搬到了食堂。在準備工作結束之前，路茲幫忙唸了我寫的注意事項，向葳瑪說明謄寫版刻字的順序。

「要先把蠟紙疊在底稿上，用鐵筆輕輕描線。描過的地方就會出現白線。」

把底稿謄寫到蠟紙上後，再把蠟紙放在鋼版上繼續刻畫。鋼版嵌在木框裡頭，然後利用小釘子固定住木框與蠟紙。麗乃那時候是用膠帶固定，但這裡沒有膠帶，所以改用小釘子。

「那我試試看吧。」

葳瑪神色緊張地拿起鐵筆，描起底稿。看起來似乎相當簡單，葳瑪很順利地描完了底稿。接著把蠟紙固定在鋼版上，開始用鐵筆細刻。

「這些泛白的線條在印刷後就會變黑。鐵筆我也準備了好幾種不同的粗細，妳可以視情況斟酌運用。」

「遵命。」

葳瑪正刻畫著斐迪南坐著彈奏飛蘇平琴的肖像畫。因為畫中包含樂器，所以只畫了大腿以上的上半身。不同於之前的全身剪影畫，以極其細膩的線條清楚勾勒出了五官，所以一眼便能看出模特兒是斐迪南。要是被他發現，肯定會被罵到臭頭。

刻畫蠟紙的喀喀喀聲不間斷響起。一開始灰衣神官們還看得興致盎然，但發現這項作業不會很快結束後，便一個個回到了工坊的工作崗位上。孩子們則是一會兒跑去工坊，一會兒繼續看得目不轉睛，反應各不相同。

「路茲，請先去確認是否做好印刷準備了。」

眼看葳瑪快完成了，我向路茲下達指示。「遵命。」路茲點點頭說，走出食堂。

「羅潔梅茵大人，這樣子如何呢？」

葳瑪滿意地抬起頭來。蠟紙的紙面上因為線條的粗細不同，而且有疏有密，呈現出了層次立體鮮明的美麗畫作。雖然還只是白色線條，印好後給人的感覺可能會不一樣，但看得出來成果非常出色。

「看起來很完美呢。葳瑪，那我們走吧。」

「是的，羅潔梅茵大人。」

工坊已經做好了印刷的準備，大家都在等著葳瑪的紙版。

路茲用老練的動作放好紙版和紙，用滾筒抹好墨水，開始印刷。

「路茲，因為蠟紙的線條很細，所以滾上墨水時動作要輕一點。」

「知道了。」

滾有墨水的滾筒在網子上唰唰滾動。然後，路茲輕輕掀起木框，底下便出現了一張印得無比美麗的圖畫。細膩的線條不僅印得非常漂亮，也完美呈現出了葳瑪刻畫時的力道深淺，成功印出了表現手法完全不同於剪影畫的圖畫。

「非常成功喔，羅潔梅茵大人。」

謄寫版印刷真的完成了，我內心不禁感慨萬千。這樣一來，表現手法將一口氣變得更加多元。不只是圖畫，連很難切割紙版製作的樂譜，也能夠輕易印刷出來。

「那麼，羅潔梅茵大人，為了完成謄寫版印刷，我們不只做了上蠟機，還使用了大量昂貴的紙張製作蠟紙，現在看來能夠轉虧為盈嗎？」

路茲舉起印好的圖畫，咧嘴一笑。有了這麼美麗的畫像，鐵定可以轉虧為盈。我看向路茲，再看向葳瑪和工坊裡的所有人，也揚起不畏挑戰的笑容。

「沒問題，我一定不辜負大家的期待。」

飛蘇平琴演奏會

演奏會的前一天我必須先返回城堡。因為要與艾薇拉她們進行最終討論與確認，也要安排艾拉進入城堡的廚房，以點心師的身分烘烤大量餅乾。

法藍和吉魯幫忙搬運行李的期間，我和莫妮卡一同前往神官長室，向斐迪南報備我要出發了。斐迪南板著不悅的臭臉，看著我說：

「我可不去。我說過我不幫忙事前準備吧。」

「這我當然記得，神官長只要負責彈奏飛蘇平琴就可以了。」

況且現在正把葳瑪繪製的美麗圖畫搬到馬車上，老實說斐迪南沒有同行我會更感激。我笑著打完招呼後，離開神官長室。

截至今天為止，我盡可能地大量印製了葳瑪所畫的斐迪南肖像畫，總共三種各一百張。為了提高大家購買的欲望，少一點反而剛好。

……其實是騙人的。要是能賣出去，我也想再印多一點啊。偏偏時間有限，要是有更多時間，我就能增加更多種類和數量了！

艾拉和羅吉娜搭乘侍從用的馬車，我和兩名護衛騎士搭乘貴族用的馬車，一行人出發前往城堡。

「羅潔梅茵，走吧！沒有時間了！」

艾薇拉與芙蘿洛翠亞已經在城堡等著我的到來。還沒走進自己房間，我先被帶到了演奏會的會場進行檢查。

為了明天的演奏會，桌椅都已擺設完畢。我走在已經為斐迪南架設好了演奏舞臺的會場裡，察看站席的位置與範圍。雖說是站席，但聚集於此的畢竟是貴族的千金與夫人，所以是像開學典禮和畢業典禮那樣把椅子等距排開，也按照派系劃分座位。

察看完了會場，再分別與各部分的負責人一起準備能讓聲音增幅的魔導具、確認點心的準備情況、檢查維安人員的配置。會場有好幾個出入口，其中一扇門是供斐迪南進退場，一扇門是供侍者們進出，一扇門是供客人出入。察看完畢後，我也巡視了當作等候室使用的房間與醫務室。

「現場的準備就和討論過的一樣呢。」

而且在確認演奏會的流程時，我才發現自己竟然成了司儀。因為誰也沒有擔任過演奏會的司儀，不知道該怎麼主持，再加上若是由我擔任司儀，以我的年紀就算和斐迪南一起站在舞臺上，也不會招來女性的嫉妒，我又是這場演奏會的主辦人兼募款人，所以才決定由我來擔任。

「對了，羅潔梅茵，我先前看過的畫現在怎麼樣了？」

大致所有事情都討論完畢後，艾薇拉往前傾著身子問我。我挺胸回答：「結果非常成功喔。」我想艾薇拉一定會很高興。

「快讓我看看吧。」

「我也想看看呢。」

因為兩人表示想看斐迪南的畫像，便移動到我的房間。放有肖像畫的箱子已經搬進我房裡了。只要有芙蘿洛翠亞的許可，艾薇拉也能進入北邊別館，所以不需要借用其他房間就能談話。

黎希達送出了奧多南茲，吩咐侍從進行準備，所以回到房間的時候，茶水都已經備妥了。

我請人把三個文件盒擺到桌上來。文件盒是路茲幫我準備的，用來搬運肖像畫，在奇爾博塔商會好像也都用來放置文件。文件盒的厚度不厚，路茲說如果再做得更大，就會重得不好搬運。我用有些裝模作樣的恭敬動作，逐一打開文件盒的蓋子。

「哎呀呀呀──！」

艾薇拉雙眼發亮地緊盯盒內，芙蘿洛翠亞則是驚訝於同樣的畫居然有好幾張，掀起了幾張上面的畫進行確認。

「雖然已經聽說過了，但親眼目睹後還是教人吃驚呢。這個就是印刷嗎？」

「是的，養母大人。我想在這個城市以外的地方也設立孤兒院和工坊，推展印刷業，所以才需要向大家募捐。」

「實際親眼一看，便能清楚明白妳打算做什麼呢。太了不起了。」

於是不只我的侍從，也動員了芙蘿洛翠亞的侍從，開始指導大家如何販售商品。演奏會的節目單會在一開始販售，但甜點和肖像畫要等到斐迪南的演奏會結束後，再用推車推進會場裡販售。

「哎呀！這些畫像也應該要先賣，才能減少混亂情形的發生吧？」

「不，我認為最好等到斐迪南大人演奏完，在他進入等候室後再販售比較好。因為萬一被發現，肯定會被沒收，我無論如何都想避免這件事發生。」

「被沒收就傷腦筋了。羅潔梅茵說得沒錯，還是別被斐迪南大人發現吧。」

艾薇拉的眼神認真無比，開始研究該讓賣畫人員在哪裡待命，又要在哪裡販售。我則向芙蘿洛翠亞詢問我一直在擔心的一件事。

「養母大人，請問養父大人知道有這場演奏會嗎？」

「我知會過他要舉辦茶會，但沒有再告訴他更多細節。因為一旦他知道了，肯定會覺得好玩跑來攪局，所以最好別讓他知情。為此，我也準備好了讓聲音不會傳到屋外的魔導具。羅潔梅茵，妳也要小心別在晚餐席間提到此事。」

懂得如何掌控齊爾維斯特的芙蘿洛翠亞這麼說完，露出優雅微笑。我非常有同感。齊爾維斯特要是知道了，百分之百會跑來搗亂，最好還是對他保密。

不安因素消除了以後，我也放心地擬起司儀的演講稿。內容不單要宣傳印刷業，還必須說明斐迪南是出於好意鼎力相助。時間所剩不多了。

然後，到了演奏會當天。我在會場一邊等著客人到來，一邊巡視屋內的設備。既已確認音響方面的魔導具都在正常運作，侍者們也準備好了茶點，也收到了斐迪南已經抵達等候室的通知。以艾克哈特為首，騎士團派出了二十名騎士，正等距地站在屋內周邊。聽說在場大部分的騎士都聽過斐迪南彈奏飛蘇平琴，以維持秩序為名義，其實是非常期待在現場聽到演奏。

「哎呀，在這麼寬敞的場地裡，能聽見飛蘇平琴的演奏嗎？」

「您看，屋內準備了相當大量的魔導具呢。」

「怎麼會有這麼多騎士站在旁邊？他們不是要站著聆聽的賓客吧？」

在吵吵鬧鬧的會場內，我帶著緊張的心情走上舞臺，用力吸一口氣後，把芙蘿洛翠亞借給我的擴音用魔導具當作是麥克風，湊到嘴邊。

「竭誠歡迎各位蒞臨斐迪南大人的飛蘇平琴演奏會。本日的演奏會旨在募款，以提供給孤兒們住處、三餐以及工作。各位所購買的門票，收入會悉數運用在成立孤兒院上。此外，此處正在販售節目單。節目單的收入也會悉數捐出，還望各位當作是行善助人，踴躍購買。」

我展示有著剪影畫的封面，推薦大家購買節目單，會場內艾薇拉與芙蘿洛翠亞便以客人的身分率先站起來。於是芙蘿洛翠亞派系的女性們也紛紛起身，跟在身後。

「哎呀，您看，這些畫居然一模一樣呢……」

「畫師的畫功真是精湛，畫得好漂亮。」

我看見艾薇拉坐在距離舞臺最近的位置上，得意萬分地向同桌的貴族夫人們展示節目單。節目單一張是三枚大銀幣。

「像這樣可以印出一模一樣成品的技術，便稱之為印刷。我打算讓孤兒們從事印刷這份工作，還望各位多多惠予支持。」

黎希達與奧黛麗擔任著販售人員，貴婦人們一個接一個地買走了節目單。

「哎呀，居然為了孤兒做這些事情，心地真是善良。真希望這份善良也能用在孤兒以外的地方上呢……」

「本還心想一張紙而已，價格真是高昂，但這幅畫太出色了，我從沒見過這種畫法呢。」

「像這樣能同時做出好幾份相同的東西，我還是第一次見到呢。」

坐在站席區的果然多是下級貴族，所以購買節目單的人並不多。不過，大家顯然都十分感興趣。只要有一個人買了，一群人便會聚集在那個人旁邊。

「本日準備的茶水和點心，也都是斐迪南大人喜愛的口味。點心更是另外多做了準備，倘若喜歡，也歡迎各位在演奏會結束後購買回家。」

侍者們在桌椅區端送茶水和點心，氣氛變得像在舉辦茶會。大家都看著節目單，討論著「全是沒聽過的曲子呢」，也對剪影畫的技術表達讚歎，一派優雅閒適，和我記憶中的演唱會截然不同。不過，對於只在茶會的餘興節目上才會演奏的她們來說，這場演奏會才真正算是標新立異，也是生平頭一次體驗。

「那麼，接下來請斐迪南大人上臺演奏吧。」

我說完暫時離開會場，一個箭步衝進斐迪南所在的等候室。

「斐迪南大人，您已經準備好了嗎？」

我呼喚後，斐迪南穿著袖子極長的貴族服裝，拿著飛蘇平琴站起來。

一走進會場，我發現斐迪南僵硬了一秒鐘。雖然馬上繼續前進，但我聽見他小聲地嘀咕說：「這人數是怎麼回事……」

「在場都是捐了款的聽眾喔。」

在花錢購買門票的當下，就等於是捐款，所以我並不算說錯。

「這也太多了，根本不合理。」

「我因為人在神殿，基本上都是交由養母大人和母親大人做準備，所以我一直以為這在貴族間是很常見的人數，難道不是嗎？」

我徹底裝傻，領著斐迪南走向置於舞臺中央的椅子。

接著在優美詞藻的包裝下，告訴賓客斐迪南也同樣為孤兒們的現狀感到擔憂，為了解救孤兒們，願意協助推廣印刷業。斐迪南雖然在一瞬間露出了厭惡的表情，但優秀的貴族和我不一樣，顯然十分擅長察言觀色。他面帶著貼上去般的假笑，環視會場眾人。

「那麼，為了向捐款的諸位表達感謝，由我為各位獻上幾曲吧。」

斐迪南一邊說著一邊坐下，拿好飛蘇平琴。雖然雙眼瞪著我在說：「我事後再找妳算帳。」

窗外灑下了明亮的日光，從右手邊照在斐迪南身上，飛蘇平琴彷彿在發光。斐迪南先是低頭垂下眼瞼，水藍色的髮絲跟著搖晃，在他看不見表情的臉龐上形成些許陰影。他再把手指輕輕按在飛蘇平琴上，撥了幾個音確認音色。左手撥出了「砰……」的低音，右手奏起了「鐙……」的高音。

斐迪南再抬起頭來看我。意思應該是準備好了。

我環顧會場。花錢購買昂貴門票，占據了最前面座位的上級貴族夫人與千金們，已經是一臉痴迷陶醉地注視著斐迪南。

「本日斐迪南大人為各位準備了幾首新曲。第一首是獻給火神萊登薛夫特的曲子。」

斐迪南低頭看向樂器，優雅從容地滑動起指尖。他用左手支撐著琴頸，同時以中指撥弄琴弦，琴聲便撼動著空氣悠揚傳出。左手彈奏出低音後，再疊加上以右手撥弦發出的透亮高音。

緊接著，斐迪南向來毫無表情的臉龐忽然有些放鬆下來。眉心間簡直像是標準配備的皺紋消失了，金色雙眸也不再那麼冷若冰霜。另外雖然要仔細看才看得出來，但他的嘴角還自然而然地些微上揚。

僅僅是這樣而已，他給人的感覺就與平常完全不同，最前排的客人一致摀著嘴角，全身震顫發抖。看到艾薇拉這麼開心，真是太好了。

斐迪南那關節分明的修長手指在琴弦上輕撫般流暢滑動，不停歇地撥著琴弦。接連奏出的樂音互相串聯起來，形成了悅耳音樂，消融在空氣裡。不管什麼時候聽，斐迪南所彈奏的音色總是美麗又溫柔。明明本人那麼壞心眼，還會露出邪惡的笑容，但他所演奏的音樂卻溫暖又輕柔到了讓人完全感覺不到這些。

我還以為斐迪南彈奏起飛蘇平琴後，情緒亢奮的艾薇拉等人會群起激動，但多半是因為出身良好，所有賓客都只是帶著恍惚的陶醉眼神，安靜聆聽演奏。

斐迪南用低沉的悅耳嗓音唱起歌後，我全身竄起雞皮疙瘩。今天大概又因為特別使用了魔導具放大音量，所以簡直像戴著耳機一樣，聲音直接在耳畔響起。

「哎啊……」

「呼……」

現場此起彼落地傳來心蕩神迷的嘆息。雖然艾薇拉經常是一提到斐迪南便掩不住興奮，但畢竟還是相當習慣看到他，所以只是手托著腮，雙眼晶亮地聽得入迷。但是，從沒有機會接觸到斐迪南的年輕貴族千金們，無一不是臉頰泛紅、眼眶濕潤，也有人按著心臟一帶，還有人雙手摀著臉龐趴在桌上。因為在意旁人的眼光，表現得相當含蓄，但想必內心的小鹿正在橫衝直撞。

……哎呀，雖然貴族千金們都沒有發出聲音，但我聽得見妳們內心的吶喊喔！

多虧了貴族千金們只是在暗中心潮澎湃，表面上什麼事也沒有發生，所以所有騎士也都沒有看著會場，而是看著斐迪南。

這樣看來，並不需要勞駕騎士出動嘛——我才這麼心想，卻在斐迪南唱起〈想知道妳的幸福〉，也就是生命之神向土之女神求愛的情歌時，有人不支倒地了。

畢竟為了讓遠方座位的客人也能清楚聽見，特地使用了聲音彷彿就在耳畔響起的魔導具，那麼一旦斐迪南的天籟美聲在耳邊唱起甜蜜的求愛情歌，天知道會發生什麼事。連知道歌詞的我都在一瞬間屏住呼吸了，貴族千金們好像更是頃刻間成為俘虜，心臟以失控的速度狂跳，讓她們坐也不是站也不是。

……雖然原曲其實是在小朋友間大受歡迎的動畫歌曲！

斐迪南所唱的情歌連對男性極度不信任的葳瑪都能造成強大衝擊，威力果然非同小可。有名女性小聲呻吟著「啊嗚……」，搖搖晃晃地趴倒在桌上。

「安潔莉卡，吩咐騎士把那名女性帶往醫務室。」

我小聲下令後，安潔莉卡沒有發出任何聲響地從我身後消失。接下來又接連出現了好幾名失去意識的人，騎士團的團員們慌忙移動她們。

許久前艾薇拉曾說過：「我絕對不會昏過去，要是因此沒能聽到斐迪南大人的演奏，那多可惜啊。」只見她一邊顫抖著，一邊努力地保持神智清醒。

……母親大人，加油。

騎士團正大顯身手時，安潔莉卡悄然無聲地跑回來，稟報艾克哈特請我過去一趟。我在斐迪南演奏到一半時溜出會場，卻發現等著我的人不只有艾克哈特。

「羅潔梅茵，妳看來在做什麼很有趣的事情嘛？」

「養父大人……」

會場外還有勾著嘴角邪笑的齊爾維斯特，以及抱著頭的卡斯泰德。艾克哈特說是在他們把暈倒的女士搬運出來時，齊爾維斯特恰巧經過。齊爾維斯特的深綠色雙眼亮起冷然精光。

「我怎麼好像從沒聽說過這件事？」

「我以為養母大人會向您報告……」

「羅潔梅茵，別想騙我。」

我冷汗直流，看向通往會場的大門。好不容易現在進行得非常順利，無論如何一定要避免齊爾維斯特在這時候破壞掉一切。

「因為我以為養父大人對募款活動沒有興趣。但是，如果貴為奧伯．艾倫菲斯特的養父大人願意鼎力相助，對我們來說無疑是最有力的支持。」

齊爾維斯特輕挑起眉，像在說「妳在說什麼？」我看著他，尋思著有沒有辦法能讓這個突發狀況圓滿落幕。

「只要帶來飛蘇平琴，現在還來得及。我想請養父大人擔任主角，肩負起為最後劃下完美句點的重責大任。因為真正的主角總是最後一刻才登場！」

「很好，這句話我喜歡！卡斯泰德，把我的飛蘇平琴拿來！」

卡斯泰德用非常擔心的表情看我。

「羅潔梅茵，這樣真的好嗎？」

「總比他把一切搞砸要好。」

卡斯泰德飛奔離開後，我問了齊爾維斯特在沒有事先商量過的情況下，能和斐迪南一起彈奏的曲子有哪幾首，趕緊記在寫字板上。

卡斯泰德很快帶著飛蘇平琴跑回來。

「羅潔梅茵大人，演奏已經完畢。」

布麗姬娣打開門，悄聲向我報告。我慌忙回到會場，站上舞臺。

「在此為各位介紹一位特別的貴客。奧伯・艾倫菲斯特請入場。」

在會場外待命的騎士們打開大門，齊爾維斯特抱著飛蘇平琴走進會場。搬著椅子的達穆爾跟在他身後，並且在斐迪南旁邊放下椅子。

對於這個連我自己也大吃一驚的真正驚喜，想當然耳會場內一片譁然。想必作夢也想不到茶會的加碼活動會出現領主吧。看到客人們驚慌失色，我只想打從心底吶喊：我也一樣啊！

舞臺上的斐迪南瞪著我說：「我怎麼沒聽說。」我小聲回道：「剛才被他發現了。」會場內只見芙蘿洛翠亞傷腦筋地聳聳肩，像是在說「哎呀，被發現了呢」。

在齊爾維斯特進來之前，始終安靜聽著演奏的貴族夫人和小姐們嘈雜起來，所以我把擴音用的魔導具放在嘴邊，編造出好像真的有這麼一回事的藉口。

「奧伯．艾倫菲斯特表示他也想為印刷事業盡份心力，答謝熱心捐款的諸位，所以儘管公務繁忙，仍是撥冗趕來了會場。」

齊爾維斯特拿著飛蘇平琴，一派坦坦蕩蕩地表現出事情就是這樣的態度，所以除了主辦人以外，大家應該都以為這是安排好的吧。

「奧伯．艾倫菲斯特與斐迪南大人，將要演奏各位也耳熟能詳的曲子。」

我介紹了齊爾維斯特在祈福儀式時也彈過的曲子，再向斐迪南使了個眼色。他嘆一口氣後，重新拿好飛蘇平琴。

也許是因為兩人彈奏的是客人們熟悉的曲子，也可能是因為齊爾維斯特輕揮了揮手要「大家一起唱」，總之這首曲子的氣氛最是熱烈，在場所有人彷彿融為一體，一同迎來了堪稱完美的結尾。

曲子結束後，現場自然而然地響起喝采與掌聲。眾人懷抱著敬意取出發光魔杖，往上高舉，兩人也在同時下臺離場。

「今日的演奏會真是精采萬分。那麼倘若各位不嫌棄，也歡迎購買此處所準備的商品，當作是今日美好的回憶。商品的收入也將悉數捐出，所以還請當作是行善捐款，懇請各位多多支持購買。」

斐迪南他們退場以後，就是商品販賣時間。侍從們推著推車走進來，從門票售價最高的座位開始依序上前，販售美麗的肖像畫與餅乾。當然，也包括從一開始便拿出來販售的節目單。

餅乾是一包十片賣一枚小銀幣，但美麗的肖像畫是一張五枚大銀幣。因為節目單就要三枚大銀幣，所以我本來以為除了像艾薇拉這樣手頭寬裕的貴族外，不會有什麼人購買肖像畫，卻發現大家都想全部買下。

多半是看到大家都買，也跟著心生渴望，有人煩惱再三之後，默默伸手拿起了餅乾，也有人瞪著荷包看了老半天後，目光緊盯著肖像畫不放，手卻拿起了節目單。站席區的貴族們也受氣氛影響，都稍微掏了點錢購買商品。

而在聽完足以令人失去意識的情歌之後，葳瑪所畫的美麗肖像畫似乎又在貴族千金們心中激起了不同的漣漪，她們在買完畫後，先是仔仔細細端詳，最後才捲起來以免摺出摺痕，抱在胸前帶走。看樣子會當作是寶物好好珍藏。

……肖像畫全數售罄，非常感謝大家的支持。

「本日衷心感謝各位前來。此次募集到的捐款總額及其用途去向，預計在冬天向各位報告。還請各位回去的一路上多加小心。」

最後目送踩著輕飄飄的步伐，好像還置身夢中的貴族夫人與千金們離開。由斐迪南來彈奏飛蘇平琴的慈善演奏會舉辦得可說是非常成功。看見買下了全三款肖像畫的艾薇拉臉上那幸福至極的笑容，我也卸下了心頭大石。

「那麼，讓我聽聽妳的辯解吧。」

演奏會過了數天的某日下午，我被斐迪南叫到了說教房間。他那淡金色的雙眸盈滿怒氣，全身散發著寒冰一般的氣息，把三張肖像畫擺在我面前的桌上。看到明明是瞞著他偷偷販售的肖像畫居然出現在這裡，我真想馬上暈過去不省人事。

「齊爾維斯特哈哈大笑地把這東西拿給我看，說是有騎士拿著這些東西。背面還清清楚楚地印了名字，一看便知道誰是負責人。」

不──！我心想印刷品當然都要註明出處，所以就老老實實地印了名字，我真是笨蛋大笨蛋！

於是斐迪南把我狠狠臭罵了一頓，並要我發誓再也沒有下一次。

終章

「路茲，客人回去了。你有事要向老爺報告吧？」

聽見馬克呼喚，路茲走進奇爾博塔商會店內班諾所在的辦公室。他要向班諾報告飛蘇平琴演奏會的收入總額。

「關於演奏會的收入，計算後總共是十二枚大金幣、八枚小金幣和六枚大銀幣。扣除掉諸多費用以後，剩下的淨利超過十枚大金幣。」

路茲向班諾報告了他與羅潔梅茵一起計算後的結果。看得出班諾聽見這麼驚人的獲利，臉都僵住了。路茲也沒想到竟然能賺這麼多錢。演奏會前羅潔梅茵還提議「想印更多」，但路茲判斷已經足夠了，所以控制住了印刷的數量。

……因為根本沒想到會賣完啊，這誰能預料得到。

「看來該策劃第二次的演奏會了吧。」

「不可能。因為羅潔梅茵大人說畫像的販售被神官長發現了，他還大發雷霆。」

班諾因為龐大的獲利露出了兇猛笑容，但路茲接著轉述了羅潔梅茵說過的話，班諾便抱頭嘆氣：「那個笨蛋！」看這氣氛，路茲實在不敢老實說出這是因為羅潔梅茵在背面印了出處，才讓神官長知道兇手是誰。

「聽說神官長禁止再賣第二次。羅潔梅茵大人說她也認為讓這麼龐大的獲利機會白白溜走很可惜，於是提議可以把部分收入繳交給神官長，請他答應繼續賣畫，但神官長表示他不缺錢，非常堅決地拒絕了。」

斐迪南除了在神殿有發配給青衣神官的經費外，每當協助領主處理公務、幫忙騎士團完成任務時，也能取得類似薪水的報酬。除此之外還有雙親留下的遺產，販賣自製的魔導具與開發新的魔導具也能獲得收入，所以賣掉肖像畫所得的部分利益，對斐迪南來說不過是筆小錢，完全沒有必要忍受讓他人販售自己的畫像。

「真不愧是貴族大人，聽到大金幣十枚以上的獲利，居然還能說是小數目。」

班諾感佩不已，但和斐迪南一樣是貴族大人的羅潔梅茵當時可是吶喊著：「就算只有一次也好，我也好想說說看這種話！唔唔，可惡的有錢人！」所以路茲真是不知道該怎麼回應才好。

「不過老爺，既然現在增加了這麼多收入，足夠填補哈塞那裡的資金了嗎？羅潔梅茵大人最擔心的就是這件事。」

為了整頓哈塞的小神殿，羅潔梅茵專屬木工工坊的英格夫婦已經住進小神殿，在那裡工作。奇爾博塔商會也找來了路茲的父親狄多，不久後父親也會前往哈塞。即使動員了羅潔梅茵、班諾和谷斯塔夫的專屬工坊及哈塞那裡的工匠，人手還是不足，現在正到處向木工和建築方面的工坊找人，集齊人手。

聽了這問題，班諾大力點頭。

「夠了，我會用最快速度進行準備。現在為了讓工匠們能夠住在那裡工作，生活用品已經大概都送過去了。食材、木柴和做紙所需的材料也都送到了那裡。最近也開始在討論差不多該帶神殿的灰衣神官和巫女過去，打點好生活基礎。神殿那邊準備得怎麼樣了？」

聞言，路茲拿出自己的寫字板低下頭，上頭寫著人選已決定、教育進行中、委託、過冬準備、明膠還有髮飾。

「現在神殿那邊已經確定了要派往哈塞的灰衣神官和灰衣巫女，正在指導他們怎麼煮飯和管理工坊。羅潔梅茵大人說了，一旦決定出發日期，請通知神殿。然後，這是羅潔梅茵大人的委託。這次演奏會上募得的捐款，有一部分會運用在孤兒院的過冬準備上，所以今年的豬肉加工和過冬準備，想請老爺再次幫忙安排。此外因為小神殿附近沒有民家，今年也考慮在哈塞那裡製作明膠。」

路茲說完了神殿方面的委託後，班諾微微帶著苦笑答應。

「好吧，畢竟從貴族大人那裡募得了這麼多資金，神殿的過冬準備就幫個忙吧。」

過冬準備的事情說完以後，路茲接著有些遲疑地開口：

「最後，羅潔梅茵大人因為想要訂做髮飾，希望今後每一次都帶多莉前往孤兒院長室。但目前多莉的言行舉止還需要多加訓練，請問老爺覺得呢？」

不是僅只一次的重逢，而是讓多莉以奇爾博塔商會員工的身分，帶到領主養女的面前。但是否要這麼做，該由班諾來評估。眼見班諾神色凝重地發出沉吟，路茲又補充說：

「羅潔梅茵大人說一定要有多莉，所以希望能帶她一同前往。」

「一定？那傢伙是知道我們不能拒絕貴族的要求，還故意這麼說的嗎？」

班諾面露不快，但路茲明白羅潔梅茵的心情，所以這次想站在她那一邊。

「我想羅潔梅茵大人是不想錯過任何可以見面的機會。能夠近距離見面的機會，就只有訂做和收取髮飾的時候，一個季節也頂多只有一次。如果是在城堡和貴族區的宅邸下訂單，多莉絕對沒有辦法前往。羅潔梅茵大人也明白這一點。」

羅潔梅茵很清楚，只有在孤兒院長室，她的任性要求才有辦法實現。

「而且和我正在羅潔梅茵工坊磨練一樣，多莉也需要有學習的機會。她和我一樣，在家裡根本沒辦法練習言行舉止。」

班諾沉思了一會兒後，抬起頭來。

「……好吧，就帶她過去。多莉確實也需要練習的機會。你要提醒她，這麼做是為了指導她禮儀，還有在秘密房間以外的地方，她絕對不能開口說話。」

兩天後，路茲和班諾及多莉一起前往孤兒院長室。由班諾做為代表開口問候，問候完後，羅潔梅茵立即指示奇爾博塔商會的三個人、吉魯和達穆爾進入秘密房間。

一走進秘密房間，羅潔梅茵整個人的感覺瞬間變得柔和。她懷念地紅了眼眶，注視多莉，但並沒有開口呼喚她。多莉也緊閉著嘴巴沒有說話。不只是因為魔法契約禁止她們以家人身分相稱，也是因為班諾並沒有准許多莉開口說話。

兩人默默地注視彼此時，班諾身為指導者，用嚴厲的眼光看著多莉。

「多莉，雖然在這個房間裡，妳的態度若稍有鬆懈也不會有人責怪妳，但我可不會放水。妳要當作這是練習的機會，出了點差錯也沒關係，學習面對貴族時該如何應對進退。」

多莉表情認真地點頭。為了成為能夠見到羅潔梅茵的工藝師，多莉的儀態與遣詞用字在一個季節內進步了很多，但要成為能面見貴族的工藝師還不及格。連路茲也還拿不到及格分數，無法前往貴族區。

「羅潔梅茵，如果妳今後還想向多莉訂做髮簪，也要幫忙指導她。其實她現在的表現還完全上不了檯面。」

羅潔梅茵於是正色，大力點頭，隔著桌子與多莉相對。多莉神色緊張地從木盒裡拿出裹有髮飾的布包，把布掀開，擺在桌上。看了她的動作，羅潔梅茵伸手制止。

「多莉，動作不能這麼快。慢慢來沒關係，不用著急……由我來做示範，這是我向上級貴族夫人學到的動作，要仔細看並學習喔。」

羅潔梅茵說著，很快把髮飾收回木盒裡。緊接著，她把木盒拉到手邊，慢慢地深呼吸。下個瞬間，羅潔梅茵整個人散發出來的氣息都不一樣了。

她面帶沉穩的微笑，撫向木盒的蓋子。看得出來連白皙的指尖也動用到了所有神經，但還是非常優雅。明明是以輕柔的動作緩慢移動，卻感覺得出一種節奏。手指的動作優美到了讓人忍不住目光都往那裡集中，羅潔梅茵再鄭重其事地打開盒子，用兩手拿出裡頭的東西，把布掀開。

……這是怎麼回事？

路茲在目前為止的人生中從沒見過這樣的動作。明明只是打開蓋子把東西拿出來，卻連放下蓋子的聲音也沒聽見。布好像是自己解開一樣滑順鬆開，白皙小巧指尖所遞來的髮簪看起來也變得非常高級。分明是一樣的東西，卻只是因為拿取的動作高貴優雅，呈現出來的質感也截然不同，路茲好像頭被敲了一拳般大受衝擊。

「如何呢？」

路茲這才切身領悟到了，自己根本遠遠比不上。明明兩人的起點相同，路茲也很努力在學習怎麼表現得更加斯文得體，卻還是有著明確的差距。這根本不是一個季節就能練成的動作。班諾也發自內心地表示讚歎。

「……看妳現在這樣，真的就是上級貴族的千金哪。居然能在這麼短的時間內進步這麼多，雖然應該也是老師教得好，但如果本人不夠努力，也沒辦法進步到這種程度。很努力在改變言行舉止的你們想必最清楚，要矯正自己一直以來已經習慣的動作有多麼困難。」

「因為神官長祭出了圖書室的鑰匙當作獎勵，我可是拚了命練習呢。」

羅潔梅茵笑著這麼說後，大家也輕聲笑道「真像羅潔梅茵會做的事」。但是，她的努力與學會的言行舉止可是不容置疑。如果想成為可以與羅潔梅茵接觸的商人，路茲的行為舉止也必須達到與她相同的水平吧。

「多莉，妳模仿看看羅潔梅茵大人的動作。」

聽到班諾的指示，多莉模仿了羅潔梅茵的動作，恭敬地拿出花朵髮飾。雖然有些僵硬，但和一開始的動作有著天壤之別。看來光是回想羅潔梅茵的示範動作而已，就帶來了如此巨大的差異。路茲也閉上眼睛，回想羅潔梅茵手指的動作。他在腦海裡頭重現她白皙手指優美的動作，想要牢牢烙印下來。

……到底要練習多少次才能像她那樣？

路茲出神思考時，多莉已經把各種顏色的花朵擺在桌上。

「羅潔梅茵大人，如果您想訂做儀式用的髮簪，花朵是否該大朵、華麗一點呢？那麼這邊的花您看如何？如果用秋天的貴色來編織這款花朵，想必能夠完美襯托羅潔梅茵大人夜空般的髮色。」

多莉跟著複述了班諾說的話。路茲沒有貼身跟在班諾旁邊、請他指導自己的機會，也沒有機會目睹班諾是如何在貴族區與顧客進行交易，所以他眼神非常認真，觀察著班諾與如今是顧客身分的羅潔梅茵是如何互動。吉魯也一樣。

「是啊……我想花朵的大小這樣很剛好，但我希望和上次拿到的髮飾一樣，花瓣具有立體的效果。」

「您能滿意是我們的光榮。那麼就依照這個花的大小，再使用秋季的貴色吧。」

兩人討論過後，決定花蕊用深黃色，花瓣用淺黃色，但兩人的互動並不是路茲熟悉的「班諾與梅茵」，而是貴族與她指定的商人。兩人臉上的表情都令路茲感到陌生。

路茲直到這一刻才發現，原來羅潔梅茵在神殿表現出來的樣子，其實一直是很放鬆的。他本來還以為總有天可以追上她，但他錯了。羅潔梅茵早在一個季節的時間裡，就已經成功塑造出了領主養女該有的樣貌，要追上她並不容易。

「羅潔梅茵大人，除了用貴色編織的花朵外，其他要用什麼顏色的花來襯托呢？」

主要花朵以外的裝飾該怎麼辦？班諾詢問後，羅潔梅茵以手托腮，稍微歪過頭，再看向多莉盈盈微笑。

「既然是秋天用的髮簪，別只用花朵，也許加點果實形狀的裝飾也很可愛呢。讓人可以感受到秋天的森林裡到處都結有果實，請試著添加這樣的裝飾吧。」

大概是以前姊妹間討論過這件事，多莉露出了想到什麼的表情，往寫字板寫下秋天的果實。雖然字跡還很潦草，只有本人看得懂，但想想她去年這時候還看不懂半個字，就知道多莉進步了多少。

自己也進步了嗎？路茲捫心自問。他應該進步了吧。身邊的人也都這麼稱讚自己。但是，難以形容的焦慮還是在胸口蔓延。

「就算出再多的錢，也很難找到願意教人如何像貴族一樣行動的教師。本日的指導對他們來說，是非常難能可貴的經驗，所有人又能因此成長一大步吧。向羅潔梅茵大人獻上由衷的感謝。」

明明是在秘密房間裡，班諾卻非常正式地行禮。見狀，路茲也和多莉一起有樣學樣地照做。

之前羅潔梅茵說過，人的內在不會那麼輕易改變。班諾也說她的本質不會變。但是，即使內在和本質依然相同，路茲與自己熟悉的「梅茵」間的距離，仍在不知不覺間拉開得比想像中還要遠。在他聽到她不會變而感到安心的時候，羅潔梅茵卻也逐漸變得遙不可及。驚覺到這一點，路茲的背部滑下冷汗。

……和以前一樣努力是不夠的。

妹妹的護衛騎士

聽說有重要的事情要說，這天我和母親大人、艾克哈特哥哥大人一起喝茶。房內甚至還使用了防止竊聽的魔導具，而我聽到的內容，也讓我感到不可置信。

「母親大人，您真的打算要收養在神殿長大的孩子嗎？」

我忍不住站起來大聲說話，但母親大人沒有責罵我沒規矩，只是擺手示意我坐好。我重新坐下後，母親大人神色認真地點頭。

「沒錯，柯尼留斯。她將做為卡斯泰德大人與我的女兒，舉行洗禮儀式。此外，也已經決定同時奧伯．艾倫菲斯特會收養她為養女。」

「奧伯．艾倫菲斯特要收養在神殿長大的孩子嗎?!」

確定要成為領主養女的孩子居然是在神殿被養育長大，我真是不敢相信，也無法接受自己要有妹妹了這項事實。這一切全都太突然了。我腦袋陷入一片混亂，看向艾克哈特哥哥大人。如果是同樣突然多了妹妹的哥哥大人，我想應該會和我一樣表現出抗拒吧。

然而，艾克哈特哥哥大人好像已經接受了這個事實，微微一笑瞇起藍色雙眼，詳細介紹起即將成為我們妹妹的女孩。

「羅潔梅茵與薇羅妮卡大人的失勢有著密不可分的關係。既是父親大人的女兒，在神殿還得到了斐迪南大人的庇護，有著彷彿得到了黑暗之神祝福的一頭黑髮，和彷彿得到了光之女神祝福的金色眼眸。因為擁有強大的魔力，才決定讓她成為養女。」

「艾克哈特哥哥大人，您在說什麼啊？父親大人怎麼可能有女……」

怎麼可能有女兒——我正想這麼說，卻被母親大人的一句「聽說她是羅潔瑪麗的女兒喔」打斷。

……羅潔瑪麗？意思是那個第三夫人的女兒嗎?!

我不由得光火。父親大人的第二夫人和第三夫人每次一見到面，現場氣氛總是劍拔弩張，兩人還會展開脣槍舌戰，說些難以入耳的嘲諷。而且不光她們自己，雙方的親人也是一有機會便吵起來，母親大人為了幫忙調停總是辛苦奔波。

「父親大人又要破壞我們家的和諧嗎？」

「所以為了維持和諧，羅潔梅茵會當作是我的女兒，而非羅潔瑪麗的女兒。」

「請等一下。現在是因為羅潔瑪麗已經前往了遙遠高處，我們家才終於恢復平靜，但現在居然要讓羅潔瑪麗的女兒住進家裡，而且還是以母親大人女兒的身分住進本館，這簡直是惡夢。」

第二夫人和第三夫人各自住在別館，見到面的機會並不多，所以就算氣氛緊繃，我多少還可以忍受。但是，如果要視她為母親大人的女兒，那麼直到那孩子成了養女、住進城堡裡為止，我都要和她一起在本館生活。

「柯尼留斯，你不必那麼擔心。」

「……艾克哈特哥哥大人，您這麼說有根據嗎？父親大人和哥哥大人都已經成年，除了家裡還有其他住處，所以可能無所謂，但我要在這裡和那孩子一起生活。」

父親大人和蘭普雷特哥哥大人因為是領主一族的護衛騎士，在宿舍有房間，艾克哈特哥哥大人則是已經獨立，有自己的宅邸。不同於他們三人，我完全無處可逃。我氣憤地瞪向艾克哈特哥哥大人，他也往我瞪來。

「柯尼留斯，她可是在斐迪南大人的庇護下受過教育，你太小看這一點了吧？那位大人怎麼可能讓她做出不知分寸的舉動。在討伐陀龍布時，我和蘭普雷特都親眼見過羅潔梅茵如何進行治癒儀式，表現得可是相當優秀。」

……我倒覺得艾克哈特哥哥大人把斐迪南大人捧得太高了。

但說出來感覺會被罵，所以我只在心裡嘀咕。艾克哈特哥哥大人非常推崇斐迪南大人，聽他說過好幾次斐迪南大人究竟是哪一點怎樣了不起。但是，因為年紀差了好幾歲，我又沒有近距離接觸過斐迪南大人，所以就算聽了他有多厲害也沒有真實感。老實說，我甚至還覺得如果他真的那麼厲害，應該在進入神殿之前，一下子就把薇羅妮卡大人剷除掉啊。

「聽艾克哈特這麼說，我也稍微安心了……對了對了，柯尼留斯，要麻煩你擔任羅潔梅茵的護衛騎士了。」

「母親大人，請別擅自決定。我完全不打算成為領主一族的近侍，這點母親大人不也知道嗎？」

侍奉著形同母親傀儡的奧伯的父親大人；因為主人的盛衰起落，人生也跟著起伏不定的艾克哈特哥哥大人；因為主人任性霸道而焦頭爛額的蘭普雷特哥哥大人。至今看著他們，我一點也不想侍奉某人為主人。明明這件事我對母親大人說過很多次了，為什麼現在卻要我擔任素未謀面的妹妹的護衛騎士？

「這也沒有辦法，因為幾乎找不到人能夠擔任羅潔梅茵的護衛騎士。」

羅潔梅茵究竟是個怎樣的孩子？薇羅妮卡大人失勢後，芙蘿洛翠亞大人與萊瑟岡古的處境又會有怎樣的變化？這些都還是未知數。因此，需要未與任何一個派系深交，階級又足以擔當領主一族近侍的騎士。再加上羅潔梅茵已經確定會就任成為神殿長，所以必須要是能夠進入神殿的人。在這麼多條件下，符合的人選少之又少吧。

……而且也不會有女性騎士想出入神殿。

「當然也是為了掌握城堡內的情勢，我希望至少派一個身邊的人去護衛她。等到羅潔梅茵到了可以自己挑選近侍的年紀，你要卸下護衛騎士的職位也沒關係，但未來兩、三年的時間，要麻煩柯尼留斯擔任護衛騎士了。」

薇羅妮卡大人失勢後，貴族區陷入一團混亂。不只需要就近在領主一族周邊搜集情報，而且既然是我們家的孩子要成為養女，可以想見更需要有人居中了解情勢。最主要是現在家裡沒有主人的騎士，就只有我而已。身為上級貴族，我知道自己不能拒絕。無法再堅稱自己不願意，我只能抱著不滿，默然點頭。

內心懷抱著不滿，我迎接了妹妹羅潔梅茵的到來。正如艾克哈特哥哥大人所言，她雖然是神殿出身，教養卻相當良好。看得出來受過嚴格教育，可以理解確實是中級貴族羅潔瑪麗的女兒。明明還未受洗，羅潔梅茵卻已經擁有了用以釋出魔力的戒指，也能禮數周到地向初次見面的貴族問候。

「艾薇拉，關於羅潔梅茵的教育……」

打完招呼後，父親大人、母親大人和斐迪南大人立即討論起今後的規劃。雖然是當事人，但還是孩子的羅潔梅茵只能沉默不語。她如坐針氈般地縮成一團坐著，併攏放在大腿上的手也在微微發抖。

……真可憐。

一個神殿長大的孩子突然被帶到上級貴族的宅邸，還要成為領主的養女，怎麼可能不緊張。在面帶著僵硬笑容的小女孩肩膀上，想必正擔負著難以想像的重擔。然而，大人們卻只是專心討論著事情，沒有看一眼因為初來乍到而不知所措的小女孩。應該多關心她一點吧——我這樣心想著，無可奈何地向她搭話。

「羅潔梅茵，妳接下來要達到的目標非常困難喔，妳有辦法達成嗎？」

「身為柯尼留斯大人的妹妹，我會努力不讓您蒙羞。而且我也和斐迪南大人及齊爾維斯特大人說好了，所以我不能失敗。」

羅潔梅茵用稚嫩的嗓音說著，金色眼眸中閃爍著做好覺悟的堅定光芒，很難相信她還只是個年幼的孩子。我不知道他們做了什麼約定，但我知道一定非常重要，讓她無法回頭，只能勇敢面對。她的眼神像極了發誓要守護主人的騎士，讓我對她產生了些許好感。

……這眼神還不錯嘛。

「羅潔梅茵，妳還是叫我哥哥大人吧。因為我以後就是妳的哥哥了。」

「謝謝柯尼留斯哥哥大人。」

羅潔梅茵吃驚得瞪圓眼睛後，露出了開心的笑容。比起緊張兮兮的樣子，笑起來更可愛。看到她好像不那麼緊張了，我鬆了口氣，同時感覺到了視線。回頭一看，正好與揚嘴微笑的斐迪南大人四目相接。

「很高興看到你們處得不錯。」

雖然斐迪南大人那彷彿在說「一切盡在我計畫之中」的表情很令人不快，但我還是保持著貴族應有的風範，微笑帶過。

隔天開始，為了讓羅潔梅茵更有上級貴族的樣子，必要的教育開始正式啟動。她一整天都排滿了學習計畫。就算是因為有必要，但這麼密集的行程對一個小女孩來說未免太嚴苛了。換作是我會想半途而廢吧。但是，羅潔梅茵沒有說過半句怨言，聽說十分順利地達到了所有目標。

她的學習能力與飛蘇平琴琴藝也出色到了讓人大吃一驚的地步，教師向母親大人報告學習的成果時，對她是讚不絕口。雖然羅潔梅茵發牢騷說過「貴族的名字好難記」，但她還是用著看不出來她覺得很難的速度全背了下來。我覺得她的頭腦很聰明。

而斐迪南大人最擔心的遣詞用字與儀態，也在日常生活中反覆接受了母親大人的指導後，日復一日變得嫻熟優雅。一起用餐的時候，看得出來她連指尖的每個小動作都非常小心謹慎。

「母親大人，羅潔梅茵還在學習嗎？」

這天結束了見習騎士的訓練回到家，羅潔梅茵並沒有出來迎接我。母親大人邀我一起喝茶後，我邊問邊拿起侍從泡好了茶的茶杯，母親大人點一點頭。

「是啊。為了得到圖書室的鑰匙，她鼓足了幹勁學習呢。可以感受到羅潔梅茵非常認真在學習喔。才過一天而已，成長便非常顯著。看她這麼優秀，可以理解斐迪南大人為什麼這麼賞識她呢。柯尼留斯，你身為哥哥也要努力才行，否則在貴族院可會被人取笑喔。」

母親大人帶著愉快的笑容一邊喝著茶，一邊說道。因為斐迪南大人會以兩天一次的頻率來探望羅潔梅茵，所以母親大人心情好的日子也跟著增加了，父親大人也變得常常回家。從前父親大人與母親大人因為夫人之間的紛爭，相處時的氣氛經常非常緊繃，但現在已能稀鬆平常地對話。雖然話題都繞著羅潔梅茵的洗禮儀式與教育在打轉，但因為氣氛不會變糟，在旁邊看著也相當安心。

自從蘭普雷特哥哥大人成了韋菲利特大人的近侍以後，也只剩下我能夠聆聽母親大人說話。但是，現在她會和羅潔梅茵談論美容及流行的話題。而且同為女性，果然討論起來比較開心吧，我也常看見兩人熱絡地討論著斐迪南大人。我因為只有兩個哥哥，也覺得第二夫人和第三夫人令人退避三舍，所以本來不樂見家裡又多了名女性，但現在卻發自真心認為，這樣的變化也不錯。

「柯尼留斯，你嘗嘗看這款點心吧。羅潔梅茵的專屬廚師知道許多稀奇的食譜，最近開始在和我們家的主廚交換食譜呢。」

形狀相當陌生的點心聽說叫作餅乾。訓練完後，正好肚子有些餓了，我一邊發出悶哼，一邊拿了一塊放進口中。口感清爽酥脆，又不會太甜，吃起來一點也不會膩。我忍不住一口接一口，聽著母親大人說話。

「雖然現在是優先交換茶會上能夠端出的點心，但日後我也打算交換餐點的食譜呢。」

……好吃的點心和餐點我當然是非常歡迎。多了個妹妹也不錯嘛。

對於政變過後大舉增加的神殿出身貴族，我一向沒有什麼好印象，但羅潔梅茵可能因為是在斐迪南大人的庇護之下，氣質與他們截然不同。此外關於神殿的描述，也和我至今聽說的不一樣。想不到其實很循規蹈矩，限制也很多。

「第二鐘響後是早餐時間，吃完早餐要和侍從們確認當天的行程，之後直到第三鐘響為止都要練習飛蘇平琴。第三鐘響後，再前往神官長室幫忙斐迪南大人。我十分擅長計算唷。」

「這麼說來，老師也為此對妳大力稱讚呢。」

「然後第四鐘響後是吃午餐。午餐後是自由時間，有時會背點儀式所需的祈禱文，也會以孤兒院長的身分去巡視孤兒院，還會找來商人，也可以去神殿的圖書室。」

光聽羅潔梅茵的描述，她好像從來沒有離開過神殿，也不會有母親帶她一起去拜訪友人，又因為體弱多病，沒有在外四處走動過。

……這麼年幼的孩子，自由時間與唯一的樂趣竟然是待在圖書室裡安靜度過，實在是太可憐了。

我可是很喜歡在貴族的森林裡採集，在訓練時盡情活動身體，所以我不由自主地想讓羅潔梅茵多接觸一點外面的世界。

「羅潔梅茵，妳有沒有什麼想做的事情？如果妳在洗禮儀式之前學完了所有該學的事情，看妳想去哪裡我都可以帶妳去。」

我問完，羅潔梅茵露出了非常開心的笑容。

「真的嗎?!那我想去圖書室看書。」

「不對！是去圖書室以外的地方！妳沒有其他想去的地方嗎？」

我反駁了圖書室以後，羅潔梅茵的表情變得非常為難，視線不停來回游移，甚至還一臉泫然欲泣。

「對不起，柯尼留斯哥哥大人，我想不到其他地方了。」

……對喔。因為不知道圖書室以外的樂趣，又沒去過其他地方，她怎麼可能回答得出來。再這樣下去不行。也不能交給除了儀式以外，從沒帶羅潔梅茵出去過的斐迪南大人！必須由我來想辦法才行！

「放棄吧。你這是有勇無謀。」

我一提議想帶羅潔梅茵出去玩，斐迪南大人立即否決。緊接著，斐迪南大人用循循善誘的語氣告訴我羅潔梅茵有多麼虛弱，還說了沒辦法對她施以治癒、也沒辦法調配以及提供回復藥水的人，最好不要多管閒事。

「可是，羅潔梅茵已經學完了在洗禮儀式前該學的事情，她也需要一點玩耍放鬆的時間吧。我想讓她看看神殿以外的地方。」

「羅潔梅茵會感到開心，你又能帶她前往的地方……至多只有宅邸裡的圖書室吧。當然還是要密切注意她的狀況，正好也當作是護衛騎士的訓練。」

明明只是看書而已，並沒有特別要做什麼事情，斐迪南大人卻聲稱這是成為羅潔梅茵護衛騎士的訓練，開始鉅細靡遺地提醒我該以怎樣的速度走去圖書室、在圖書室要待多久、大概是多厚的書可以拿給羅潔梅茵，還有怎麼阻止她繼續看書。

……就算是身體再虛弱，有必要連去圖書室也這麼萬般叮嚀嗎？

「如果真的遇到你無法解決的難題，再用奧多南茲呼喚我吧。」

對於根本到了神經質地步的諸多提醒，我不禁偏頭不解，但也決定隔天要帶羅潔梅茵去宅邸裡的圖書室。雖然那裡頭擺滿了深奧難懂的書籍與資料，我完全不會想主動踏進去，也想帶羅潔梅茵去戶外，但實現本人的心願才是最好的吧。

於是我告訴羅潔梅茵，我取得了帶她前往我家圖書室的許可，當作是學完所有事情的獎勵，她便露出了彷彿要融化般的笑容抬頭看我。

「這座宅邸裡居然有圖書室……能夠成為這個家的孩子，我真的打從心底覺得太好了。幸好我認真地完成了所有作業。祈禱獻予諸神！」

看著突然開始祈禱的妹妹，我沒來由地感到佩服，心想她真的是在神殿長大的呢。同時我伸出手去：「那走吧。」因為身高相差懸殊，挽手護送會有些滑稽，所以我和羅潔梅茵是手牽著手，慢慢在本館內移動。

「羅潔梅茵，妳太誇張了。這個世界上還有很多地方比圖書室更好玩喔。」

「柯尼留斯哥哥大人，才沒有其他地方比圖書室更好玩、更能讓人感到幸福了喔。」

羅潔梅茵的金色雙眸開心得閃閃發亮，著迷不已地說，用著比平常快了一點的速度向前走。看來是真的很高興要去圖書室。

「羅潔梅茵，妳這麼喜歡書嗎？」

「是的，我最喜歡書了。不曉得宅邸裡的圖書室有哪些書呢？應該會有神殿圖書室裡沒有的書吧？我好期待喔！」

羅潔梅茵看起來比平常還要精神百倍，一邊走一邊興奮地說，卻在眼看著圖書室就在前方的時候，突然間不支倒地。明明剛才還笑容滿面地在說話，她卻冷不防癱軟倒地，然後動也不動。

「咦?!咦咦?!」

我抓著突然間暈過去的妹妹的手，只能很沒出息地狼狽無措。現在該怎麼辦——正這麼心想時，腦海中閃過了斐迪南大人說的那句「可以用奧多南茲呼喚我」。我急忙取出思達普，向應該人在神殿的斐迪南大人送去奧多南茲。

「斐迪南大人，羅潔梅茵突然暈倒了！」

「我想也是。她有可能撞到了頭，你別隨便移動她。」

奧多南茲傳來回覆以後，斐迪南大人立即騎著騎獸趕來，迅速察看了羅潔梅茵的情況後，吩咐侍從把她運回床上，再平靜地低頭看我。

「雖然我已經再三提醒，羅潔梅茵因為身體非常虛弱，應對上必須非常小心，但我想你肯定沒有聽進去吧。只會心想那些叮嚀太過瑣碎、沒有必要留意到那種地步，所以輕忽了要小心看管她。當她興奮得加快腳步前往圖書室時，你並沒有阻止她吧？」

「……斐迪南大人說得沒錯。」

我完全沒有反駁的餘地。我根本沒想到只是在家裡走動，羅潔梅茵就會暈倒。

「她連在宅邸裡頭都是這副模樣，更不可能外出。現在你明白了嗎？」

「我非常明白了……也明白了為什麼我必須擔任羅潔梅茵的護衛騎士。」

因為需要有個人能讓近侍們徹底明白，斐迪南大人的瑣碎提醒絕對有其必要。否則的話，羅潔梅茵如果在城堡裡暈倒，沒能管理好她身體狀況的侍從，以及本該保護好主人的護衛騎士都將受到處罰。

「你明白就好。已在神殿侍奉了羅潔梅茵半年的達穆爾是下級騎士，以他的身分無法對近侍們下達指令。只有羅潔梅茵的家人，又是上級貴族的你才能做到。」

斐迪南大人說著，輕揚起單邊眉毛，低頭看著我又說：

「為了保護好羅潔梅茵，最該警戒的人物，正是她身邊那些下手不知輕重的親人。例如我行我素的齊爾維斯特、性格出了名霸道而且粗魯的韋菲利特，還有你的祖父，聽說他正摩拳擦掌等待孫女洗禮儀式的到來。這些人你一定要特別小心。要是稍微不加留意，羅潔梅茵很可能會因為意想不到的理由就忽然喪命。」

我明白到了這絕對不是威脅，單純只是事實。直到羅潔梅茵可以自己挑選近侍、我辭掉護衛騎士一職為止，讓她平安活著便是我的使命。

「斐迪南大人，為了避免在城堡裡發生慘痛的意外，您想有可能在正式派遣近侍保護她之前，就讓韋菲利特大人和祖父大人了解到羅潔梅茵有多麼虛弱嗎？倘若有方法，我希望能在斐迪南大人的監督下進行。」

羅潔梅茵虛弱到了若沒有旁人的理解，實在很難徹底保護她的安全。在移動到城堡之前，有必要讓周遭的人都有這層認知。

「嗯，我會想想有沒有什麼有效的辦法。」

聽了我的請求，斐迪南大人輕輕地敲起太陽穴。

胃痛的廚師

「雨果，渥多摩爾商會載著明天甜點的馬車來了！還有不知道是來做什麼，尹勒絲也在車上！」

明天就是領主大人一行人要來到義大利餐廳的日子。陶德神色慌張地衝進廚房通知我這件事，我忍不住嘖了一聲。

先前讓我們在廚房進修學習的青衣見習巫女，原來其實是上級貴族的女兒。因為透過成立工坊，對孤兒院貢獻良多，受到表揚的她更因此成為了領主的養女，名字也從梅茵大人變成了羅潔梅茵大人。我不太清楚貴族的規矩，所以只是心想「這樣啊」就接受了。我不過是平民區的廚師，不管是上級還是中級，對我來說一樣都是貴族大人。老實說，就算聽到羅潔梅茵大人是領主的養女，我也只覺得是地位高到了完全無法想像的人。如今我才意識到，之前自己在很不得了的地方進修哪。

然而，雖然我對貴族大人間的各種規矩毫不關心，但如果是領主對養女出資的餐廳產生興趣，還決定要來義大利餐廳舉辦餐會的話，那就另當別論了。這下子再也不能事不關己。因為我做的餐點會端去給領主大人吃！

即便是養女也有出資，但原本按常理說，領主大人根本不可能特地來到平民區的餐廳。所以奇爾博塔商會的班諾先生，還有最近成了共同出資者的渥多摩爾商會，都不容許一絲一毫的閃失，為了挑選品質絕佳的蔬菜與肉類、搬運食材、為侍者的工作做最後確認、與神殿往來溝通等等，忙得不可開交。

由羅潔梅茵大人指定的菜單，雖然是烹煮慣了的我們煮得更好吃，但不甘心的是，點心這部分卻是尹勒絲更拿手。所以在公會長孫女芙麗妲小姐的判斷下，明天甜點的磅蛋糕、千層蛋糕的餅皮和海綿蛋糕，是由尹勒絲來製作。雖然最後會由我們擺盤裝飾，但畢竟是自己的工作被人搶走，我心裡很不是滋味。其實我在準備法式清湯的時候，一直是咬牙切齒地心想著：「尹勒絲，妳等著瞧！」

「第六鐘不是才剛響嗎？這麼忙的時候尹勒絲跑來做什麼?!」

我忍不住惡聲惡氣地說，但其實我只是希望在她來的時候，能把廚房整理得體面一點再去迎接她。我沒有騙人。不過，本人好像清清楚楚地聽到了我說的話。尹勒絲端著蓋有半圓形金屬蓋的圓形餐盤走進廚房，瞪著我哼了一聲。

「當然是送我做的甜點過來，順便來檢查味道啊。難道你在做什麼怕被我看到的東西嗎？該不會是法式清湯煮失敗了……」

「才不是！是這時候妳應該忙著在準備晚餐，為什麼會跑來這裡?!」

不久前我還在公會長家學習貴族料理，所以知道尹勒絲哪個時間點最忙。這種時候跑來這裡太奇怪了。更何況送甜點這種事，交給其他人做就好了吧。

「晚餐的準備工作我老早就結束了，剩下的交給了助手。」尹勒絲這麼說著簡單帶過，把餐盤放在檯上，再朝我伸來空空如也的掌心。

「那麼雨果，你煮好能夠端到貴族大人面前的法式清湯了嗎？」

法式清湯在羅潔梅茵大人規劃的菜單中可說是不可或缺，卻也最耗時耗力。而且與一般的貴族料理比起來，也是差異最大的部分，所以在羅潔梅茵大人的菜單當中，法式清湯如果失敗了，就等於是全面性的失敗。

今天下午，我一面向陶德和助手們下達指示，一面片刻也不離開鍋子地熬煮著法式清湯。使用了渥多摩爾商會嚴格挑選的最高等級食材，每個步驟無不小心翼翼，細心費心地熬煮製作。從瀰漫在店裡的香氣也聞得出來，這是我的自信之作。

……因為尹勒絲還煮不出香濃清湯啊。

對於用挑釁眼光看著我的尹勒絲，我也回以無畏的笑容，拿起我在羅潔梅茵大人的廚房工作後，指示我要使用的試吃用小碟子，倒了點還冒著熱氣的法式清湯。

「那妳喝喝看吧。」

尹勒絲接過盛有法式清湯的小碟子。她先是微微搖晃，檢查清湯蕩漾的表面，和深沉的色澤當中有沒有混濁的地方，再動動鼻子聞了味道以後，慢慢含了一口。

……唔噢噢噢噢！我的胃好痛！

對於我和陶德來說，尹勒絲既是貴族料理的師父，也是一起競爭誰能把羅潔梅茵大人的食譜做得更好吃的強敵。雖然我很有自信，但等著她發表感想的這段時間，我還是緊張得全身僵硬，想到她要是試喝到一半皺起眉頭，胃就好痛。

我內心焦急地等著，最後尹勒絲一臉掃興地把小碟子推回來說：「看來是不用我出馬了。」然後扯開嗓門對廚房外的人喊道：「喂，快點搬進來！」

……好耶，贏了！

我沉浸在獲勝的喜悅當中，把搬進來的甜點放進最冰涼的冬用儲藏室裡，也把裝有法式清湯的鍋子移動到糧食庫。這種時候我特別想要神殿裡的大冰窖。因為是以貴族大人的魔力在運作，非常方便，但公會長家裡沒有，義大利餐廳裡也沒有。

我和陶德仔仔細細地檢查了明天的準備工作沒有任何遺漏後，才收拾整理並關好門窗回家。今天比較晚呢——我一邊這樣心想著，一邊加快腳步穿越城市北邊的高級地帶。義大利餐廳的地理位置很好，坐落在靠近城市中央的東北邊，所以只要筆直南下，馬上就來到了連結東門與西門的大道。

在逐漸變得昏暗的城市裡，我瞥了眼人聲鼎沸的東門方向，越過大道，拒絕了攬客的女人，鑽進狹窄巷弄。我在離自己家最近的水井廣場上停下來，往上張望，試圖尋找最近剛結交的戀人琪露可的身影。很快地，我在琪露可家的窗邊發現一道人影。

「雨果，你回來啦。明天就是要一決勝負的日子了吧？加油喔！」

「嗯，包在我身上！」

夏天每戶人家的窗戶都完全打開，所以我知道附近鄰居都會聽到我的聲音，但我毫不在意，大聲回應琪露可。自從我在貴為貴族大人的青衣見習巫女那裡進修廚藝，又被提拔成為了奇爾博塔商會高級飯館的廚師以後，總算結交到了戀人。

……就讓大家看看我有多幸福吧。明年星祭的主角就是我了。

至今每次遇到星祭，總是卯足了全力向新郎新娘投擲塔烏果實的我，終於也有成為主角的一天。雖然沒有趕上今年的星祭，但明年我一定是主角。我會帶著勝利的笑容，一邊從容地躲開那些沒有對象的人滿懷嫉妒丟來的塔烏果實，一邊和琪露可一起奔向新家。

所以明天的餐會，我無論如何都要讓它成功落幕。為了我身為廚師的未來，也為了我的婚姻大事。

……我一定要成功！

於是到了要一決勝負的重要日子。我懷抱著緊張的心情，胃痛得幾乎快要吐了，和陶德及助手們一起賭上了性命烹煮餐點。同時還和陶德兩人不斷說服自己說，羅潔梅茵大人都給我們及格的評價了，一定沒問題。

「領主大人等一行貴族大人都表示是第一次品嘗到這些餐點，味道非常滿意。」

馬克先生和分配完了甜點的推車一同離開用餐區，走進廚房後，這麼向我們報告。聽到「滿意」這麼良好的評價，我不由得全身虛脫。看到我和陶德不由自主當場蹲坐下來，馬克先生輕聲笑了。

「各位辛苦了。雖然想必已經非常勞累，但接下來還要準備侍者和侍從的伙食，請各位再努力一下了。」

於是我們遵照馬克先生的指示，再煮了大家的伙食。神殿的侍從們和樂師在等候室吃飯，侍者們坐在我們平常吃飯的廚房角落那張桌子旁，也有人在玄關大廳找了能夠坐下來的位置吃起午飯。我和陶德因為跟侍從及大店的員工不一樣，出身沒那麼良好，所以站著吃就可以了。大概是因為知道了餐會成功落幕，自己今天煮的餐點好吃到了連我都深受感動。

然而，事情並沒有就這樣結束。貴族大人們不知為何突然在店裡頭變出了奇怪的動物飛上天空，班諾先生、馬克先生和公會長也一起被帶走了。我們啞然失聲地看著他們離開，但在外頭走動的附近居民全都嚇壞了。到處傳來悲鳴與尖叫聲，想當然地，大家紛紛跑來衝出了野獸的這間餐廳質問。

因為所有負責人都被帶走了，變成由芙麗妲小姐和羅潔梅茵大人的侍從法藍出面應對。兩人一面彬彬有禮地道歉，一面說明這是貴族突然不受控制的行為，還說：「有任何意見，我們會悉數向主人轉達。」但大概沒什麼人敢對貴族發表怨言、牽扯上關係，所以人潮也自然而然散去。

好不容易周遭重新恢復平靜，廚房也收拾整理完畢，這時貴族大人們回來了。一行人魚貫走進用餐區，馬克先生身姿敏捷地脫離隊伍，叫來我和陶德。

「雨果、陶德，我有很重要的事情要告訴你們。因為事關領主大人，情況複雜，所以義大利餐廳必須延後一個月，視情況甚至要延後兩個月才能開幕。當然，這段時間我們還是會支付薪水。但是既然會支付薪水，還是得請你們盡到工作的本分，這點沒有問題嗎？」

只要不是突然間丟了工作，我是沒關係，而且拿錢做事也是應該的。「這是沒問題……」我和陶德點頭說完，馬克先生露齒一笑。

「太好了，感謝兩位的體諒。那麼直到開幕為止，貴族區與神殿，這段期間兩位想在哪一邊工作呢？」

「啥?!」

「羅潔梅茵大人的食譜，預計要賣給今日光臨本店的三位貴族大人。但是，羅潔梅茵大人的食譜相當特殊吧？所以需要有人教導正確的步驟，因此想拜託兩位，前去向貴族大人的廚師傳授食譜。」

羅潔梅茵大人的食譜確實非常特殊。為了讓食物更加好吃，事前的準備步驟很多，也常常遇到不少難以置信的調理方式。如果只是拿到食譜，反而會先懷疑這樣子煮出的餐點，真的會好吃嗎？廚師經歷越長的，多半越難接受吧。年紀較輕的艾拉也是比我更快適應，陶德至今仍然會邊做邊歪頭納悶。就算由我們去指導貴族的廚師，也不知道對方有沒有辦法接受。

「我想去神殿。雨果，拜託你，我實在沒辦法去貴族區。」

陶德面色慘白，抓住我的手臂。因為看見貴族就會緊張得做不了事，所以即使在神殿，陶德也盡可能不與羅潔梅茵大人碰到面。如果是神殿，畢竟之前曾經去過，所以覺得至少還撐得下去吧。

「我也覺得陶德沒辦法去貴族區，那你去神殿吧。」

「雨果，謝謝你！我欠你一次！」

……雖然我要是去了貴族區，每天也會緊張到想吐吧！

「那就這麼決定了。請隨我一同前往用餐區吧。」

決定好了分派地點後，馬克先生帶著我和陶德一起走進用餐區，羅潔梅茵大人再介紹我們是製作今日餐點的廚師。在經過一番讓人眼花撩亂的費用交涉後，接下來一個月的時間，名義上是向貴族大人的專屬廚師傳授食譜，我和陶德就這麼被賣掉了。

回家的時候，我在井邊準備著晚飯的女人們當中發現了琪露可的蹤影。我想像著明年結婚的話，她也會像這樣為我準備飯菜吧，不由得傻笑起來，試著對琪露可喊道：「我回來了。」感覺有點像是新婚夫婦。

「你回來啦。雨果，結果怎麼樣？今天很順利嗎？」

「嗯，順利得不得了，結果我接下來一個月都要去貴族區，教貴族大人的廚師們做菜喔。」

「咦咦?!可以在貴族區教別人做菜，好厲害喔！」

琪露可雙眼發亮，為我感到高興，我不禁得意起來。但沒想到和琪露可一樣在井邊準備著晚飯的女人們當中，原來還有我母親。她立刻怒聲罵道：「這麼重要的事情應該先向父母報告吧！」

……媽，抱歉啊。現在對我來說琪露可更重要。

出發當天，琪露可為我送行說道：「加油喔。雖然很寂寞，但我會等你回來。」然後我和約好在中央廣場會合的陶德一起前往神殿。第二鐘響後，向擔任守衛的灰衣神官報上名字，便有人領著我們前往位在神殿深處的神殿長室，而不是熟悉的孤兒院長室。

「羅潔梅茵大人，早安。」

「雨果、陶德，早安。你們是第一次要在我這裡以外的貴族廚房工作，可能會很辛苦，但就麻煩你們了……薩姆，陶德到了。」

穿著貴族千金華服的羅潔梅茵大人呼喚後，名為薩姆的灰衣神官開始把大金幣與大銀幣擺在桌上。

……我第一次看到那麼多金幣！

「我確實收到了。薩姆，麻煩你帶陶德去神官長的廚房。法藍，你收好錢以後，再向神官長報告一聲吧。」

「遵命。」

薩姆帶走了一臉不安的陶德，法藍把錢收進袋子裡，離開房間。緊接著，換作之前曾經擔任助手，不時出入廚房的妮可拉，帶著成為了羅潔梅茵大人專屬廚師的艾拉走進來。

「羅潔梅茵大人，我帶艾拉過來了。」

「妮可拉，謝謝妳。那妳帶雨果和艾拉去侍從們專用的馬車那裡吧。」

「遵命……艾拉、雨果，走吧。」

在妮可拉的帶領下，我和艾拉一起走向神殿玄關，然後看見了華麗到不可置信地步的貴族用馬車。從今天開始羅潔梅茵大人會暫時住在城堡，所以才一同派了馬車給我們。沒有貴族的許可，平民不能進入貴族區。

「在羅潔梅茵大人與神官長做好準備之前，請在此等候。」

「妮可拉，謝謝妳。我不在的這段期間要辛苦妳了，加油喔。」

「有好幾名灰衣神官和灰衣巫女也會來幫忙，所以我沒問題的。艾拉也要學會做更多種餐點，回來再教給我吧。」

帶我們來到馬車這裡以後，妮可拉便轉身離開。艾拉對著她的背影揮手目送。冬季期間，還有在我們離開神殿之後，艾拉也經歷了不少事情吧。側臉變得相當成熟。

「咦？妳成年了嗎？」

坐進馬車，不再有四周旁人的眼光後，我全身總算放鬆下來，才注意到了剛才一直沒發現的事情。怪不得會覺得她成熟，因為艾拉盤起了頭髮。

「我是春天成年的喔。但因為那時候在貴族區，沒有辦法參加成年禮。」

「是喔，那還真可惜。」

「嗯～我倒覺得還好。因為羅潔梅茵大人給了我新的食譜當作成年賀禮，還說因為女孩子沒有力氣，給了我可以在廚房使用的小型絞肉機喔。唔呵呵，很棒吧？這次我有帶來，等一下再拿給你看。」

絞肉機是用來把肉絞碎的機器。城裡只有會絞碎大量肉末、製作香腸的肉舖才有，而且相當龐大，一般人自己不會有這種東西。真想不到居然有小型絞肉機。

「有了那種機器，就可以輕輕鬆鬆做出漢堡排了吧。真不公平。」

「不光是絞肉機，羅潔梅茵大人還說要幫我向她專屬的鍛造工匠訂做調理工具喔。說是因為在貴族區，女性的條件很不利，想讓我做菜可以輕鬆一點……」

看來羅潔梅茵大人很疼愛艾拉，之前從來沒有給過我可以輕鬆點做菜的工具。太不公平了。

「對了，艾拉，我們是要去貴族區的哪裡？」

「咦？要去領主大人的城堡啊。你怎麼現在才在問？」

「去城堡?!呃，我只知道要去貴族區，但沒聽說是城堡啊！」

我還以為是羅潔梅茵大人要去城堡，我會被丟到騎士團長的宅邸。

但是一問之下，才知道是我和艾拉要一起進入城堡的廚房。艾拉因為是剛成年的女性，比起實力，他人更容易用外表來評斷她，也容易遭到看輕，所以才會讓已經成年的我和她一起融入城堡的廚房。

此外，騎士團長那邊也會派出主廚前往城堡，一同學習新的食譜。艾拉已經見過那名主廚，還說他們交換過了一些食譜。雖然對方好像還有些瞧不起艾拉，卻非常迫切地想要知道羅潔梅茵大人的食譜。

「本來還以為我要自己一個人進入比卡斯泰德大人家更大的廚房，現在有雨果先生在，我就放心多了呢。第一次去神殿的時候好像也是這樣呢。那時候是班諾先生帶著我和雨果先生去神殿，這次是羅潔梅茵大人帶著我們去領主大人的城堡。雖然只有短暫一段時間，但我們現在算是宮廷廚師了喔。」

「……我光想就胃痛。」

平民區的廚師突然間一躍成為宮廷廚師，光想就讓人胃痛。而且聽艾拉描述了貴族的廚師有多麼自命不凡與高傲後，我的胃又更痛了。

「雨果先生，其實你比陶德先生還要膽小吧？難得要去新的地方工作，一起挖掘新的食譜吧。只要在內心訂定目標就好了。」

「好！那等我從貴族區回來，我要去拜訪琪露可的父親！」

「……咦？琪露可？雨果先生結交到戀人了嗎？」

艾拉怔怔地張著嘴巴看我，臉上明白寫著「真不敢相信」。

……就算妳不敢相信，我就是結交到了！

「對啊，才剛交往不久。因為在神殿當過廚師，幫我提升了不少身價，才結交到了戀人。妳應該也可以吧？有戀人很棒喔，很多事情做起來都會充滿衝勁。」

「是哦～那很好嘛～」

艾拉興致缺缺地答腔。這傢伙滿腦子只有料理，就算已經成年了，還是個對戀愛不感興趣的小孩子吧。

「雖然只有短暫一段時間，但宮廷廚師的頭銜聽起來更厲害吧？妳想琪露可的父親會答應我和琪露可結婚嗎？」

「只要雨果先生沒有在去城堡的期間被甩掉，應該沒問題吧？」

「艾拉，妳講話別這麼不吉利！」

……去年和今年的星祭我都只能在旁邊丟塔烏果實，但明年就不同了。我一定要成功。等到去城堡進修完回來，我要去拜訪琪露可的父親！

後記

大家好久不見了，我是香月美夜。

非常感謝各位購買本作，《小書痴的下剋上：為了成為圖書管理員不擇手段！【第三部】領主的養女（Ⅰ）》。第三部就從這一集開始正式啟動。

以卡斯泰德女兒的身分接受了洗禮儀式後，羅潔梅茵同時也由領主收為養女，成為了領主一族。家人與近侍方面的相關人物一鼓作氣增加許多。為了把臉和名字對起來，其實羅潔梅茵也消耗腦力背了很久。請各位讀者也在逐一深入接觸之後，慢慢地記下來吧（笑）。

第三部的主要目標，是融入貴族社會，以及製作可以治好羅潔梅茵身體的藥水。可是別說是融入貴族社會了，羅潔梅茵先是藉由出租廚師，向監護人們敲了一大筆竹槓，還舉辦慈善演奏會募集捐款，甚至在演奏會上販賣周邊商品，大賺了一票。但是還請用溫暖的眼光守護她，希望她不久之後能夠慢慢融入。

製作藥水需要搜集材料，所以為了移動，羅潔梅茵也做出了自己的騎獸。外形一樣在至今的貴族社會中前所未見，所以飽受斐迪南的批評。但是，羅潔梅茵的騎獸在移動時既不必吹風，還能順便搬運行李，性能可說非常優異。

身為領主的養女、印刷業的負責人、神殿長、孤兒院長，雖然羅潔梅茵的工作又多又忙，卻也越來越想念不得不分開的平民區家人。只要找到些許的機會，便會在不違反魔法契約的前提下，持續保有交集。

然後因為好不容易獲得了權力，羅潔梅茵也大刀闊斧地推動印刷業。為了製作蠟紙，由約翰和首次出現的古騰堡自願者薩克接下了機器的訂單。其實薩克在第二部第三集的短篇〈古騰堡的稱號〉中就已經出現過了。展現了實力後，成為了古騰堡的一員。為了推廣印刷業會努力加油。

這一集不只出現了大量的新角色，甚至還畫了四格漫畫，椎名老師的工作量非常龐大。既覺得過意不去，但看到多了這麼多可愛的圖畫，又覺得好開心。由衷感謝椎名優老師。

最後，要向購買本書的各位讀者獻上最高等級的謝意。

第三部第二集預計在初冬發行。期待屆時再相會。

二〇一六年七月　香月美夜

神殿長真是不好當？！
最驚心動魄的場面即將登場！

小書痴的下剋上

第三部　領主的養女Ⅱ

香月美夜 著　**椎名優** 繪

梅茵成為領主的養女兼神殿長後，還不習慣手握大權的感覺，經常感到無所適從。她必須面對的難題越來越多，不僅要準備收穫祭、照顧新孤兒，還要設法解決來自鄰近城鎮的抗議，但梅茵決不會輕言放棄！她也即將要出發前往一年一度的「舒翠莉婭之夜」，採集治療身體的藥水材料……

依舊突然間開始的
卷末漫畫
輕鬆優閒的家族日常
作畫 椎名優
因為種種原因，家人增加了。
一口氣
義兄
二哥
最近因為廚師們非常努力，可以吃到各種美味的食物了。
學習
好想吃親子丼喔……
咕唔
ポリ
叮
但是，偶爾還是很想吃用了醬油或日式高湯的日式料理。
關東煮
味噌湯
醬煮魚
妳剛才是在說某種好吃的東西吧！
快煮給我吃！現在馬上！
嗚噫！
不、不是的。
我學會了自言自語時要小心注意周遭。

定時炸彈

精神創傷似乎非常嚴重。

繪畫才能

第1屆 小書痴的下剋上 人氣角色投票結果發表！

票數總計
12,118票！

第三部發行紀念！公開最受讀者熱烈歡迎的前二十名！
經過一番超乎預期的踴躍投票，以下公開投票結果！

※本次企畫在官網（http://www.tobooks.jp/booklove）舉行，
投票時間從2016年6月10日至7月10日為止。

第1名
神官長／斐迪南
3295票

第2名
梅茵
2991票

第3名
達穆爾
1353票

第4名 **路茲** 1305票

第5名 **班諾** 878票

第8名 齊爾維斯特 147票

第7名 法藍 358票

第6名 多莉 590票

第10名 馬克 115票

第9名 昆特 133票

第11名	芙麗妲	96票
第12名	葳瑪	74票
第13名	約翰	69票
第14名	海蒂	62票
第15名	吉魯	58票
第16名	戴莉雅	57票
第17名	伊娃	56票
第18名	卡斯泰德	40票
第19名	神殿長/拜瑟馮斯	38票
第20名	歐托	37票

香月美夜 老師

不知道各位讀者支持的角色最終排名，與各位的預期是否有落差呢？
因為是在官網上舉行人氣投票，本來還擔心不知道會有多少票數，想不到遠比預期中還要多。非常感謝各位如此踴躍參與投票。
神官長與梅茵的結果可說是在預料之中，但我本來以為會是路茲和班諾爭奪第三名，結果第三名竟然是達穆爾，太讓我吃驚了。不過，因為差距很小，如果投票期間再拉長一點，也許路茲就能追過達穆爾了呢。
然後，能在最後擠進前十名的齊爾大人果然了不起。

椎名優 老師

看到第一、第二名的時候，我還心想「果然啊果然」，但看到第三名出現了達穆爾的名字時，我真是有些吃驚。咦？達穆爾這麼受歡迎嗎？！因為在我目前拜讀過的原稿中，他並沒有大展身手、光芒四射的感覺……（失禮）。
多虧於此，我也非常期待這個角色今後將如何嶄露鋒芒。

感謝各位讀者踴躍投票！

國家圖書館出版品預行編目資料

小書痴的下剋上：為了成為圖書管理員不擇手段!. 第三部，領主的養女. I / 香月美夜著；許金玉譯. -- 初版. -- 臺北市：皇冠，2018.10
面； 公分. --（皇冠叢書；第 4720 種）(mild；14)
譯自：本好きの下剋上 司書になるためには手段を選んでいられません. 第三部，領主の養女. I
ISBN 978-957-33-3403-3（平裝）

861.57　　　107015831

皇冠叢書第 4720 種
mild 14

小書痴的下剋上

爲了成爲圖書管理員不擇手段！

第三部 領主的養女 I

本好きの下剋上
司書になるためには
手段を選んでいられません
第三部 領主の養女 I

作　　者—香月美夜
譯　　者—許金玉
發 行 人—平雲
出版發行—皇冠文化出版有限公司
台北市敦化北路 120 巷 50 號
電話◎ 02-27168888
郵撥帳號◎ 15261516 號
皇冠出版社（香港）有限公司
香港銅鑼灣道 180 號百樂商業中心
19 字樓 1903 室
電話◎ 2529-1778　傳真◎ 2527-0904
總 編 輯—許婷婷
美術設計—嚴昱琳
著作完成日期— 2017 年
初版一刷日期— 2018 年 10 月
初版四刷日期— 2021 年 4 月
法律顧問—王惠光律師

讀者服務傳真專線◎ 02-27150507
電腦編號◎ 562014
ISBN ◎ 978-957-33-3403-3
Printed in Taiwan
本書特價◎新台幣 299 元 / 港幣 100 元